Otto Hartwig (Hg.)

Sizilianische Märchen

Aus dem Volksmund gesammelt

www.elv-verlag.de

Hartwig, Otto (Hg.)

Sizilianische Märchen
Aus dem Volksmund gesammelt

ISBN: 978-3-86267-439-8

Auflage: 1
Erscheinungsjahr: 2011
Erscheinungsort: Bremen, Deutschland

Europäischer Literaturverlag GmbH, Fahrenheitstr. 1, 28359 Bremen (www.elv-verlag.de).

Bei diesem Titel handelt es sich um den Nachdruck eines historischen, lange vergriffenen Buches aus dem Jahr 1870. Da elektronische Druckvorlagen für diesen Titel nicht existieren, musste auf alte Vorlagen zurückgegriffen werden. Hieraus zwangsläufig resultierende Qualitätsverluste bitten wir zu entschuldigen.

Sizilianische Märchen
Aus dem Volksmund gesammelt

www.elv-verlag.de

Sicilianische Märchen.

Aus dem Volksmund gesammelt

Inhalt

	Seite.
Vorwort	V
Einleitung	XVII
Die kluge Bauerntochter	1
Maria, die böse Stiefmutter und die sieben Räuber	4
Von Maruzzebba	7
Von der schönen Anna	15
Die verstoßene Königin und ihre beiden ausgesetzten Kinder	19
Vom Joseph, der auszog sein Glück zu suchen	28
Die beiden Fürstenkinder von Monteleone	38
Bauer Wahrhaft	43
Zafarana	47
Die jüngste, kluge Kaufmannstochter	54
Der böse Schulmeister und die wandernde Königstochter	59
Von der Königstochter und dem König Chiccherebbu	64
Die Schöne mit den sieben Schleiern	73
Von der schönen Nzentola	85
Der König Stieglitz	93
Die Geschichte von dem Kaufmannssohne Peppino	103
Von dem klugen Mädchen	114
Die gedemüthigte Königstochter	118
Gevatter Tod	123
Von dem Pathenkinde des heiligen Franz von Paula	124
Die Geschichte von Caterina und ihrem Schicksal	130
Vom Räuber, der einen Hexenkopf hatte	135
Die Geschichte vom Chimè	139
Von der schönen Wirthstochter	148

		Seite.
25.	Von dem Kinde der Mutter Gottes	153
26.	Vom tapfern Königssohn	158
27.	Vom grünen Vogel	167
28.	Von der Tochter der Sonne	177
29.	Von der schönen Carbia	185
30.	Die Geschichte von Ciccu	191
31.	Von dem Schäfer, der die Königstochter zum Lachen brachte	206
32.	Von Giovannino und Caterina	211
33.	Von der Schwester des Muntifiuri	220

Sicilianische Märchen.

1. Die kluge Bauerntochter.

Es war einmal ein junger König, der ging auf die Jagd. Als es Abend wurde, sah er auf einmal, daß er von seinem Gefolge getrennt war, und nur sein Läufer noch bei ihm war. Zugleich wurde es Nacht, und in dem dichten Wald konnten sie den Heimweg nicht mehr finden. So irrten sie mehrere Stunden lang umher, und endlich sahen sie in der Ferne ein Licht. Als sie näher kamen, sahen sie daß es ein Häuschen war; da schickte der König seinen Läufer hin, und hieß ihn die Leute wecken. Also klopfte der Läufer an der Thür, und bald erschien der Bauer der darin wohnte, und frug: „Wer klopft da zu so später Stunde?" — Da antwortete der Läufer: „Seine Majestät der König steht hier draußen und kann den Weg nach seinem Schlosse nicht finden; wollet ihr ihm ein Obdach und ein Abendessen geben?" — Da öffnete der Bauer schnell die Thür, weckte seine Frau und seine Tochter und hieß sie ein Huhn schlachten und zubereiten. Als nun das Abendessen fertig war, baten sie den König mit dem Wenigen fürlieb zu nehmen, was sie ihm bieten könnten. Der König nahm das Huhn und zerlegte es; dem Vater gab er den Kopf, der Mutter die Brust, der Tochter die Flügel, für sich behielt er die Schenkel, und dem Läufer gab er die Füße. Darauf legten sie sich Alle zu Bett. Die Mutter aber sprach zu ihrer Tochter: „Warum hat der König das Huhn wohl so eigenthümlich vertheilt?" Sie antwortete: „Es ist ja ganz klar; dem Vater gab er den Kopf, weil er das Haupt der Familie ist; euch gab er die Brust, weil ihr ein altes Mütterchen seid;*)

---

*) Pirchi siti vecchiaredda.
Sicilianische Märchen.

1. Die kluge Bauerntochter.

mir gab er die Flügel, weil ich doch einmal von euch fortfliegen werde; für sich behielt er die Schenkel, weil er ein Reiter ist, und seinem Läufer gab er die Füße, damit er desto schneller laufen kann."

Den nächsten Morgen setzten sie dem König ein Frühstück vor und wiesen ihn auf den richtigen Weg. Als der König in seinem Schlosse angekommen war, nahm er einen schönen gebratenen Hahn, einen großen Kuchen, ein Fäßchen Wein, und 12 tarì, rief seinen Läufer und befahl ihm Alles zu den Bauern zu tragen, mit der Versicherung seiner Gnade. Der Weg war weit und der Läufer war müde und fing bald an hungrig zu werden. Zuletzt konnte er seinem Verlangen nicht widerstehen, schnitt den halben Hahn ab, und verzehrte ihn. Nach einer Weile wurde er auch durstig, und trank auch die Hälfte vom Wein. Als er nun weiter ging und den Kuchen anschaute, dachte er: „Der ist gewiß gut!" und aß auch noch die Hälfte von dem Kuchen. Nun dachte er: „Warum sollte ich auf halbem Weg stehen bleiben? Ich muß doch Alles gleich machen," und nahm auch noch 6 tarì von den zwölfen. So kam er denn endlich zum Bauer, und lieferte ihm den halben Hahn, den halben Kuchen, das halbe Fäßchen Wein und den halben Thaler aus. Der Bauer und seine Familie waren hoch erfreut über die Ehre, die ihnen der König anthat, und trugen dem Läufer auf, dem König ihren Dank auszusprechen. Die Tochter aber, da sie sah, daß Alles nur zur Hälfte vorhanden war, sagte dem Läufer, sie wolle ihm noch eine besondere Botschaft an den König mitgeben, er müsse sie aber Wort für Wort wiedersagen. Der Läufer versprach es, und sie begann: „Zuerst mußt du dem König sagen: Der in der Nacht wohl singet, mein Gott warum nur halb?*) Kannst du das behalten?" „O ja!" sprach der Läufer. — „Dann mußt du ihm auch noch sagen: Der Mond im zweiten Viertel, mein Gott, warum denn halb? Kannst du das auch behalten?" „O gewiß!" antwortete der Läufer. „Dann mußt

*) Chiddu chi a notti canta
O Diu, menzu pirchì?
La luna a quinta decima,
O Diu, menza pirchì?

du ihm auch sagen: „'s war oben zu und unten zu, mein Gott, warum denn halb?" Wirst du das auch nicht vergessen?" „Gewiß nicht!" sagte der Läufer. Endlich mußt du ihm sagen: „Das Jahr hat doch zwölf Monate, mein Gott, warum denn sechs?" Der Läufer versprach Alles richtig zu sagen, und machte sich auf den Weg, indem er fortwährend die Worte wiederholte, um sie ja nicht zu vergessen. Als er zum König kam, frug ihn dieser: „Nun, hast du Alles richtig abgeliefert?" — „Ja wohl, Ew. Majestät" antwortete der Läufer, ich soll euch auch eine Botschaft bringen von der Tochter des Bauern. Erst hat sie gesagt: Der in der Nacht wohl singet, mein Gott warum denn halb?" — „Was?" rief der König, „solltest du den halben Hahn gegessen haben?" „Ach Majestät!" sprach der Läufer, „hört doch erst meine Botschaft an. Dann hat sie gesagt: Der Mond im zweiten Viertel, mein Gott, warum denn halb?" — „Was?" schrie der König, „so hast du auch den halben Kuchen gegessen?" — „Ach Majestät!" sprach der Läufer, „laßt mich erst ausreden. Zu dritt hat sie gesagt: „'s war oben zu und unten zu, mein Gott, warum denn halb?" — „Was?" schrie der König „hast du auch das halbe Faß Wein ausgetrunken?" „Ach Majestät!" rief der Läufer, „laßt mich erst meine Botschaft zu Ende sagen. Endlich hat sie gesagt: „Das Jahr hat doch zwölf Monate, mein Gott, warum denn sechs?" „Also hast du auch noch den halben Thaler gestohlen!" rief der König. Da fiel der Läufer auf die Knie, und bat den König um Verzeihung. Und der König war so erfreut über die Klugheit des Mädchens, daß er dem Läufer verzieh. Dem Mädchen aber schickte er einen schönen Wagen mit schönen Kleidern, und nahm sie zu seiner Frau.

Diese blieben glücklich und zufrieden,
Wir nur zogen lediglich die Nieten.*)

Stuppatu susu e jusu
O Diu, menzu pirchì?
Li dudici misi di l'annu
O Diu, sei pirchì?

*) Iddi ristaru felici e cuntenti
E nui ristammu senza nenti.

2. Maria, die böse Stiefmutter und die sieben Räuber.

Es war einmal ein Mann, dem war seine Frau gestorben, und er hatte nur ein kleines Mädchen, das hieß Maria.

Maria ging in die Schule zu einer Frau, bei der sie nähen und stricken lernte. Wenn sie nun Abends nach Hause ging, sagte ihr die Frau immer: „Grüße auch deinen Vater recht schön von mir." Und weil sie ihn so freundlich grüßen ließ, so dachte der Mann: „Das wäre eine Frau für mich," und heirathete die Frau. Als sie aber verheirathet waren, wurde die Frau recht unfreundlich gegen die arme Maria, denn so sind die Stiefmütter von jeher gewesen, und konnte sie zuletzt gar nicht mehr leiden. Da sagte sie zu ihrem Mann: „Das Mädchen ißt uns so viel Brod, wir müssen sie los werden." Aber der Mann sagte: „Tödten will ich mein Kind nicht!" Da sprach die Frau: „Nimm sie morgen mit auf's Feld, und laß sie dort alleine stehen, daß sie den Weg nach Hause nicht mehr findet."

Den andern Tag rief der Mann seine Tochter, und sagte zu ihr: „Wir wollen über Land gehen und unser Essen mitnehmen." Da nahm er einen großen Laib Brod mit, und sie machten sich auf den Weg. Maria aber war schlau, und hatte sich die Taschen mit Kleie angefüllt. Wie sie nun hinter dem Vater herging, warf sie von Zeit zu Zeit ein Häufchen Kleie auf den Weg. Als sie viele Stunden weit gegangen waren, kamen sie an einen steilen Abhang; da ließ der Mann einen Laib Brod hinunter fallen, und rief: „Ach, Maria, das Brod ist hinuntergefallen!"—„Vater," sprach Maria, „ich will hinunter steigen und es holen." Da ging sie den Abhang hinunter und holte das Brod; als sie aber wieder herauf kam, war der Mann fortgegangen und Maria war allein. Da fing sie an zu weinen, denn sie war sehr weit weg von Haus, an einem ganz fremden Ort. Als sie aber an die Häufchen Kleie dachte, faßte sie wieder Muth, und indem sie immer der Kleie nachging, kam sie endlich spät in der Nacht wieder nach Haus. „Ach, Vater!" sprach sie, warum habt ihr mich allein

2. Maria, die böse Stiefmutter und die sieben Räuber.

gelassen?" Der Mann tröstete sie und sprach so lange bis er sie beruhigt hatte. Die Stiefmutter aber war sehr zornig, daß Maria den Weg zurück gefunden hatte, und nach einiger Zeit sagte sie wieder zu ihrem Mann, er solle Maria über Land führen, und sie dann im Wald allein lassen. Den nächsten Morgen rief der Mann wieder seine Tochter, und sie machten sich auf den Weg. Der Vater trug wieder einen Laib Brod, Maria aber vergaß Kleie mitzunehmen. Als sie nun im Walde waren, an einem noch tieferen und steileren Abhang, ließ der Vater wieder das Brod fallen, und Maria mußte hinuntersteigen es zu holen. Als sie aber wieder herauf kam, war der Mann fortgegangen und sie war allein. Da fing sie an bitterlich zu weinen und lief lange umher, aber sie gerieth nur tiefer in den dunkeln Wald. Es wurde Abend, da sah sie auf einmal ein Licht, und als sie darauf zuging, kam sie an ein Häuschen, darin war ein Tisch gedeckt und es standen sieben Betten darin; Menschen waren aber keine da. Das Haus gehörte aber sieben Räubern. Da versteckte sich Maria hinter einen Backtrog und bald kamen die Räuber nach Haus. Sie aßen und tranken, und legten sich dann zu Bett. Den nächsten Morgen zogen sie aus, ließen aber den jüngsten Bruder da, damit er das Essen koche,*) und das Haus rein mache. Als sie fort waren, ging der jüngste Bruder auch fort, um Einkäufe zu machen.**) Da kam Maria hinter dem Backtrog heraus, und räumte das ganze Haus auf, kehrte die Stube und zuletzt setzte sie den Kessel auf's Feuer um die Bohnen zu kochen. Dann versteckte sie sich wieder hinter den Backtrog. Als der jüngste Räuber nach Hause kam, war er sehr erstaunt, Alles so sauber zu finden, und als seine Brüder kamen, erzählte er, was ihm begegnet sei. Die waren alle sehr verwundert, und konnten sich gar nicht denken, wie es zugegangen sei. Den nächsten Tag blieb nun der zweite Bruder zurück. Er that, als ob er auch fortginge, kam aber gleich zurück, und sah Maria, die wieder hervorgekommen war, um das Haus in Ordnung

---

*) Fagioli cu a pasta.
**) Pi fare a spisa.

zu bringen. Maria erschrak sehr, als sie den Räuber erblickte; „ach," bat sie, „tödtet mich nicht, um Gotteswillen!" „Wer bist du denn?" frug der Räuber. Da erzählte sie ihm von ihrer bösen Stiefmutter, und wie ihr Vater sie im Wald verlassen habe, und wie sie seit zwei Tagen hinter dem Backtrog versteckt gewesen sei. „Du mußt keine Angst vor uns haben," sagte der Räuber. „Bleibe bei uns, sei unsere Schwester, und koche, nähe und wasche für uns." Als die anderen Brüder nach Hause kamen, waren sie es zufrieden, und so blieb denn Maria bei den sieben Räubern, führte ihnen das Hauswesen und war immer still und fleißig. Eines Tags, als sie am Fenster saß und nähte, kam eine arme Frau vorbei, und bat sie um ein Almosen. „Ach!" sprach Maria, „ich habe nicht viel, denn ich bin selbst ein armes, unglückliches Mädchen; aber was ich habe, will ich euch geben." „Warum bist du denn so unglücklich?" frug das Bettelweib. Da erzählte ihr Maria, wie sie von Hause fort und dahin gekommen sei. Die arme Frau ging hin, und erzählte der bösen Stiefmutter, daß Maria noch lebe. Als die Stiefmutter das hörte, war sie sehr zornig, und gab der Bettlerin einen Ring, den solle sie der armen Maria bringen. Der Ring aber war ein Zauberring. Nach 8 Tagen kam also die arme Frau wieder zu Maria, um sich ein Almosen zu holen, und als Maria ihr etwas gab, sprach sie: „Siehe, mein Kind, da habe ich einen schönen Ring; weil du so gut gegen mich bist, so will ich ihn dir schenken." Maria nahm arglos den Ring, aber als sie ihn an den Finger steckte, fiel sie todt hin. Als nun die Räuber nach Hause kamen, und Maria am Boden fanden, waren sie sehr betrübt, und weinten bitterlich um sie. Dann machten sie einen schönen Sarg, legten Maria hinein, nachdem sie ihr die schönsten Schmucksachen angelegt hatten, legten auch noch viel Gold hinein, und setzten den Sarg auf einen mit Ochsen bespannten Karren. Damit fuhren sie in die Stadt. Als sie an das Schloß des Königs kamen, sahen sie, daß die Thür zum Stall weit offen stand. Da trieben sie die Ochsen an, daß sie den Karren in den Stall fuhren. Darüber wurden die Pferde unruhig, und fingen an sich zu bäumen und Lärm zu machen. Als der König den Lärm hörte, schickte

2. Maria, die böse Stiefmutter und die sieben Räuber.

er hinunter und ließ seinen Stallmeister fragen, was geschehen sei. Der Stallmeister antwortete, es sei ein Karren in den Stall gekommen und Niemand dabei, und auf dem Karren liege ein schöner Sarg. Da befahl der König, man solle den Sarg in sein Zimmer bringen und ließ ihn dort aufmachen. Als er aber das schöne todte Mädchen darin erblickte, fing er an bitterlich zu weinen, und konnte sich gar nicht davon trennen. Da ließ er vier große Wachskerzen bringen, und ließ sie an die vier Ecken des Sarges stellen und anzünden; dann schickte er alle Leute aus dem Zimmer, verriegelte die Thür, fiel neben dem Sarg auf die Kniee und vergoß heiße Thränen. Als es Zeit zum Essen war, schickte seine Mutter zu ihm, er solle kommen. Er antwortete aber nicht einmal, sondern weinte nur immer heftiger. Da kam die alte Königin selbst und klopfte an die Thür, und bat ihn doch aufzumachen, er aber antwortete nicht. Da schaute sie durch das Schlüsselloch, und als sie sah, daß ihr Sohn neben einer Leiche kniete, ließ sie die Thür aufbrechen. Aber als sie das schöne Mädchen erblickte, wurde sie selbst ganz gerührt, und beugte sich über Maria und nahm ihre Hand. Wie sie nun den schönen Ring sah, dachte sie, es wäre doch schade, den mitbegraben zu lassen und streifte ihn ab. Da wurde mit einem Mal die todte Maria wieder lebendig, und der junge König war hoch erfreut und sprach zu seiner Mutter: „Dieses Mädchen soll meine Gemahlin sein!" Da antwortete die alte Königin: „Ja, so soll es sein!" und umarmte Maria. Da wurde Maria die Frau des Königs, und Königin, und sie lebten herrlich und in Freuden bis an ihr glückliches Ende.

3. Von Maruzzedda.

Es war einmal ein armer Schuster, der hatte drei schöne Töchter; aber die jüngste war die schönste, die hieß Maruzzedda.*) Die älteren Schwestern aber hatten Maruzzedda nicht gern, weil sie so überaus schön

---

*) Deminutiv von Maria.

war. Der Schuster war arm, und mußte oft Tage lang herumziehen, ohne etwas zu verdienen.

Eines Tages nun sprach er zu seiner ältesten Tochter: Begleite mich morgen, wenn ich ausziehe, Arbeit zu suchen, vielleicht ist mir dann das Glück günstiger. Da ging die älteste Tochter mit ihm, und er verdiente einen Tarì. Da sprach er: „Höre, ich bin so hungrig; wir wollen zehn Grani verzehren, und zehn Grani den Anderen mitbringen. Das thaten sie, kauften sich etwas zu essen, und brachten den Anderen nur die Hälfte des Geldes. Den nächsten Morgen nahm der Schuster die zweite Tochter mit, und verdiente drei Carlini. Da sprach er: „Wir wollen 15 Grani verzehren, und 15 Grani den Anderen mitbringen." Das thaten sie, und brachten nur die Hälfte des Geldes mit nach Hause. Am dritten Tage nahm der Schuster die Maruzzebba mit, und dieses Mal verdiente er zwei Tarì. Da sprach er: „Höre, Maruzzebba, wir wollen einen Tarì verzehren, und deinen Schwestern nur einen Tarì nach Hause bringen." Sie aber antwortete: „Nein, Vater, wir wollen lieber gleich nach Hause gehen, und Alle mit einander essen." Als nun der Vater nach Hause kam, erzählte er es den zwei Schwestern, die sprachen: „Nein, seht doch einmal diese ungerathene Tochter, sollte sie nicht immer thun, was ihr wollt?" Mit solchen Worten hetzten sie den Vater gegen die unschuldige Maruzzebba auf. Den nächsten Morgen aber nahm er sie doch wieder mit, und verdiente drei Tarì. Da sprach er wieder: „Höre, Maruzzebba, wir wollen drei Carlini verzehren, und den Schwestern die anderen drei Carlini mitbringen. Sie aber antwortete: „Nein, lieber Vater, wir wollen lieber gleich nach Hause gehn; warum sollten wir nicht zusammen essen?" Als der Vater nach Hause kam, erzählte er es wieder seinen anderen Töchtern, die sprachen noch härtere Worte über die arme Schwester: „Was wollt ihr das unverschämte Mädchen noch länger im Hause behalten? Jagt sie fort, so seid ihr sie los." Der Vater aber wollte nicht. Da sprachen die Schwestern: „Nehmt sie morgen mit, und laßt sie in irgend einer einsamen Gegend allein zurück, daß sie den Weg nach Hause nicht finden kann." Da ward der Vater verblendet, und ließ sich von den Schwestern bethören, und nahm am nächsten Morgen seine Maruzzebba mit.

Als er aber weit gewandert war, und in eine ganz unbekannte Gegend kam, sprach er zu ihr: „Warte einen Augenblick auf mich und ruhe dich unterdessen aus, ich komme gleich wieder." Da setzte sich Maruzzebba hin, und der Schuster ging fort. Sie wartete und wartete, aber ihr Vater kam nicht wieder. Die Sonne neigte sich und der Vater kam immer noch nicht. Da dachte sie endlich ganz traurig: „Mein Vater hat mich gewiß verstoßen wollen; so will ich denn in die weite Welt wandern." So wanderte sie denn fort, und wanderte bis sie müde ward, und es schon anfing Abend zu werden. Wie sie nun gar nicht wußte, wo sie ein Obdach finden sollte, sah sie in der Ferne ein prachtvolles Schloß stehen. Da ging sie darauf zu, trat hinein, und stieg die Treppe hinauf, sie begegnete aber Niemanden. Da ging sie durch die Zimmer, die waren kostbar geschmückt, und in dem einen stand eine wohlbesetzte Tafel, aber Menschen waren keine da. Endlich gelangte sie in das letzte Zimmer, da sah sie auf einem Katafalk eine schöne Jungfrau liegen, die war todt. „Es ist ja Niemand hier, so will ich hier bleiben, bis Jemand kommt, und mich fortjagt." Also setzte sie sich an die Tafel, aß und trank, so viel ihr Herz begehrte, und legte sich dann in ein schönes Bett schlafen. So lebte sie da eine lange Zeit und kein Mensch störte sie.

Eines Tages aber begab es sich, daß eben ihr Vater des Weges daherkam, als sie zum Fenster hinausschaute. Als er sie sah, begrüßte er sie freudig, denn es that ihm leid, sie verlassen zu haben, und frug sie, wie es ihr gehe. „O, es geht mir gut," antwortete Maruzzebba, „ich habe hier einen Dienst angenommen, und ich habe es gut." „Darf ich ein wenig heraufkommen?" frug der Vater. „Nein, nein," erwiederte sie, „meine Herrschaft ist in diesem Punkt sehr streng und erlaubt mir nicht, irgend Jemand hereinzulassen. Lebt wohl, und grüßt mir meine Schwestern." Der Schuster ging nach Haus und erzählte seinen Töchtern, daß er Maruzzebba wiedergefunden hätte. Da bethörten sie ihn wieder mit falschen Worten, daß er, der unschuldigen Maruzzebba gram ward, und nach einigen Tagen backten die neidischen Schwestern einen Kuchen, in den thaten sie viel Gift hinein und gaben ihn dem Vater, daß er ihn dem armen Mädchen bringen sollte.

In der Nacht aber, als Maruzzebba schlief, erschien ihr die todte Jungfrau im Traum, und rief sie: „Maruzzebba! Maruzzebba!" „Was wollt ihr?" frug Maruzzebba halb im Schlaf und halb im Wachen. „Morgen wird dir dein Vater einen wunderschönen Kuchen bringen, hüte dich aber davon zu essen, denn er ist vergiftet, sondern gieb erst der Katze ein Stück." Da erwachte Maruzzebba und sah sich allein. Also dachte sie: „Ich werde wohl geträumt haben," und schlief wieder ruhig ein. Am nächsten Morgen sah sie ihren Vater kommen. Da ließ sie ihn zwar die Treppe heraufkommen, wollte ihn aber nicht einlassen. „Wenn euch meine Herrschaft sieht, so wird sie mich aus dem Dienst jagen." „Nun denn, mein Kind," antwortete der Schuster, „deine Schwestern lassen dich schön grüßen und schicken dir diesen Kuchen." „Antworte meinen Schwestern, der Kuchen sei sehr schön," erwiederte Maruzzebba, „und ich dankte ihnen vielmals dafür." „Willst du denn nicht ein Stückchen versuchen?" frug der Vater. „Nein, ich kann nicht," antwortete sie, „denn ich habe jetzt zu arbeiten. Später, wenn meine Arbeit fertig ist, will ich ihn versuchen." Da gab sie ihm etwas Geld und hieß ihn gehen. Als er aber fort war, gab sie der Katze ein Stück von dem Kuchen, und nach einigen Augenblicken starb die Katze. Da erkannte sie, wie treu die todte Jungfrau sie gewarnt hatte und warf den Kuchen weg.

Die neidischen Schwestern aber hatten zu Hause keine Ruhe, und wollten gern wissen, was aus ihr geworden sei. Also begab sich der Schuster eines Morgens wieder auf den Weg nach dem Schloß. Als er aber dort anklopfte, kam ihm Maruzzebba ganz gesund und munter entgegen. „Wie geht es dir denn, liebes Kind?" frug er. „Mir geht es ganz gut, lieber Vater," antwortete sie. „Laß mich doch einmal das Schloß besehen," bat er. „Wo denkt ihr hin!" sagte sie, „das würde mir meinen Dienst kosten." Da gab sie ihm etwas Geld und schickte ihn fort. Als aber der Vater zu seinen Töchtern kam, und ihnen erzählte, Maruz-

3. Von Maruzzebba.

zebba sei ganz gesund, haßten sie ihre arme Schwester noch mehr als bisher. Da verfertigten sie einen schönen Hut, der war verzaubert, also daß wer ihn aufsetzte, starr und bewegungslos blieb, und diesen Hut mußte der Schuster seiner Tochter bringen.

In der Nacht aber erschien die todte Jungfrau wieder der Maruzzebba im Traum und rief sie: „Maruzzebba! Maruzzebba!" „Was wollt ihr?" frug sie. „Morgen früh wird dir dein Vater einen schönen, feinen Hut bringen," sagte die Todte. „Hüte dich aber ihn aufzusetzen, sonst wirst du starr und bewegungslos." Am andern Morgen kam richtig der Schuster und brachte seiner Tochter den schönen Hut mit. „Saget meinen Schwestern, der Hut sei sehr schön, und ich dankte ihnen vielmals," sagte sie ihrem Vater. „Willst du ihn nicht eben aufsetzen, daß ich sehe, wie er dir steht?" frug er. „Nein, nein, ich muß jetzt arbeiten," antwortete sie, „später, wenn ich in die Messe gehe, will ich mich damit schmücken." Damit gab sie ihm etwas Geld und hieß ihn gehen. Den Hut aber steckte sie in einen Kasten, und zerriß ihn nicht, wie sie hätte thun sollen. Die Schwestern aber waren nun überzeugt, Maruzzebba hätte sich mit dem Hut einen Schaden angethan, und bekümmerten sich nicht weiter um sie.

Durch Gottes Gnade ward es nun der todten Jungfrau vergönnt, in die himmlische Herrlichkeit einzugehen. Da erschien sie zum letzten Mal der Maruzzebba im Traum und sprach: „Gott vergönnt mir zu meiner Ruhe einzugehen. Dir lasse ich dies Schloß und Alles was darinnen ist. Lebe glücklich und genieße diese Reichthümer." Damit verschwand sie und der Katafalk blieb leer stehen.

Nun war eine geraume Zeit verstrichen, da fiel es eines Tages der Maruzzebba ein, ihre Kisten und Kasten aufzuräumen. Dabei fiel ihr auch der verzauberte Hut in die Hände, und weil es so lange her war, vergaß sie wer ihn ihr geschickt hatte, und dachte: „Ei, der hübsche Hut! Den will ich doch anprobiren." Kaum aber hatte sie den Hut aufgesetzt, so blieb sie starr und bewegungslos und konnte sich gar nicht mehr rühren. In der Nacht aber erschien die todte Jungfrau, denn der Herr hatte ihr vergönnt auf die Erde zu kommen; sie nahm die arme Maruzzedda und legte sie auf den Katafalk, dann flog sie wieder in's Paradies. Da lag nun Maruzzedda wie todt; sie wurde aber nicht blaß und auch nicht kalt.

Als sie aber schon eine lange Zeit so gelegen hatte, begab es sich, daß eines Tages der König auf die Jagd ging und in die Gegend des Schlosses kam. Da er nun einen schönen Vogel sah, schoß er danach und traf ihn auch, aber der Vogel fiel gerade in das Zimmer hinein, wo Maruzzedda auf dem Katafalk lag. Nun wollte der König in das Schloß eindringen, es waren aber alle Thüren verschlossen und auf sein Klopfen antwortete Niemand. Also blieb nichts übrig, als durch das Fenster hineinzusteigen, und weil das Fenster nicht sehr hoch war, so gelang es zweien von seinen Jägern hineinzusteigen. Als sie aber das wunderschöne Mädchen sahen, vergaßen sie den Vogel und den König und schauten nur immer die todte Maruzzedda an. Der König wurde ungeduldig, und rief endlich: „Was macht ihr denn da drinnen? Eilt euch doch!" Da kamen sie an's Fenster und baten den König auch hereinzusteigen, es sei da ein Mädchen von so wunderbarer Schönheit, wie sie nie etwas Aehnliches gesehen hätten. Da stieg der König durch das Fenster in das Zimmer, und da er Maruzzedda erblickte, konnte er auch seine Augen nicht mehr von ihr abwenden. Als er sich aber über sie beugte, merkte er, daß sie noch warm war, und rief: „Das Mädchen ist nicht todt, sondern nur ohnmächtig, wir wollen sie in's Leben zurückrufen." Da versuchten sie, sie zu erwecken, rieben sie, schnürten ihr Kleid auf, aber es war Alles vergebens, Maruzzedda blieb starr. Da streifte der König endlich den Hut ab, um ihre Stirn zu kühlen, und sogleich schlug sie die Augen auf und erwachte aus ihrem Schlummer. Da rief der König: „Du sollst meine Gemahlin sein," und umarmte sie. Der König aber hatte eine Mutter, die war eine böse Zauberin. Er fürchtete sich also, Maruzzedda mit in sein Schloß zu nehmen und sprach: „Bleibe hier; ich werde kommen, so oft ich kann." Also lebte Maruzzedda in dem Schloß und wurde heimlich mit dem König getraut, und der König kam und besuchte sie, so oft er auf die Jagd ging.

3. Von Maruzzedda.

Nach einem Jahr gebar sie ihren ersten Sohn, und nannte ihn: „Ich liebe dich."*) Wieder nach einem Jahr gebar sie ihren zweiten Sohn und nannte ihn: „Ich liebte dich."**) Und als sie nach einem Jahr ein drittes Söhnchen bekam, nannte sie es: „Ich werde dich lieben."***)

Die alte Königin aber hatte wohl gemerkt, daß ihr Sohn so oft auf die Jagd ging und so lange abwesend blieb; und forschte so lange, bis sie von seiner Heirath hörte. Da rief sie einen vertrauten Diener, und sprach: „Gehe hin in das Schloß, wo des Königs Gemahlin wohnt, und sage zu ihr: Meine Herrin, die Königin, will euch zu Gnaden annehmen, wenn ihr ihr heute euren ältesten Sohn schickt." Das that der Diener und die arme Maruzzedda ließ sich bethören und gab ihm ihren ältesten Sohn mit. Am nächsten Tag ließ die alte Königin den zweiten Sohn holen, und dann auch noch den dritten. Als sie aber die drei Kinder bei sich hatte, rief sie ihren Koch und sprach zu ihm: „Diese drei Kinder mußt du tödten, und mir die Leber und das Herz zum Wahrzeichen bringen." Der Koch aber hatte selbst Kinder, und sein Vaterherz erbarmte sich über die armen, unschuldigen Kleinen, also daß er sie nicht tödtete, sondern sie in sein Haus brachte und dort versteckte. Der Königin aber brachte er Herz und Leber von drei Zicklein.

Zu der Zeit aber war der König krank und lag in seinem Bette darnieder. Da schickte die alte Königin wieder einen Boten zu Maruzzedda und ließ ihr sagen: „Euer Gemahl ist krank, kommet ihn zu pflegen." Da legte Maruzzedda drei Kleider über einander an und ging auf's Schloß. Als sie aber in den Hof eintrat, brannte da ein großes Feuer und die alte Königin stand dabei und rief: „Werfet die Dirne in's Feuer! Da bat Maruzzedda: „Lasset mich erst meine Kleider abwerfen," und warf das erste Kleid ab und rief mit lauter durchdringender Stimme: „T'amo!" Nun hatte aber die Königin vor des Königs Thür eine ganze Schaar Musikanten aufstellen lassen, die mußten aus Leibeskräften spielen,

---

*) T'amo.
**) T'amai
*** T'amerò.

damit der König Nichts hören sollte von dem was im Hof vorging. Er hörte aber doch den Ruf seiner Frau, wenn auch nur ganz schwach. „Haltet ein mit eurer Musik," rief er, aber die Musikanten spielten kräftig weiter. Da warf Maruzzedda auch das zweite Kleid ab, und rief noch lauter: „T'amai!" Diesmal hörte es der König schon besser und rief wieder: „Haltet ein mit eurer Musik!" Die Musikanten aber hatten von der Königin den Befehl erhalten, ihm nicht zu gehorchen, und spielten weiter. Da warf Maruzzedda das dritte Kleid ab, und in der Angst ihres Herzens rief sie so laut sie nur konnte: „T'amerò!" Da hörte der König den Schrei, sprang aus dem Bette und lief in den Hof hinunter. Wie er hinkam, waren die Diener im Begriff die arme Maruzzedda in das Feuer zu werfen. Da gebot er ihnen Einhalt, und befahl ihnen, statt ihrer die alte Königin zu binden und in das Feuer zu werfen. Dann umarmte er seine Frau und sprach: „Nun wirst du Königin sein." „Ach," erwiederte sie, führe mich vor Allem zu meinen Kindern." „Wo sind denn die Kinder?" frug der König. „Wie! sind sie nicht hier?" rief die arme Mutter. „O meine Kinder, meine lieben Kinder!" Da erzählte sie dem König, wie seine Mutter die Kinder alle habe holen lassen, aber es wußte kein Mensch um sie und es war große Trauer im Schloß. Da ließ sich aber der Koch bei dem König melden, und sprach zu ihm: „Majestät, und ihr, Frau Königin, tröstet euch! Die Kindlein sind wohlbehalten in meinem Hause. Die alte Königin hatte mir freilich befohlen sie zu tödten, aber mein Herz erbarmte sich ihrer und ich ließ sie leben." Da wurden die drei Kinder gebracht, und die Eltern umarmten sie mit großer Freude. Dann feierten der König und die Königin ein schönes Fest, den treuen Koch aber beschenkten sie reichlich. So lebten sie glücklich und zufrieden, wir aber gehen leer aus.

4. Von der schönen Anna.

Es waren einmal drei Schwestern, die waren alle drei sehr schön, aber die Jüngste war die allerschönste, die hieß Anna. Die drei Mädchen hatten weder Vater noch Mutter, und nährten sich von ihrer Hände Arbeit. Die Erste spann und haspelte das Garn, die Zweite wob die Leinwand, und die Jüngste nähte daraus Hemden und andere Wäsche.

Da sie nun eines Tages mit ihrer Arbeit vor der Hausthür saßen, kam der Königssohn vorbei, der wollte auf die Jagd gehen. Als er die drei schönen Mädchen sah, sprach er: „Wie schön ist die, welche haspelt, wie schön ist die, welche webt, doch die, welche näht, macht mich sterbenskrank."*) Die beiden älteren Schwestern aber wurden neidisch, als sie hörten, daß der Königssohn ihre Schwester lieber hatte als sie, und die Aelteste sprach: „Morgen will ich nähen und Anna kann haspeln." Als aber am andern Morgen der Königssohn wieder vorbeiritt, sprach er: „Wie schön ist die, welche näht, wie schön ist die, welche webt, doch die welche haspelt macht mich sterbenskrank." Die Schwestern wurden noch viel neidischer, und am dritten Morgen mußte Anna weben. Aber der Königssohn sprach: „Wie schön ist die, welche näht, wie schön ist die, welche haspelt, doch die, welche webt macht mich sterbenskrank." Da konnten die Schwestern die arme Anna gar nicht mehr leiden, und berathschlagten, wie sie sie verderben wollten. Sie beschlossen aber, sie in eine wilde, einsame Gegend zu führen, und sie dort allein zu lassen, daß sie den Weg nach Hause nicht wieder finden könne.

Also sprach die älteste Schwester zu Anna: „Anna, komm mit; wir haben hier etwas schmutzige Wäsche, die wollen wir in einem Bächlein waschen." Anna war es zufrieden und so wanderten die Beiden fort. Als sie aber in eine wilde einsame Gegend kamen, sprach die Schwester: „Ach, Anna, ich habe vergessen die Seife mitzunehmen. Warte hier ein

---

*) Ch'è bedda chidda chi 'ncanna, ch'è bedda chidda chi tesci, chidda chi cusci muriri mi fa.

Weilchen auf mich, bis ich gehe sie zu holen." Da setzte sich die schöne Anna hin und wartete auf ihre Schwester, und wartete und wartete, aber es kam Niemand. Da fing sie an bitterlich zu weinen und dachte: „Sie hat mich mit Absicht allein gelassen, damit ich sterben soll. So will ich denn nicht zu meinen Schwestern zurückkehren, sondern will in die weite Welt wandern, um mein Glück zu suchen."*)

Also machte sie sich auf und wanderte, bis sie endlich an ein großes schönes Haus kam. Da klopfte sie an und eine Frau machte ihr auf und frug sie, was sie wolle. „Ach, gute Frau," bat die schöne Anna, „laßt mich doch diese Nacht hier ruhen; ich bin ein armes Mädchen und stehe ganz allein in der Welt." „Ach, du armes Kind," rief die Frau, „wie bist du hierher gerathen? Wenn mein Mann dich findet, so frißt er dich. Ich habe aber Mitleid mit dir und will dich verstecken, vielleicht gelingt es mir ihn zu besänftigen." Also versteckte die Frau die schöne Anna, und bald kam der Mann nach Haus, der brummte: „Ich rieche Menschenfleisch, ich rieche Menschenfleisch!" „Ach was," antwortete die Frau, „du riechst auch immer Menschenfleisch. Das kommt davon, daß du schon so viel Menschen gefressen hast. Denke dir nur, heute ist ein Mädchen hier vorbeigekommen, das war schöner als die Sonne. Ich glaube, wenn du sie gesehen hättest, du hättest sie leben lassen." Als sie nun sah, daß sich ihr Mann besänftigt hatte, holte sie die schöne Anna hervor, und die war so schön, daß der Menschenfresser sie von Herzen lieb gewann, und sie nicht fressen mochte. „Bleibe bei uns, du schönes Mädchen," sprach er, „du sollst es gut haben." Also blieb die schöne Anna bei dem Menschenfresser und seiner Frau und war wie das Kind vom Haus.

Nach einiger Zeit aber starb der Menschenfresser und bald nach ihm auch seine Frau. Da blieb die schöne Anna allein in dem großen Haus und alle die Schätze gehörten ihr. Als sie nun eines Tages am Balkon stand, ging eben ihre älteste Schwester vorbei, die erkannte sie sogleich und frug sie, wie es ihr gehe. „Es geht mir gut," antwortete Anna,

---

*) Pri cercare la mia ventura.

aber sie lud ihre Schwester nicht ein herauf zu kommen. „Hätte ich gewußt, daß ich dich hier treffen würde, so hätte ich dir ein Geschenk mitgebracht," sprach die Schwester. „Danke," antwortete Anna, „ich brauche aber Nichts und will von Niemand etwas geschenkt bekommen." Da ging die Aelteste wieder nach Haus und sprach zur zweiten Schwester: „Denke dir, ich habe unsere Schwester Anna gesehen, die ist noch viel schöner geworden, und ist fein gekleidet und wohnt in einem großen Haus." Da wurde das Herz der beiden Schwestern von Neid erfüllt und sie dachten, wie sie die arme Anna verderben könnten. Sie nahmen aber eine Traube*) und vergifteten sie, und am anderen Tag machte sich die älteste Schwester auf den Weg zur schönen Anna. Die saß oben auf der Terrasse und arbeitete. Als nun ihre Schwester sie sah, ging sie hinauf und rief ihr gar freundlich zu: „Ach, liebes Schwesterchen, wie freue ich mich dich wiederzusehen. Und was du so schön geworden bist! Sieh, ich habe dir auch eine schöne Traube mitgebracht, iß sie mir zu Liebe." „Ich danke dir, erwiederte Anna, „du siehst ich habe den ganzen Garten voll Trauben hängen, ich brauche die deinigen nicht." Die Schwester aber ließ nicht nach sie zu bitten, bis Anna endlich eine Beere in den Mund steckte. In demselbigen Augenblick aber fiel sie um und war wie todt, und die Beere blieb ihr im Halse stecken. Da ließ die Schwester sie auf der Terrasse liegen und ging vergnügt nach Haus.

Nun begab es sich eines Tages, daß der Königssohn auf die Jagd ging und auch an dem Haus vorbeikam. Da er nun auf der Terrasse einen schönen Vogel sitzen sah, schoß er ihn, und der Vogel fiel auf die Terrasse. Da ging der Königssohn die Treppe hinauf und wanderte durch alle Zimmer, sah aber keine menschliche Seele. Als er aber auf die Terrasse kam, lag da ein wunderschönes Mädchen, und als er es genauer ansah, war es die schöne Anna. Da fing er an zu weinen und küßte sie und sprach: „Wie hübsch ist dieses Näschen, wie hübsch ist dieses Mündchen, doch dieses Hälschen macht mich

---

*) Un grappu di corniola.

sterbenskrank."*) Als er aber dabei ihren Hals berührte, sprang die Beere heraus, und die schöne Anna schlug die Augen auf und war wieder lebendig. Da freute sich der Königssohn und sprach: „Du sollst meine Gemahlin sein." Er hatte aber zu Hause eine böse Mutter, deßhalb konnte er die schöne Anna nicht auf sein Schloß bringen, sondern ließ sie in ihrem Haus, und jeden Tag wenn er auf die Jagd ging, kam er und besuchte sie. Nach einem Jahr gebar Anna ihren ersten Sohn, und weil er so wunderschön war, so nannte sie ihn: „Sonne."**) Wieder nach einem Jahr gebar sie ein wunderschönes Mädchen und nannte es „Mond."***) Die Kinder wuchsen einen Tag für zwei, und wurden immer schöner, ihre Mutter aber durfte noch immer nicht in das königliche Schloß kommen. Doch kam der Königssohn jeden Tag und besuchte sie. Einmal aber wurde er krank, so krank, daß er viele Tage im Bette bleiben mußte und nicht zu ihr konnte. Da sprach er immer: „O mein Sohn Sonne, o meine Tochter Mond, was macht Frau Anna so ganz allein?†) Das hörte die alte Königin und ließ sogleich den vertrauten Diener ihres Sohnes rufen und sprach zu ihm: „Wenn du mir nicht sogleich sagst, von wem der König spricht, so reiße ich dir den Kopf ab." Da gestand ihr der Diener Donna Anna sei die Frau des Königssohnes und Sonne und Mond seien seine Kinder. „Wohl," sprach die Königin, so gehe augenblicklich hin zu Donna Anna und sage zu ihr: ‚Euer Mann hat seiner Mutter Alles gestanden und sie wünscht nun ihre kleinen Enkelchen zu sehen. Dann nimm die Kinder, ermorde sie und bringe mir Herz und Zunge zum Wahrzeichen." Da ging der Diener traurig zur schönen Anna und sagte ihr, der Königssohn habe ihn geschickt seine Kinder zu holen, und die schöne Anna legte den Kindlein ihre schönsten Kleider an und übergab sie dem Diener. Der führte sie weg, aber als er sie ermorden sollte, erbarmte er sich der unschuldigen Kinder, also daß er

*) Ch'è beddu stu nasuzzu, ch'è bedda sta vucuzza, e stu codduzza muriri mi fa.
**) Suli ist masculinum.
***) Luna hingegen ist femininum.
†) Figghiu miu suli, figghia mia luna, comu fa Donn' Anna sula?

sie leben ließ und sie zu seiner Mutter brachte. Der Königin überbrachte er Herz und Zunge von zwei jungen Zicklein.

Am anderen Morgen schickte die Königin ihn wieder hin, er solle nun die schöne Anna selbst in's Schloß bringen. Die schöne Anna aber hatte drei Kleider, die waren mit Glöckchen besetzt, eins mit silbernen, eins mit goldenen und eins mit diamantenen Glöckchen. Die legte sie alle drei an, eins über das andere und ging so in's Schloß. Im Schloßhof aber brannte ein großes Feuer, und darüber war ein Kessel mit siedendem Oel und daneben stand die alte Königin und befahl, man solle die arme Anna in's siedende Oel werfen. Da warf die schöne Anna ihre drei Kleider ab und dabei läutete sie mit all ihren Glöckchen zugleich, das klang so lieblich und doch wieder so laut, daß der Königssohn es in seinem Zimmer hörte. Da sprang er heraus und sah, wie die Diener eben die schöne Anna ergreifen wollten, um sie in das siedende Oel zu werfen. „Haltet ein," rief er, und befreite die schöne Anna aus ihren Händen, und statt ihrer ließ er die böse Königin in's Oel werfen. Als er aber voll Freude seine Frau umarmte, rief sie: „Ach, wo sind denn meine lieben Kinder, die du gestern hast holen lassen?" „Ich habe meine Kinder nicht holen lassen," rief der Königssohn ganz erschrocken, „das ist gewiß meine böse Mutter gewesen. O meine Kinder, meine lieben Kinder!" Da kam aber der Diener, warf sich dem Königssohn zu Füßen und bekannte Alles und sagte ihm, daß die Kindlein gesund und munter bei seiner Mutter wären. Als nun die Kinder geholt wurden, umarmten sie ihre Eltern voller Freude, und es wurden drei Tage Festlichkeiten gehalten, und der Königssohn wurde König und die schöne Anna Königin. Da blieben sie glücklich und zufrieden, wir aber gehen leer aus.

5. Die verstoßene Königin und ihre beiden ausgesetzten Kinder.

Es war einmal eine Frau, die hatte drei Töchter, die waren alle drei sehr schön. Sie waren aber arm, und mußten sich ihr Brod mit Spinnen verdienen. Wenn nun Abends der Mond recht schön schien, setzten sie sich an ihr Fensterlein und spannen. Gegenüber aber lag das Schloß des Königs, und wenn der König die Treppe hinauf oder hinunter ging, mußte er immer an den Mädchen vorbei.*) Da sprach einmal die Aelteste: „Wenn ich den Königssohn zum Mann bekäme, so wollte ich mit vier gran Brod ein ganzes Regiment sättigen, und es sollte noch übrig bleiben." **) Da sprach die Zweite: „Wenn ich den Königssohn zum Mann bekäme, so wollte ich mit einem Glas Wein einem ganzen Regiment zu trinken geben, und es sollte noch übrig bleiben." Da sprach die Jüngste: „Und wenn ich den Königssohn zum Mann bekäme, so wollte ich ihm zwei Kinder gebären, einen Knaben mit einem goldenen Apfel in der Hand, und ein Mädchen mit einem goldenen Stern auf der Stirn." Dasselbe sagten sie jedesmal, wenn der König vorbeikam. Einmal hörte es denn der König und ließ die drei Schwestern auf sein Schloß kommen. „Wer seid ihr?" frug er sie, „und was thut ihr Abends an Eurem Fensterlein?" Sie antworteten: „Wir sind arme Mädchen und müssen uns unser Brod mit Spinnen verdienen. Da sitzen wir denn Abends an unserm Fensterlein und spinnen, und um uns die Zeit zu vertreiben, plaudern wir." Da frug der König die Aelteste: „Was sagtet ihr denn gestern als ich vorbeiging?" Sie antwortete: „Majestät, ich sagte: Wenn ich den Königssohn zum Mann bekäme, so wollte ich mit vier gran Brod ein ganzes Regiment sättigen und es sollte noch übrig bleiben."

Da frug der König die zweite Schwester: „Was habt ihr denn gesagt?" Sie antwortete: „Majestät, ich sagte: Wenn ich den Königssohn zum Mann bekäme, so wollte ich mit einem Glas Wein einem ganzen Regiment zu trinken geben, und es sollte noch übrig bleiben."

Da frug er auch die Jüngste: „Und was habt ihr gesagt?" Sie schämte sich und wollte nicht antworten, endlich aber mußte sie es doch

---

*) Eine Variante sagt, es sei in den Zeiten gewesen, wo die Könige Nachts an den Thüren horchten, um zu hören was die Unterthanen sagten, und da hätte der König auch an der Thüre dieser Mädchen gehorcht.
**) Die Variante sagt, mit einem Stück Tuch wolle sie die ganze Armee bekleiden und es sollte noch übrig bleiben.

5. Die verstoßene Königin und ihre beiden ausgesetzten Kinder.

sagen: „Majestät, ich sagte: Wenn ich den Königssohn zum Mann bekäme, so wollte ich ihm zwei Kinder gebären, einen Knaben mit einem goldenen Apfel in der Hand, und ein Mädchen mit einem goldenen Stern auf der Stirn."

Da das der Sohn des Königs hörte, sprach er: „Du sollst meine Gemahlin sein." Da ließ er ihr schöne Kleider machen, und sie wurde seine Frau. Die beiden Schwestern aber zogen auch auf das Schloß und lebten dort herrlich und in Freuden.

Nun begab es sich nach einigen Monaten, daß ein Krieg ausbrach und der Königssohn mußte auch in den Krieg ziehen. Da rief er die beiden Schwestern herbei und sprach: „Ich empfehle meine liebe Frau eurer Fürsorge. Wenn nun ihre Stunde kommen wird, so pflegt sie wohl." Die beiden Schwestern waren aber sehr neidisch auf das Glück, das ihre jüngste Schwester betroffen hatte. Als nun die junge Königin in die Wochen kam, thaten sie als wollten sie sie pflegen, und als wirklich zwei Kinder zur Welt kamen, ein Knabe mit einem goldenen Apfel in der Hand, und ein Mädchen mit einem goldenen Stern auf der Stirn, nahmen sie die Kindlein weg, legten sie in eine Kiste und warfen sie in's Wasser. Der jungen Königin aber legten sie zwei Hündlein in's Bett.

Als nun der junge König aus dem Krieg heimkehrte und seine Kinder sehen wollte, sagten ihm die Schwestern: „Die junge Königin hat zwei Hündlein zur Welt gebracht." Da wurde er sehr zornig und befahl, man sollte im Hof am Fuß der Treppe einen Verschlag bauen, darin sollte die arme Königin Tag und Nacht stehen bei Wasser und Brod; neben ihr aber stand eine Schildwache, und zwang jeden der die Treppe hinauf oder hinunter ging ihr in's Gesicht zu speien.

Unterdessen war die Kiste mit den armen Kindlein von einem alten Fischer aufgefangen worden. Als er sie öffnete und die beiden schönen Kinder sah, brachte er sie nach Haus und seine Frau säugte sie. Da blieben denn die Kinder und wurden von Jahr zu Jahr schöner und größer. Als sie aber älter wurden, stritten sie sich eines Tages mit den Söhnen des Fischers, und diese nannten sie dabei Bastarde. Als sie nun erfuhren, daß sie nicht die Kinder der beiden alten Leute seien, sprachen sie: „Gebt uns Euren Segen, wir wollen gehen und unsere Eltern suchen." Da wanderten sie fort und trafen nach einer Weile einen freundlichen Alten an, der frug sie: „Wohin wandert ihr so allein?" Sie erzählten ihm, wie sie ausgezogen wären, ihre Eltern zu suchen. Da schenkte der Alte ihnen einen Zauberstab und sprach: „Was ihr euch von Schätzen wünschen werdet, werdet ihr durch diesen Stab erlangen." Da wanderten sie weiter, bis sie in die Stadt kamen, wo ihr Vater herrschte. Dort wünschten sie sich ein wunderschönes Haus, gerade dem königlichen Schloß gegenüber, und alsobald stand da ein prächtiger Palast.

Am nächsten Morgen traten die beiden neidischen Schwestern an das Fenster und konnten sich nicht genug verwundern über den schönen Palast der über Nacht entstanden war, und während sie noch darüber sprachen, sahen die beiden Königskinder auch zum Fenster hinaus. Da erkannten sie die Tanten an dem goldenen Stern und an dem Apfel und erschraken sehr. Da riefen sie eine arme Frau herbei, der sie jeden Freitag etwas zu schenken pflegten, und sprachen: „Geht einmal hinüber in jenes Haus, dort wohnen reiche Leute, die werden euch gewiß etwas geben. Wenn nun das junge Fräulein euch etwas gibt, so sagt zu ihr: „Edles Fräulein, ihr seid schön, doch euer Bruder ist noch viel schöner. Verschaffet euch aber das tanzende Wasser." Denn, dachten die schlimmen Tanten, nun wird der Bruder ausziehen es ihr zu holen, und ist er erst einmal todt, so wollen wir sie auch schon los werden. Die arme Frau ging also in den Palast und sprach zur Kammerfrau: „Saget eurer Herrin, es sei hier eine arme Bettlerin, die um ein Almosen bittet." Da kam das Fräulein selbst heraus, und die Arme sprach zu ihr: „Edles Fräulein, ihr seid schön, aber euer Bruder ist noch viel schöner. Verschaffet euch aber das tanzende Wasser." Als das Mädchen das hörte, bekam sie eine solche Sehnsucht nach dem tanzenden Wasser, daß sie ganz schwermüthig wurde, und als der Bruder nach Hause kam, erzählte sie ihm, was die Bettlerin ihr gesagt hatte und bat ihn, ihr das tanzende

5. Die verstoßene Königin und ihre beiden ausgesetzten Kinder.

Wasser zu holen. „Aber liebe Schwester," antwortete der Bruder, „du weißt nicht, was für Gefahren damit verbunden sind. Ich will gern ausziehen, es dir zu holen, du wirst aber sehen, ich komme nicht wieder." „O du wirst schon wiederkommen," sagte die Schwester, und weil er sie so lieb hatte, konnte er ihren Bitten nicht widerstehen und bereitete sich vor auf die Reise. Nun gab er ihr einen Ring und sprach: So lange der Ring weiß und klar bleibt, werde ich zurückkommen, wird er aber einmal trübe, so ist es ein Zeichen, daß ich nicht wiederkehren kann. Darauf umarmte er seine Schwester, bestieg sein schönstes Pferd, und machte sich auf den Weg.

Er mußte viele Tage weit wandern, endlich kam er in einen tiefen Wald. Es wurde Abend und er sah noch keinen Ausweg. Da irrte er umher und dachte: „Bis morgen früh haben dich die wilden Thiere gefressen." Plötzlich sah er in der Ferne ein Licht, und als er näher hinzu kam, sah er ein kleines Häuschen. Er klopfte an und ein alter Einsiedler öffnete ihm. „O mein Sohn," sprach der Alte, „was thust du an diesem wilden Orte so allein?" „Vater," antwortete der Jüngling, „ich bin ausgezogen das tanzende Wasser zu suchen." — „O mein Sohn," sprach der Alte, „entsage deinem thörichten Vorhaben. So viele Prinzen, Königssöhne und Fürsten sind hier vorbeigezogen um das tanzende Wasser zu suchen, und Keiner ist noch je zurückgekehrt." Der Jüngling aber ließ sich nicht abschrecken, denn er hatte seine Schwester sehr lieb. „Wenn du denn durchaus willst," sagte der Einsiedler, „so gehe mit Gott. Ich kann dir zwar nicht helfen, aber eine Tagereise tiefer im Wald wohnt mein älterer Bruder, den suche morgen auf, vielleicht kann er dir rathen."

Den nächsten Morgen wanderte der Jüngling weiter, bis tief in die Nacht hinein, bis er in der Ferne ein Licht sah. Das war das Häuschen, wo der zweite Einsiedler wohnte. Er klopfte an und der Einsiedler öffnete ihm die Thür, und frug nach seinem Begehr. Als er nun hörte, daß er ausgezogen sei das tanzende Wasser zu suchen, versuchte er noch viel ernstlicher ihn zu warnen. Er ließ sich aber nicht davon abbringen. Da sprach der Einsiedler: „Ich kann dir nicht rathen und helfen; aber eine Tagereise tiefer im Wald wohnt mein ältester Bruder, der wird dir villeicht helfen." Den nächsten Morgen ritt der Jüngling wieder fort, und kam am Abend zum dritten Einsiedler, der war steinalt. „Mein Sohn," frug der Einsiedler, „was thust du hier an diesem verrufenen Ort?" Als er nun hörte, warum der Jüngling ausgezogen sei, erschrak er sehr und sprach: „Mein Sohn laß dich warnen, und thue es nicht. So viele sind dabei zu Grunde gegangen, wie sollte es dir nun gelingen?" Er wollte aber nichts hören, also sprach der Einsiedler: „Nun wohl denn, wenn du durchaus gehen willst, so geh mit Gott. Sieh, dort jenen Berg mußt du ersteigen; weil er aber von wilden Thieren bewohnt ist, so mußt du deinen Quersack mit Fleisch füllen und ihnen dasselbe hinwerfen, so werden sie dich durchlassen. Auf dem Gipfel des Berges steht ein wunderschönes Schloß; tritt hinein und gehe durch alle Zimmer durch. Hüte dich aber wohl, irgend etwas anzurühren von den herrlichen Schätzen, die du da sehen wirst. In dem letzten Zimmer ist eine große Anzahl Pokale, die sind mit Wasser angefüllt. Rühre sie aber nicht eher an, als bis du das Wasser sich bewegen siehst. Dann ergreife einen und entfliehe so schnell du kannst." Nun gab er ihm noch seinen Segen und ließ ihn ziehen.

Der Jüngling ging hin und kaufte mehrere Ochsen, die er schlachten und in Stücke hauen ließ. Damit füllte er seinen Sack an und zog nun aus, dem Berg zu. Als er nun anfing den Berg zu ersteigen, sprangen von allen Seiten die wilden Thiere herbei, er aber warf ihnen große Stücke Fleisch hin, da ließen sie ihn durch. Glücklich kam er auf den Gipfel des Berges an, stieg vom Pferd und trat in das Schloß. Da sah er nun so viele Schätze und Reichthümer, daß er wie geblendet davon war. Aber der Warnungen des Einsiedlers eingedenk, rührte er Nichts an, sah sich auch nicht einmal um, sondern schritt durch alle Zimmer, bis er in den Saal kam, wo die Pokale mit dem tanzenden Wasser standen. Er wartete bis er das Wasser aufwallen sah, dann ergriff er einen Pokal und entfloh so schnell er konnte. Nun kam er zu den drei Einsiedlern, die sich sehr freuten ihn gesund wiederzusehen, und endlich kehrte er auch zu seiner Schwester zurück, die sich sehr freute, als er wiederkam, und den Pokal stellte sie an das Fenster, und freute sich an dem Aufwallen des Wassers.

Als nun die beiden Tanten sahen, daß ihr Neffe gesund heimgekommen war, erschraken sie sehr, riefen wieder die Bettlerin und sprachen: „Wenn ihr nächsten Freitag in das Haus gegenüber geht, so sprecht zu dem Fräulein: Euer Bruder ist schön, ihr aber seid noch viel schöner. Verschaffet euch aber den sprechenden Vogel." Die Frau ging hin und that was die Schwestern sie geheißen. Als nun der Jüngling nach Hause kam, fand er seine Schwester wieder so traurig, und frug sie ob sie gern was hätte. „Ach, lieber Bruder," antwortete sie, „du hast mir das tanzende Wasser geholt, jetzt mußt du mir auch noch den sprechenden Vogel holen!" — „Liebe Schwester," sprach er, „ich will dir zu Liebe gehen, aber diesmal siehst du mich nicht wieder, das ist gewiß." Die Schwester aber meinte, er würde schon wiederkommen. Da bestieg der Jüngling wieder sein Pferd und ritt bis er zu dem ersten Einsiedler kam. „Vater," sprach er, „ihr habt mir zu dem tanzenden Wasser verholfen, verhelft mir auch noch zu dem sprechenden Vogel." „Mein Sohn," antwortete der Einsiedler, „einmal ist es dir gelungen, aber nimm dich in Acht, das zweite Mal wird es dir nicht gelingen." Er aber wollte sich nicht warnen lassen, ging zum zweiten und endlich auch zum dritten Einsiedler. Der sprach zu ihm: „Mein Sohn, wenn du durchaus dein Glück versuchen willst, so gehe mit Gott. Versieh dich mit Fleisch, es den wilden Thieren vorzuwerfen. Wenn du im Schloß bist, so gehe durch die Zimmer, hüte dich aber wohl irgend etwas anzurühren. Wenn du nun in einen Saal kommst, wo eine große Anzahl Vögel ist, so warte bis die Vögel anfangen zu sprechen, dann ergreife einen und entflieh so schnell du kannst. Hüte dich aber wohl ihn anzurühren, so lange er nicht spricht."

Der Jüngling ging hin, versah sich mit Fleisch, und kam glücklich durch die wilden Thiere. Vor dem Schloß stieg er vom Pferd, und ging durch die Zimmer. Da waren noch schönere Sachen aufgespeichert, er ging aber vorbei, ohne etwas anzurühren. Als er aber in den Saal mit den Vögeln kam, vergaß er die Warnung des Einsiedlers, und ergriff einen Vogel, der nicht sprach. Alsbald erstarrte er zu Stein, und sein Pferd ebenfalls.

Unterdessen beschaute die Schwester täglich den Ring und freute sich, daß er so hell und klar blieb. Eines Morgens aber war der Ring ganz trübe. Da fing sie an zu weinen, und sprach: „Ich will ausziehen meinen Bruder zu erlösen." Also wanderte sie fort, viele Tage lang, bis sie in den Wald und zu dem ersten Einsiedler kam. Dort klopfte sie an und der Alte öffnete ihr die Thür, und als er eine Frau da stehen sah, sprach er: „O meine Tochter, wie kommst du in diese Wildniß, du ganz allein?" — „Vater" antwortete sie, ich bin ausgezogen meinen Bruder zu suchen." — „Ja, Tochter," sprach der Greis, „wir haben deinen Bruder genug gewarnt, er wollte aber nicht hören." Da wies sie der Alte zu dem zweiten Einsiedler und der schickte sie zu dem dritten. „O Tochter," sprach der zu ihr, „wie kannst du deinen Bruder erlösen, du ein schwaches Mädchen! Kennst du auch die Gefahren, denen du entgegen gehst?" Sie ließ sich aber nicht von ihrem Gedanken abbringen. Da sagte ihr der Greis, wie sie sich der wilden Thiere erwehren solle, und fuhr dann fort: „Wenn du nun in das Schloß kommst, so gehe durch die Zimmer, hüte dich aber wohl irgend etwas anzurühren. Im innersten Zimmer ist ein wunderschönes Bett, darauf liegt die Zauberin und schläft. Unter dem Bett liegen ihre diamantenen Pantoffeln, hüte dich aber sie anzurühren, sondern nähere dich leise dem Bett ohne dich umzusehen, strecke die Hand unter das Kopfkissen, ohne die Zauberin zu wecken, und ziehe die goldene Dose hervor, die dort versteckt ist. Wenn du dann mit der Salbe, die in der Dose ist, deinen Bruder bestreichst, so wird er wieder lebendig werden." Da ging sie hin, versah sich mit Fleisch, und ging muthig durch die wilden Thiere, denen sie Fleisch hinwarf. Dann schritt sie durch die Säle, ohne irgend etwas anzurühren, und auch ohne sich umzusehen. Als sie in das Zimmer kam, wo die Zauberin schlief, näherte sie sich leise dem Bett, streckte vorsichtig die Hand unter das Kopfkissen, und zog das goldene Büchschen hervor. Leise eilte sie dann durch

5. Die verstoßene Königin und ihre beiden ausgesetzten Kinder.

die Zimmer, bestrich ihren Bruder mit der Salbe, dann auch alle die andern Prinzen und Helden, die versteinert worden waren, daß sie Alle lebendig wurden. Dann lief sie hinunter, bestrich die Pferde, und nun setzten sich Alle zu Pferd, und entflohen so schnell sie konnten. Den sprechenden Vogel aber nahm der Bruder mit. Als sie nun den Berg hinunterritten, erwachte die Zauberin, und schrie: „Verrath! Verrath!" Aber ihre Macht war zu Ende und sie konnte den Flüchtlingen nicht schaden. Da ritten die Geschwister zu den drei Einsiedlern, und dankten ihnen für ihre Hülfe. Dann kehrten sie wieder in ihr schönes Haus zurück, und stellten den Vogel zu dem Pokal in's Fenster.

Da bemerkte der König eines Tages die wunderbaren Gegenstände und ließ die Geschwister zu einem Gastmahl auf das Schloß kommen. Als sie nun die Treppe hinaufstiegen, kamen sie auch an ihrer Mutter vorbei. Da schlugen sie die Augen nieder, und obgleich die Schildwache ihnen sagte, des Königs Befehl laute, ein Jeder der hinauf oder hinunter gehe, müsse der armen Frau in's Gesicht speien, so thaten sie es doch nicht. Nach dem Essen sprach der König: „Ihr habt in eurem Fenster einen Pokal mit tanzendem Wasser und einen sprechenden Vogel, dürfte ich sie wohl einmal sehen? Da schickten sie hin und ließen die beiden Sachen holen, und stellten sie auf den Tisch. Auf einmal fing der Vogel an zu sprechen: „Liebes Wasser, ich kenne eine schöne Geschichte, soll ich sie dir erzählen?" „Thue das," antwortete das Wasser. Da erzählte der Vogel die ganze Lebensgeschichte der Geschwister, wie sie in's Wasser geworfen worden waren, und ihre nachmaligen Abenteuer. Als das die beiden Tanten hörten, wurden sie ganz blaß. Da erkannte der König seine Kinder, und es war große Freude im Schloß. Die arme Königin wurde gebadet und mit schönen Kleidern angethan. Die beiden bösen Schwestern aber wurden auf Befehl des Königs in eine Tonne mit siedendem Oel gesteckt, und diese einem Pferd an den Schwanz gebunden, und durch die ganze Stadt geschleift.

6. Vom Joseph, der auszog sein Glück zu suchen.

Es waren einmal ein armer Bauer und seine Frau, die hatten einen einzigen Sohn, der hieß Joseph. Die Leute waren arm und lebten kümmerlich. Da kam eines Tages Joseph zu seiner Mutter und sprach: „Liebe Mutter, gebt mir meine Kleider und euren Segen, denn ich will ausziehen und mein Glück suchen." — „Ach, mein Sohn," sprach da die Mutter, und fing an zu weinen, „was willst du uns verlassen? Ich habe schon sonst Kummer genug, wenn du auch noch fortgehst, mein einziges Kind, so bleibt mir Nichts übrig als zu sterben." Joseph aber wiederholte immer nur: „Mutter, ich will ausziehen mein Glück zu suchen." Da mußten denn endlich die Eltern nachgeben; sie packten ihm seine Kleider in einen Quersack, thaten etwas Brod und Zwiebeln dazu und ließen ihn mit schwerem Herzen ziehen.

Als Joseph eine Zeitlang gewandert war, wurde er hungrig; er setzte sich also hinter eine Thür um etwas Brod und Zwiebeln zu essen. Während er so aß, kam ein feiner Herr zu Pferde vorbei, der redete ihn an, und frug ihn, wer er sei. „Ach," antwortete Joseph, „ich bin ein armer Bursche, und bin ausgezogen, mein Glück zu suchen.' — „Willst du mit mir kommen, und mir treu dienen," sprach der Herr, „so sollst du es gut haben." Joseph war es zufrieden und zog mit dem fremden Herrn davon. Der führte ihn in ein wunderschönes Schloß, in dem viele Schätze aufbewahrt waren. „Hier wohne ich," sprach er zu Joseph, nachdem er ihm statt seiner Bauernkleidung einen feinen Anzug gegeben hatte, „und hier sollst du mit mir wohnen, und dein Leben genießen. Du darfst so viel Geld nehmen, als du willst, nur mußt du mir einmal im Jahr einen Dienst thun." „Alles was Ihr befehlt, werde ich thun, antwortete Joseph, und lebte nun mit dem fremden Herrn herrlich und in Freuden. Als beinahe ein Jahr herum war, überkam ihn eine Sehnsucht nach seinen Eltern. Also kam er zu seinem Herrn und sprach: „Laßt mich auf einige Tage ziehen, daß ich meine Eltern besuchen kann." Anfangs wollte der Herr nicht, denn er dachte, Joseph würde nicht wieder

6. Vom Joseph, der auszog sein Glück zu suchen.

kommen, als ihm aber Joseph versprach, binnen wenigen Tagen wieder da zu sein, ließ er ihn gehen.

Joseph kam nun in seine Heimath; auf der Straße steckten die Leute die Köpfe zusammen, und Einige sagten: „Ist das nicht der Sohn vom alten Joseph?"*) Andere aber meinten: „Das ist ja ein feiner Herr, und Joseph war nur ein Bauer." So kam denn Joseph endlich an das Haus seiner Eltern, und als er hereintrat, war nur seine Mutter da. Er grüßte sie, und sie verneigte sich vor dem feinen Herrn, dann sprach er: „Ist der alte Joseph nicht da?" „O ja," sagte die Mutter, ich will gleich gehen ihn rufen," und ging in den Garten und sprach zu ihrem Mann: „Es ist ein fremder Herr da, der nach dir frägt." Da ging der alte Bauer in die Stube, nahm sein Mützchen ab, und sprach: „Womit kann ich euch dienen?" Da fing Joseph an zu lachen und sprach: „Erkennt Ihr mich denn nicht? Ich bin Joseph, euer Sohn." Da war denn die Freude sehr groß, und Joseph mußte Alles erzählen, was ihm begegnet war, und gab ihnen viel Geld, damit sie ruhig leben könnten, „denn ich," sprach er, muß gleich wieder fort und zu meinem Herrn zurückkehren." Da fing die Mutter an zu weinen, und bat: „Ach, lieber Sohn, bleibe doch bei mir." Aber Joseph sagte: „Ich habe es versprochen, ich muß zu meinem Herrn zurückkehren." Da ließen sie ihn ziehen, und Joseph kehrte zu seinem Herrn zurück.

Nach einigen Tagen sprach der Herr: „Joseph, heute mußt du mir den Dienst leisten, für den du bei mir eingetreten bist." Und führte ihn in ein Zimmer, wo eine Jagdkleidung bereit lag; diese mußte Joseph anziehen, dann bestiegen sie Beide ihre Pferde, und Joseph mußte noch ein drittes Pferd am Zügel führen, das mehrere leere Säcke trug. Sie ritten nun fort und viele Stunden lang, bis sie auf eine Hochebene kamen, aus der ein einsamer Berg hervorragte. Dieser Berg war so steil, daß keines Menschen Fuß ihn ersteigen konnte. Hier stiegen sie von den Pferden ab, und stärkten sich mit Speise und Trank. Dann befahl der

---

*) Zio Peppe?

Herr dem Joseph das dritte Pferd zu erschlagen, und ihm das Fell abzuziehen. Dies that Joseph, und dann legten sie das Fell in die Sonne zum Trocknen. "So lange können wir noch ein wenig ausruhen," sagte der Herr. Bald aber rief er wieder unsern Joseph, gab ihm ein scharfes Messerchen, und sprach: Ich werde dich nun sammt den leeren Säcken in das Fell einnähen, dann werden Raben kommen und dich auf jenen Berg hinauftragen. Dort mußt du mit dem Messerchen das Fell aufschneiden, und dann werde ich dir hinaufrufen, was du ferner thun sollst." Joseph war zu Allem bereit, und der Herr nähte ihn in das Fell ein. Sogleich kamen die Raben, hoben ihn auf und trugen ihn auf den Berg, wo sie ihn hinlegten. Nun schnitt Joseph mit seinem Messer das Fell auf, und sah sich um. Da sah er, daß der ganze Berg mit Diamanten bedeckt war. "Was soll ich jetzt thun?" frug er seinen Herrn. — "Fülle die Säcke einen nach dem andern mit Diamanten und wirf sie mir hinunter," rief der Herr. Als nun Joseph alle Säcke gefüllt und hinuntergeworfen hatte, frug er wieder: "Was soll ich jetzt thun?" "Lebe recht wohl," rief ihm der Herr zu, "und sieh zu, wie du wieder herunterkommst." Damit lud er die Säcke auf Joseph's Pferd, bestieg sein eigenes und ritt lachend davon.

Da stand nun Joseph und sah keine Möglichkeit hinunter zu steigen. Wüthend stampfte er mit dem Fuße auf, da hörte er auf einmal einen Ton, als wenn er Holz berührt hätte. Er bückte sich, und richtig, er stand auf einer hölzernen Thür, die mit einem Riegel geschlossen war. Da schloß er auf und dachte: "Hier unten können mich wenigstens die Raubvögel nicht fressen." Als er aber hereingeschlüpft war, sah er eine Treppe, die stieg er vorsichtig hinunter, denn es war ganz dunkel, bis er endlich in einen hellen Saal kam. Als er aber noch stand und sich umschaute, öffnete sich eine Thür und ein Riese kam heraus, der sprach mit tiefer Stimme: "Was unterstehst du dich in meinen Palast zu kommen?" Erst war Joseph sehr erschrocken, bald aber faßte er sich wieder und rief ganz munter: "Ach, lieber Onkel, seid ihr es? Wie freue ich mich euch zu sehen!" "Bist du denn mein Neffe?" frug der Riese, der ein wenig dumm war. „Gewiß," sprach Joseph, „und ich will bei euch bleiben." Der Riese war es zufrieden, und so lebte denn Joseph bei ihm, und hatte es gut.

Bald aber merkte er, daß der Riese jeden Tag zu einer gewissen Stunde von einem Uebel befallen wurde, das ihn arg mitnahm. „Lieber Onkel," frug er also, „woher kommt euch dieses Uebel, und kann ich euch nicht helfen zum Gesundwerden?" „Ach, lieber Neffe," antwortete der Riese, „wohl könnte mir geholfen werden, aber wie sollte dir das gelingen?" „Sagt nur zu, lieber Onkel," meinte Joseph, „vielleicht kann ich es doch." „Siehst du," sprach nun der Riese, „jeden Tag kommen vier Feen, die baden in dem Springbrunnen in meinem Garten, und solange sie im Wasser sind, so lange werde ich von meinem Uebel befallen." „Wie kann ich euch denn von den Feen erlösen?" frug Joseph. „Wenn sie in's Wasser steigen," sprach der Riese, „so legen sie zuerst ihr Hemd ab und legen es auf die steinerne Brüstung. Dort mußt du dich verstecken, und wenn sie im Wasser sind, mußt du das Hemd der obersten Fee*) ergreifen, so kann sie nicht mehr fortfliegen, und ohne sie werden die Anderen nicht wiederkehren." Nun versteckte sich Joseph hinter die steinerne Brüstung; bald hörte er ein Rauschen in der Luft, und die vier Feen senkten sich auf die Erde, legten ihre Hemden ab und stiegen in's Wasser. Da streckte Joseph seine Hand aus, und nahm der obersten Fee das Hemd weg, im selben Augenblick fuhren die Feen mit einem Schrei aus dem Wasser, ergriffen ihre Hemden und flogen fort. Die oberste Fee aber konnte ohne ihr Hemd nicht fortfliegen. Da kam der Riese hervor und legte ihr Ketten an. Jeden Morgen brachte er ihr ein Schnittchen Brod und etwas Wasser, und frug sie: „Willst du meinen Neffen heirathen, so sollst du frei sein." Die Fee aber antwortete immer: „Nein, ich will nicht." „So bleibst du eben gefesselt," sprach der Riese. Nach einiger Zeit aber brachte er ein Lämpchen, stellte es auf ihren Kopf und sprach: „Willst du meinen Neffen nicht heirathen, so hast

---

*) Capo-fata.

du nur noch so lange zu leben, bis das Oel in dem Lämpchen ausgebrannt ist." Da sagte die Fee: „Gut, ich will ihn heirathen!" Also wurde sie von den Ketten befreit, und ein schönes Hochzeitsfest wurde gefeiert, und Joseph war sehr glücklich.

Am nächsten Tag sprach der Riese zu ihm: „Du kannst nun nicht länger bei mir bleiben, nimm deine Frau und gehe nach Haus zu deinen Eltern. Hier hast du auch das Hemd deiner Frau, du darfst es ihr aber um keinen Preis geben, erst wenn man dir eine Schnupftabacksdose zeigt, die gerade so aussieht wie diese." Damit gab er ihm eine goldene Schnupftabacksdose und einen Zauberstab, und hieß ihn gehen. Also nahm Joseph seine Frau und machte sich auf den Weg. Der Weg aber war lang und bald waren sie müde. Da sprach Joseph: „Ich wollte doch, wir wären zu Haus." Und weil er gerade den Zauberstab in der Hand hatte, so hatte er kaum ausgesprochen, als sie schon zu Hause waren. Da wünschte er sich ein schönes Haus, mit Wagen und Pferden, und Bedienten und schönen Kleidern für sich und seine Frau, und ging dann zu seinen alten Eltern. Die waren hoch erfreut, als sie ihn wiedersahen, und Joseph sprach: „Kommt mit mir in meinen Palast, dort will ich euch meine Frau zeigen." Da gingen sie mit ihm und wohnten bei ihm. Nun führte Joseph ein herrliches Leben, gab große Festlichkeiten und war der reichste und angesehenste Mann im ganzen Land. Das Hemd aber gab er seiner Mutter in Verwahr, zeigte ihr die goldene Dose, und sie mußte ihm schwören, sie würde das Hemd nicht eher ausliefern, als bis ihr eine gleiche Dose vorgezeigt würde. Die Dose aber trug er immer auf sich. Seine Frau aber konnte sich gar nicht trösten, daß sie nicht mehr bei den anderen Feen sein sollte, und dachte nur, wie sie die goldene Dose erlangen könne.

Nun war eines Abends wieder großer Ball bei Joseph; und ein Herr trat zu Joseph's Frau und forderte sie zum Tanze auf. „Ich will gern mit euch tanzen," sprach die Fee, „ihr müßt aber meinem Mann gegenüber tanzen, und müßt versuchen, ihm die goldene Schnupftabacksdose, die er immer auf sich trägt, weg zu nehmen." Das versprach denn

6. Vom Joseph, der auszog sein Glück zu suchen.

der Herr, und da Joseph sich gar nichts Schlimmes vermuthete, war er auch nicht auf seiner Hut, und es gelang dem Herrn, ihm die Dose unbemerkt zu entwenden, die er sogleich der Fee brachte. Diese war sehr froh, schickte auch sogleich ihre Kammerfrau zu ihrer Schwiegermutter, und ließ ihr sagen: „Hier ist die goldene Dose, gebt mir statt dessen das Hemd meiner Herrin." Die alte Frau, da sie die Dose sah, lieferte arglos das Hemd aus, und die Kammerfrau brachte es gleich ihrer Herrin. Kaum hatte die Fee das Hemd angelegt, so war sie auch verschwunden, und mit ihr verschwand das schöne Schloß, die Dienstboten, die Wagen und die Pferde, und Joseph saß auf einem Stein am Wege in seiner alten Bauernkleidung. Da war er sehr betrübt, denn er hatte seine Frau sehr lieb gehabt, und kehrte wieder zu seinen Eltern zurück. Er konnte sich aber gar nicht trösten, und eines Tages sprach er zu seiner Mutter: „Mutter, gebt mir euren Segen, ich will ausziehen, meine Frau zu suchen." Die Mutter weinte bitterlich, und wollte ihn nicht ziehen lassen. Aber Joseph bestand darauf, und so mußten die Eltern endlich nachgeben.

Joseph ging nun geradewegs an den Ort hin, wo ihn der fremde Herr gefunden hatte, und setzte sich hinter dieselbe Thür. Nicht lange so kam der fremde Herr vorbeigeritten, und frug ihn wieder, wer er sei und wie er heiße. Er erkannte ihn aber nicht, denn er dachte Joseph sei längst gestorben. Joseph antwortete er heiße Johannes. Da nahm ihn der Herr in seinen Dienst, und es ging ihm ganz wie das erste Mal. Nachdem er ein Jahr lang herrlich gelebt hatte, mußte er wieder seinen Herrn auf die Hochebene begleiten, und wurde dort in die Pferdehaut eingenäht, und von den Raben auf den Diamantenberg getragen. Anstatt aber seinem Herrn Diamanten in die Säcke zu füllen, ergriff Joseph große Steine und warf seinen Herrn damit. Da erkannte ihn der Herr, und rief: „Ach, du bist es! Nun, diesmal hast du mich geprellt!" Weil aber Joseph immer mehr Steine warf, so mußte er Reißaus nehmen, und lief davon so schnell er konnte. Joseph aber öffnete schnell die hölzerne Thür, stieg die Treppe hinunter, und kam zum Riesen. „Wie, mein lieber Neffe, bist du wieder da?" frug ihn der Riese ganz erstaunt. Da erzählte Joseph wie es ihm ergangen sei. „Hatte ich dir nicht gesagt, du solltest das Hemd wohl verwahren?" sprach der Riese. „Was willst du jetzt von mir?" „Ich will ausziehen meine Frau zu suchen," sagte Joseph, „und ihr müßt mir dazu verhelfen." — „Bist du denn ganz verrückt?" rief der Riese, nie und nimmer kannst du deine Frau wiederfinden, denn ein anderer Riese hält sie gefangen, und den kannst du unmöglich umbringen." Joseph aber bat so lange, er möchte ihm doch dazu verhelfen, bis der Riese sprach: „Helfen kann ich dir nicht mehr, aber den rechten Weg will ich dir zeigen, und hier hast du etwas Brod, damit du nicht Hungers stirbst." Also zeigte er ihm den Weg, und Joseph zog aus seine Frau zu suchen.

Als er eine lange Zeit gewandert war, wurde er hungrig, setzte sich auf einen Stein und fing an etwas Brod zu essen. Dabei fielen einige Krumen auf die Erde, und sogleich kam eine Schaar Ameisen, die pickten sie auf. „Arme Thierchen! Ihr seid wohl recht hungrig," dachte Joseph, und streute ihnen ein großes Stück Brod hin. Da kam der Ameisenkönig und sprach: „Du hast meine Ameisen so freundlich gespeist, zum Dank dafür schenke ich dir dieses Ameisenbein. Verwahre es wohl, es wird dir noch nützen." Joseph dachte zwar, so ein Ameisenbein könne ihm nicht viel nützen, um den Ameisenkönig aber nicht zu beleidigen, nahm er das Bein, wickelte es in ein Stück Papier und steckte es in die Tasche. Als er weiter ging sah er einen Adler, der war mit einem Pfeil an einem Baum festgenagelt. „Ach das arme Thier," dachte er, und zog den Pfeil heraus. „Schönen Dank," rief der Adler, „weil du mich so freundlich erlöst hast, so will ich dir auch etwas schenken. Zieh eine Feder aus meinem Flügel, sie wird dir nützen." Joseph zog ihm eine Feder aus und that sie zu dem Ameisenbein. Wieder nach einer Weile sah er einen Löwen, der hinkte und stöhnte ganz jämmerlich dazu. „Armes Thier," dachte Joseph, „es hat gewiß einen Dorn im Fuß," bückte sich und zog ihm vorsichtig den Dorn heraus. „Weil du mir so freundlich geholfen hast," sprach der Löwe, „so will ich dir zum Dank ein Haar aus meinem Bart

6. Vom Joseph, der auszog sein Glück zu suchen.

schenken. Zupfe es mir aus, es wird dir nützen." Joseph nahm auch das Haar, und legte es zu den anderen Sachen. Nachdem er nun noch ein Weilchen gewandert war, wurde er müde und wollte fast verzagen, denn er hatte noch sehr weit zu gehen. Da fiel ihm die Adlerfeder ein, und er dachte: „Nun, probiren kann ich es doch einmal," nahm die Feder zur Hand und sprach: „Ich bin ein Christ und werde ein Adler." *) Alsobald wurde er ein Adler, und flog durch die Lüfte bis vor den Palast des Riesen. Dort sprach er: „Ich bin ein Adler und werde ein Christ." Sogleich bekam er wieder seine natürliche Gestalt. Nun nahm er das Ameisenbein hervor, und sprach: „Ich bin ein Christ und werde eine Ameise." Da wurde er in eine Ameise verwandelt, und kroch durch eine Ritze in der Mauer in den Palast. Er wanderte durch viele Zimmer, endlich kam er in einen großen Saal, da sah er seine Frau, die war mit schweren Ketten gefesselt, und mit ihr viele andere Feen, Alle gefesselt. Da sprach er: „Ich bin eine Ameise und werde ein Christ." Sogleich stand er in seiner wahren Gestalt vor seiner Frau.

Als sie ihn sah war sie sehr erfreut, aber auch sehr erschrocken, und sprach: „Ach, wenn der Riese dich hier findet, so bringt er dich um." „Das sei meine Sorge," sagte Joseph, „sage mir nur, wie ich dich befreien kann." „Ach," sprach die Frau, „wenn ich es dir auch sage, was hilft es? Du kannst mich doch nicht befreien. „Sage es mir nur," meinte Joseph. Da sagte die Frau: „Erstlich mußt du den Lindwurm mit den sieben Köpfen tödten, der in den Bergen hinter dem Schloß haust. Wenn du ihm nun den siebenten Kopf abgehauen hast, mußt du ihn spalten, so fliegt ein Rabe heraus. Den mußt du sogleich ergreifen und tödten, und ihm das Ei herausschneiden, das er in seinem Leibe trägt. Wenn du mit diesem Ei den Riesen genau in der Mitte der Stirn triffst, so wird er sterben. Aber es ist dir zu schwer, du kannst es doch nicht vollbringen." Auf einmal hörten sie einen schweren Schritt sich nahen, und die Frau rief ganz ängstlich: „Ach, Joseph, der Riese kommt." Sogleich

---

*) Cristianu sugnu e 'acula diventu.

ergriff Joseph sein Ameisenbein, sprach seinen Spruch und wurde gleich zur Ameise. Nun kam der Riese in den Saal und brummte mit tiefer Stimme: „Ich rieche Menschenfleisch!" Die Fee aber sprach: „Wie sollte ein Mensch zu uns kommen können, wir sind ja so sicher eingesperrt," und beruhigte ihn.

Joseph aber kroch durch die Ritze in das Freie und sprach: „Ich bin eine Ameise und werde ein Christ," nahm dann die Feder zur Hand und verwandelte sich in einen Adler, der mit raschen Flügelschlägen an den Fuß des Berges flog, wo der Lindwurm hauste. Dort sah er einen Schäfer, der betrübt am Wege saß; also wurde er wieder zum Menschen, trat zum Schäfer und frug ihn, was ihm fehle. „Ach," sprach der Schäfer, „ich hatte eine so große Heerde Schafe, und der Lindwurm hat mir schon so viele gefressen, daß mir nur noch ein kleiner Theil übrig bleibt, und diese getraue ich mich nicht auf die Weide zu treiben, sonst frißt sie der Lindwurm." „Wollt ihr mich in euren Dienst nehmen," sprach Joseph, so kann ich euch vielleicht helfen. Gebt mir vier Schafe mit und laßt sie mich austreiben." Der Schäfer wollte anfangs nicht, aber Joseph sprach ihm solange Muth ein, bis er ihm die vier Schafe übergab. Joseph wanderte nun den Berg hinauf, und nicht lange, so kam der Lindwurm zum Vorschein, durch den Geruch der Schafe angelockt. Alsbald nahm Joseph sein Löwenhaar zur Hand, sprach: „Ich bin ein Christ und werde ein Löwe," und wurde in einen grimmigen Löwen verwandelt, so groß und stark, wie es noch keinen gegeben hatte. Nun fiel er den Lindwurm an, und nach langem Kampf gelang es ihm, ihm zwei Köpfe abzubeißen. Da wurde er aber so matt, daß er nicht mehr kämpfen konnte. Glücklicherweise aber war der Lindwurm auch so matt, daß er sich in seine Höhle verkroch. Da nahm Joseph seine menschliche Gestalt wieder an, sammelte seine vier Schafe, die sich unterdessen satt gefressen hatten, und kam ganz vergnügt zu seinem Schäfer. Der war nun höchlich erstaunt, ihn und seine Schafe lebendig wieder zu sehen, und frug ihn, wie es ihm ergangen sei. Joseph aber meinte: „Was geht euch das an? Ich habe euch eure Schafe gesund wieder gebracht,

6. Vom Joseph, der auszog sein Glück zu suchen.

gebt mir morgen acht mit." Den nächsten Morgen trieb Joseph acht Schafe auf die Weide; der Schäfer aber war neugierig und folgte ihm leise nach. Da sah er nun, daß als der Lindwurm zum Vorschein kam, Joseph sein Löwenhaar zur Hand nahm, seinen Spruch sagte, und sogleich in einen grimmigen Löwen verwandelt wurde, der mit dem Lindwurm kämpfte. Heute gelang es ihm, vier Köpfe abzubeißen, da wurde er aber so matt, daß er nicht weiter konnte, und auch der Lindwurm war ganz von Kräften. „Ja," sprach der Lindwurm, „wenn ich ein Glas von dem Wasser des Lebens hier hätte, so wollte ich dir schon die Kraft des Königs der Drachen zeigen." „Und ich," erwiederte Joseph, „wenn ich eine gute Suppe von Wein und Brod hier hätte, so wollte ich dir schon die Kraft des Königs der Löwen zeigen." Da das der Schäfer hörte, lief er eilends nach seiner Hütte, kochte geschwind eine Suppe von Wein und Brod, und brachte sie dem Löwen. Kaum hatte dieser die Suppe gefressen, so kehrte seine ganze frühere Kraft zurück; er fing noch einmal an zu kämpfen, und biß dem Lindwurm auch noch den siebenten Kopf ab. Nun sprach er: „Ich bin ein Löwe und werde ein Christ," und spaltete den siebenten Kopf. Da flog ein Rabe heraus und erhob sich gleich in die Lüfte. Joseph aber war auch bei der Hand: „Ich bin ein Christ und werde ein Adler," und als Adler flog er dem Raben nach und tödtete ihn. Nun nahm er wieder seine menschliche Gestalt an, schnitt dem Raben das Ei aus, und zog nun mit dem Schäfer und den Schafen wieder nach Haus. Der Schäfer wollte ihn gern bei sich behalten, und versprach ihm Alles, was er begehrte, wenn er nur bei ihm bleiben wollte. Joseph aber antwortete: „Ich kann nicht bei euch bleiben. Es freut mich, daß ich euch vom Lindwurm befreit habe, und danke euch für eure schnelle Hülfe."

Also zog er von dannen, flog als Adler bis zum Schloß des Riesen, drang als Ameise durch die Ritze in den Saal. „Ich bin eine Ameise und werde ein Christ," sprach er, und erzählte nun seiner Frau, daß er Alles vollbracht habe und das Ei mitbringe. Da sprach sie: Der Riese schläft eben im Nebenzimmer, jetzt ist der Augenblick ihn zu tödten." Joseph schlich in das Nebenzimmer, zielte genau nach der Stirn des Riesen, und tödtete ihn. Da wurden alle Feen von ihren Ketten befreit, und seine Frau fiel ihm um den Hals. Dann zeigte sie ihm alle die Schätze, die da gesammelt waren. Davon nahmen sie, soviel sie tragen konnten, und reisten wieder nach Hause, zu Joseph's Eltern. Da bauten sie sich ein Haus, das war noch schöner als das erste, und lebten herrlich und in Freuden bis an ihr glückliches Ende.

7. Die beiden Fürstenkinder von Monteleone.

Es war einmal ein Fürst, der Fürst von Muntiliuni.*) Der lebte mit seiner Gemahlin in einem herrlichen Schloß, war unermeßlich reich, und hatte Alles was sein Herz begehrte. Dennoch waren sie Beide stets traurig, denn sie hatten keine Kinder. „Ach," dachten sie oft, „wem sollen wir denn alle unsere Schätze einmal hinterlassen?" Endlich, nach langen Jahren, hatte die Fürstin Aussicht ein Kind zu bekommen. Da ließ der Fürst in einer einsamen Gegend einen Thurm ohne Fenster bauen, und ließ ihn herrlich ausstatten mit kostbaren Möbeln. Die Fürstin aber ließ sich gar nicht mehr sehen. Als nun ihre Zeit kam, gebar sie einen Sohn und eine Tochter. Die ließ der Fürst in aller Stille taufen, nahm eine Amme, und schloß sie mit den Kindern in den Thurm ein. Dort gediehen nun die Kinder, und wuchsen einen Tag für zwei,**) und wurden immer schöner. Als sie größer wurden, schickte ihnen der Vater einen Kaplan, der lehrte sie lesen, schreiben und Alles was zu einer guten Erziehung gehört.

Nach einigen Jahren wurde die Fürstin krank und starb. Bald darauf wurde auch der Fürst schwer krank, und da er fühlte, daß es mit ihm zu Ende gehe, ließ er den Kaplan rufen und sprach zu ihm: „Ich

---

*) Principi di Muntiliuni. (Monteleone in Calabrien?)
**) Criscianu un giornu pi dui.

7. Die beiden Fürstenkinder von Monteleone.

fühle, daß ich jetzt sterben muß: dir empfehle ich meine Kinder an. Du sollst ihr Vormund sein und all mein Vermögen für sie verwalten. Laß sie aber den Thurm nicht eher verlassen, bis sich eine gute Gelegenheit findet sie zu verheirathen." Der Kaplan versprach für die Kinder zu sorgen, wie wenn sie seine eigenen wären, und bald verschied der Fürst. Nun versiegelte der Kaplan alle die Schätze im Schloß, zog zu den Kindern in den Thurm, entließ die Amme, nachdem sie hatte versprechen müssen Niemanden von den Kindern zu erzählen, und lebte nun allein mit ihnen in der Einsamkeit. Die Kinder wurden von Tag zu Tag schöner, und lernten auch fleißig. Wenn nun in den Büchern die Rede auf fremde Länder und Städte kam, verwunderte sich der Knabe sehr, und wollte gern wissen, wie die Welt beschaffen sei, und je älter er wurde, desto mehr erwachte in ihm der Wunsch auszuziehen und die Welt zu sehen.

Als er nun ein schöner Jüngling geworden war, trat er vor dem Kaplan, und sprach zu ihm: „Onkel, laßt mich hinaus, denn ich will die Welt kennen lernen." Der Kaplan wollte es anfangs nicht zugeben, aber der junge Fürst bat so lange, daß er endlich nachgeben mußte. Da ließ er ein wunderschönes Schiff bauen und bemannen, und füllte es mit kostbaren Schätzen, darauf sollte der Jüngling verreisen. Als er nun von seiner Schwester Abschied nahm, schenkte er ihr einen Ring mit einem kostbaren Stein, und sprach: „So lange der Stein klar ist, so lange bin ich gesund und werde zu dir zurückkehren; wenn aber der Stein trüb werden wird, dann bin ich todt und kann nicht zurückkehren. Darauf umarmte er sie, bestieg sein Schiff und reiste ab. Alles schien ihm schön, der Himmel, die Sonne, die Sterne, die Blumen, das Meer, Alles war ihm unbekannt und Alles freute ihn.

Nachdem er einige Tage gefahren war, kam er in eine schöne Stadt, darin wohnte der König. Als er nun in den Hafen einfuhr, fing er an zu schießen. Das hörte der König, wurde neugierig und fuhr an die Marine, und da er das schöne Schiff sah, bekam er Lust an Bord zu steigen. Dort wurde er von dem jungen Fürsten wohl empfangen, und er gewann den schönen und edeln Jüngling so lieb, daß er ihn mit an's Land und auf sein Schloß nahm, ihn hoch in Ehren hielt und zu seinem steten Begleiter machte. In's Theater, auf den Ball, überall nahm er ihn mit. Unter seinen Ministern aber waren Manche neidisch auf die Gunst, die er dem Jüngling erwies, denn die neidischen Menschen fehlen nirgends auf der Erde.

Als sie nun eines Tages bei dem König versammelt waren, erzählte der junge Fürst von seiner Schwester, die so schön sei, und die noch nie eines Mannes Auge erblickt habe, und rühmte ihre große Tugend. Darüber zuckte nun einer der Minister die Achsel, und meinte es gälte eben nur einen Versuch, und er wette es würde ihm gelingen. Ein Wort gab das andere, und endlich gingen der Minister und der Jüngling die Wette ein, derjenige aber, der die Wette verlor, sollte gehängt werden. Nun bestieg der Minister ein Schiff, und nachdem er lange nach dem Orte Monteleone geforscht hatte, kam er endlich dahin. Als er sich aber dort nach der Tochter des verstorbenen Fürsten erkundigte, lachten ihm Alle in's Gesicht, und meinten der Fürst und die Fürstin seien ja ohne Kinder gestorben, und wie viel er auch fragen mochte, sie konnten ihm keine Auskunft geben. Da wurde er sehr bange, und fing an für sein Leben zu fürchten.

Als er nun so mißmuthig durch die Straßen schlenderte, bettelte ihn eine arme Frau an. Er wies sie hart ab, sie aber frug ihn nach der Ursache seines Mißmuthes. Endlich erzählte er ihr denn, wie er die junge Fürstin von Monteleone nicht finden könne, und welche Wette er eingegangen sei. „Wenn mir Jemand helfen könnte," rief er, „ich wollte ihn reich belohnen." Die Frau aber war Niemand anders, als die Amme der beiden Kinder. Da ihr nun der Minister eine so reiche Belohnung versprach, ließ sie sich bestechen, und sprach: „Kommt morgen an diesen selben Ort, so will ich euch helfen." Den nächsten Morgen machte sich die falsche Frau auf den Weg nach dem Thurm, und pochte dort an. Zufälligerweise war der Kaplan zur Stadt gegangen und das Mädchen allein im Haus. Als sie nun das Mädchen sah, sprach sie: „Liebes Kind,

7. Die beiden Fürstenkinder von Monteleone.

ich bin deine frühere Amme, und bin gekommen dir einen Besuch zu machen." Da ließ das Mädchen sie hinein, und die Alte schritt durch die Zimmer und betrachtete Alles ganz genau. Als sie nun in das Schlafzimmer des Mädchens kamen, sprach sie: „Komm, liebes Kind, ich will dich hübsch ankleiden." Das Mädchen aber hatte ein Muttermal auf der Schulter mit drei goldenen Härchen, die waren mit einem Fädchen geflochten. Auch trug sie den Ring ihres Bruders am Schnürleibchen festgenäht. Wie nun die Alte sie ankleidete merkte sie sich genau die Form des Muttermales, und entwendete ihr auch unbemerkt den Ring. Dann verließ sie sie, und kehrte eilig zum Minister zurück, dem sie Alles erzählte, was sie sich gemerkt hatte, und ihm auch den Ring gab.

Nun kehrte der Minister eilig in sein Land zurück, trat vor den König und erzählte: „Ich habe die Wette gewonnen, so und so steht es im Hause aus; auf der Schulter hat die Fürstin ein Muttermal mit drei goldenen Härchen, die mit einem Fädchen geflochten sind, und diesen Ring hat sie mir geschenkt." Da das der junge Fürst hörte, konnte er Nichts erwiedern, aber er wurde auch von einem heftigen Grimm gegen seine unschuldige Schwester erfüllt. „Wohl," sprach er, „ich bin bereit zu sterben, und bitte nur um acht Tage Frist." Der König, der sehr traurig war über das Schicksal seines Lieblings, gewährte ihm die Frist, und nun rief der junge Fürst seinen treuen Diener Franz herbei, und sprach zu ihm: „Du hast mir bisher so treu gedient, nun mußt du auch meinen letzten Befehl erfüllen. Eile zu meiner nichtswürdigen Schwester, tödte sie und bringe mir ein Fläschchen von ihrem Blut, daß ich es trinke, so werde ich freudig sterben." Der Diener war sehr betrübt über diesen Auftrag; er mußte aber gehorchen und reiste also nach Monteleone. Wie ihn die junge Fürstin sah, und bemerkte wie traurig er war, frug sie ihn nach der Ursache. „Ach," erwiederte Franz, „ich muß euch tödten, denn ihr habt eine schwere Sünde begangen und euretwegen muß mein armer Herr sterben." „Was habe ich denn gethan?" frug das arme Mädchen. „Wie? habt ihr nicht den Minister des Königs bei euch empfangen, und ihm sogar den Ring eures Bruders geschenkt?" — Da merkte sie erst, daß der Ring fort war, und ihr Verdacht fiel gleich auf die Amme, die ihr wenige Tage vorher beim Ankleiden geholfen hatte. Nun warf sie sich dem Kaplan zu Füßen und rief: „Lieber Onkel, laßt mich ziehen, ich muß gehen und meinen Bruder retten." „Ach Kind," erwiederte der Kaplan, „das kann dir ja nimmer gelingen!" Sie aber bat so lange, bis er seine Einwilligung dazu gab. „Nun, lieber Onkel," fuhr sie fort, „müßt ihr mir die schönsten Perlen und Edelsteine meiner Mutter holen." Der Kaplan ging hin, füllte ein Kistchen mit den edelsten Steinen und kostbarsten Perlen, und die Jungfrau machte sich mit Franz auf den Weg nach der Residenz. „Nun mußt du mir ein Zimmer in einem Wirthshaus miethen," sprach sie, „dann tödte einige Hühner, bringe meinem Bruder ein Fläschchen Blut und sage ihm, du hättest seinen Befehl erfüllt." Franz that Alles was seine Herrin ihm befahl, und als der junge Fürst das Blut getrunken hatte, kehrte er in's Wirthshaus zurück. Nun mußte er die Fürstin zum besten Goldschmied der Stadt begleiten, zu dem sprach sie: „Meister, aus diesen Perlen und Edelsteinen müßt ihr mir binnen drei Tagen eine Sandale machen, so kostbar, wie ihr nur könnt. Der Meister nahm sogleich eine Schaar neuer Gesellen, die Tag und Nacht arbeiten mußten, und binnen drei Tagen war die kostbare Sandale fertig.

Zugleich waren die acht Tage verronnen, und der arme junge Fürst sollte zum Galgen geführt werden. Nun ließ seine Schwester eine kleine Tribüne errichten, an dem Wege auf dem ihr Bruder zum Tode geführt werden sollte, und setzte sich darauf; vor ihr auf einem silbernen Theebrett lag die Sandale. Als nun der Zug des Weges gezogen kam, wartete sie bis der König in seinem Wagen vorbeifuhr, und rief: „Königliche Majestät! Ich flehe um Eure Gerechtigkeit und Euren Schutz." „Was ist denn dein Begehr?" frug der König. „Einer Eurer Minister hat mir eine Sandale gestohlen, die zu dieser hier gehörte, und der dort ist der Dieb." Damit wies sie auf den Minister, durch dessen Schuld ihr Bruder den Tod erleiden sollte. „Wie!" rief der Minister, „ich soll euch eine Sandale gestohlen haben? Wenn ich euch nun noch einmal sehe, so habe ich euch zum zweiten Mal gesehen."*) „O Nichtswürdiger," rief nun die Fürstin, „wenn du mich nicht einmal kennst, wie kannst du dich denn rühmen meine Gunst genossen zu haben? Ich bin die Schwester des Unglücklichen, der um deiner Verleumdungen willen den Tod erleiden soll." Als der König das hörte, befahl er sogleich den jungen Fürsten zu befreien; der Minister aber wurde ergriffen und an demselben Galgen aufgehängt. Die beiden Geschwister führte der König auf sein Schloß, und weil das Mädchen so schön war, nahm er es zu seiner Gemahlin. Da ließen sie ihre Schätze kommen, und der Kaplan mußte auch zu ihnen ziehen. So lebten sie denn vergnügt und glücklich, wir aber haben das Nachsehen.

8. Bauer Wahrhaft.

Es war einmal ein König, der hatte eine Ziege, ein Lamm, einen Widder und einen Hammel. Weil er nun die Thiere sehr lieb hatte, wollte er sie nur Jemanden übergeben in dem er ganzes Vertrauen hätte. Nun hatte der König einen Bauer, den nannte er nur Bauer Wahrhaft,**) weil derselbe noch nie eine Lüge gesagt hatte. Den ließ der König kommen und übergab ihm die Thiere, und jeden Sonnabend mußte der Bauer in die Stadt kommen und dem König Bericht abstatten. Wenn er nun vor dem König kam, so zog er immer sein Mützchen ab und sprach:

„Guten Morgen, königliche Majestät!" ***)

„Guten Morgen, Bauer Wahrhaft;

Wie geht es der Ziege?"

„Ist weiß und schalkhaft!"

---

*) Si vi vidu n'autra vota, v'aju vidutu dui voti.
**) Massaru verità.
***) »Bon giornu, riali maestà!«
»Bon giornu, massaru verità;
Comu è la crapa?«
»Janca e ladra!«

„Wie geht es meinem Lamm?"
„Ist weiß und schön!"
„Wie geht es meinem Widder?"
„Ist schön zu sehen!"
„Wie geht es meinem Hammel?"
„Ist schön zu schauen!"

Wenn sie so mit einander gesprochen hatten, zog der Bauer wieder auf seinen Berg, und der König glaubte ihm immer Alles.

Unter den Ministern des Königs war aber einer, der sah mit neidischen Augen die Gunst, die der König dem Bauer erwies, und eines Tages sprach er zum König: „Sollte der alte Bauer wirklich unfähig sein, eine Lüge zu sprechen? Ich wollte doch wetten, daß er euch nächsten Sonnabend anlügt." „Und wenn mir mein Bauer eine Lüge sagt," rief der König, „so will ich den Kopf verlieren." Also gingen sie die Wette ein, und wer verlor sollte den Kopf verlieren." Der Minister aber, je mehr er darüber nachdachte, desto schwerer wurde es ihm, ein Mittel auszudenken, den Bauern bis zum Sonnabend, in drei Tagen, zu einer Lüge zu bewegen. Den ganzen Tag dachte er vergeblich nach, und als es Abend wurde, und der erste Tag verstrichen war, ging er mißmuthig nach Haus. Als seine Frau ihn nun so schlechter Laune sah, sprach sie: „Was drückt euch, daß ihr so verstimmt seid?" „Laß mich in Ruhe," antwortete er, „muß ich es dir erst noch erzählen!" Sie bat ihn aber so freundlich, daß er es ihr endlich sagte. „O," sagte sie, „ist's weiter Nichts? Das will ich schon zu Wege bringen."

Den nächsten Morgen kleidete sie sich in ihre schönsten Kleider, legte ihren besten Schmuck an, und befestigte über der Stirn einen diamantenen Stern. Dann setzte sie sich in ihren Wagen und fuhr auf den Berg,

»Comu è l'agneddu?«
»Jancu e beddu!«
»Comu è lu muntuni?«
»Beddu a vidiri!«
»Comu è lu crastu?«
»Beddu a guardari!«

8. Bauer Wahrhaft.

wo Bauer Wahrhaft die vier Thiere weidete. Als sie nun vor dem Bauer erschien, blieb dieser wie versteinert stehen, denn sie war über die Maßen schön. „Ach," sprach sie, „lieber Bauer, wollt ihr mir einen Gefallen thun?" „Edle Frau," antwortete der Bauer, „befehlt mir was ihr wollt, so will ich es thun!" „Sieh," sprach sie, „ich bin guter Hoffnung und habe ein unwiderstehliches Gelüst nach einer gebratenen Hammelsleber, und wenn du sie mir nicht giebst, so muß ich sterben." „Edle Frau," sprach der Bauer, „verlangt von mir was ihr wollt, aber dies Eine kann ich euch nicht gewähren; denn der Hammel gehört dem König und ich kann ihn nicht tödten." „Ich Unselige," jammerte die Frau, „so muß ich sterben, wenn du mein Gelüste nicht befriedigst. Ach, lieber Bauer, thue es doch. Der König weiß ja nichts davon, und du kannst ihm sagen, der Hammel sei den Berg heruntergestürzt." „Nein, das kann ich nicht sagen," sprach der Bauer, „und die Leber kann ich euch auch nicht geben." Da fing die Frau noch mehr an zu jammern, und that als ob sie sterben müsse, und weil sie so überaus schön war, wurde das Herz des Bauern ganz davon berückt, er schlachtete den Hammel, briet die Leber und brachte sie ihr. Da aß die Frau voller Freude, nahm Abschied von dem Bauer und ging fort. Nun fiel es dem armen Bauer schwer auf's Herz, was er dem König sagen sollte. In seiner Verlegenheit nahm er seinen Stock, pflanzte ihn in die Erde, und hing sein Mäntelchen darüber; ging dann einige Schritte darauf los, und fing an: „Guten Morgen, königliche Majestät!" Wenn er aber an die letzte Frage des Königs nach dem Hammel kam, blieb er immer stecken, und fand keine Antwort. Er versuchte es mit Lügen: „Der Hammel ist geraubt worden," oder „er ist den Berg hinuntergestürzt," aber die Lügen blieben ihm in der Kehle stecken. Er steckte seinen Stock wo anders in die Erde, und hing wieder sein Mäntelchen darüber, aber es fiel ihm Nichts ein. Die ganze Nacht konnte er nicht schlafen, endlich, am Morgen fiel ihm eine passende Antwort ein. „Ja," dachte er, „das wird gehen," nahm seinen Stock und sein Mäntelchen und machte sich auf den Weg zum König, denn es war Sonnabend. Unterwegs blieb er von Zeit zu Zeit stehen, stellte wieder den König vor mit seinem Stock und Mäntelchen und sagte die ganze Unterredung mit dem König her, und jedes Mal gefiel ihm seine Antwort besser.

Als er nun in das Schloß trat, saß da der König mit seinem ganzen Hofstaat, denn nun sollte sich die Wette entscheiden. Da zog er sein Mützchen ab; und fing an wie gewöhnlich:

„Guten Morgen, königliche Majestät!"*)
„Guten Morgen, Bauer Wahrhaft;
Wie geht es meiner Ziege?"
„Ist weiß und schalkhaft!"
„Wie geht es meinem Lamm?"
„Ist weiß und schön!"
„Wie geht es meinem Widder?"
„Ist schön zu sehen!"
„Wie geht es meinem Hammel?" . . . . .
„Mein Herr und König!
Die Lüge verhöhn' ich.
Vom hohen Berg' in weiter Fern
Erschien die Schöne mit ihrem Stern.
Es traf mich tief ihr Liebesblick —
Dem Hammel brach ich das Genick."

*) »Bon giornu, riali maestà!«
»Bon giornu, massaru verità!«
»Comu è la crapa?«
»Janca e ladra!«
»Comu è l'agneddu?«
»Jancu e beddu!«
»Comu è lu muntuni?«
»Beddu a vidiri!«
»Comu è lu crastu?«
»Riali maestà!
Ju ci dicu la verità.
Vinni na donna di autu munti,
Janca e bedda, cu na stidda in frunti
Tantu di sciamma a lu cori mi misi
Chi pri l'amuri soi lu crastu uccisi.«

Da klatschten Alle in die Hände, und der König beschenkte seinen treuen Bauer reichlich. Der Minister aber mußte seinen Neid mit dem Kopf büßen.

9. Zafarana.

Es war einmal ein Kaufmann, der hatte drei Töchter, die waren alle drei sehr schön, aber die Jüngste war die Schönste. Wenn er nun auf seine Geschäftsreisen ging, frug er immer seine Töchter was er ihnen mitbringen solle.

Eines Tages mußte er auch wieder verreisen, trat also zu den Mädchen und sprach: „Liebe Kinder, ich muß nach Frankreich reisen, was soll ich euch mitbringen?" Da wählten die beiden Aelteren schöne Kleider und Schmucksachen, die Jüngste aber, Zafarana, sprach: „Lieber Vater, grüßt mir nur den Sohn des Königs von Frankreich." Als der Vater nun alle seine Geschäfte vollendet hatte, ließ er sich bei dem Königssohn anmelden, und richtete ihm die Grüße der Tochter aus. Da antwortete der Prinz: „Ich will deine Tochter Zafarana heirathen." Nun war der Vater sehr erfreut, nahm den Prinzen mit auf sein Schiff und sie fuhren nach Hause. Als sie aber in den Kanal von Messina kamen, hörten sie auf einmal eine drohende Stimme: „Rühre Zafarana nicht an, denn Zafarana ist mein." Darüber erschrak der Vater so sehr, daß er dem Prinzen seine jüngste Tochter nicht mehr geben wollte; er mußte also die Aelteste heirathen.

Nach einiger Zeit mußte der Vater wieder verreisen, und frug seine Töchter was er ihnen mitbringen solle. Die Zweite wählte einen schönen Schmuck, Zafarana aber sprach: „Lieber Vater, grüßt mir nur den Sohn des Königs von Portugal." Als der Vater alle seine Geschäfte abgemacht hatte, ließ er sich bei dem Prinzen melden und überbrachte ihm Zafarana's Grüße. Da sprach der Prinz: Ich will deine Tochter Zafarana heirathen." Also setzten sie sich auf's Schiff und fuhren nach Messina. Wie sie aber durch den Kanal fuhren, hörten sie dieselbe

Stimme, die rief noch drohender: „Rühre Zafarana nicht an, denn Zafarana ist mein." Nun war der Vater sehr betrübt und dachte: „Auf meiner armen Tochter liegt gewiß ein Zauber, wer weiß, was ihr bevorsteht." Er wollte aber auch diesem Prinzen seine jüngste Tochter nicht geben, und gab ihm die Zweite.

Nun lebte Zafarana allein mit ihrem Vater, der immer nur an die drohende Stimme denken mußte. Er konnte sich auch gar nicht entschließen, wieder zu verreisen, weil er sich fürchtete sie allein zu lassen; endlich aber konnte er es doch nicht länger aufschieben. Da berief er seine ganze Dienerschaft und sprach: „Ich muß verreisen; euch empfehle ich meine Tochter an. Thut Alles was sie wünscht, und hütet sie wohl vor jeder Gefahr." Die Diener versprachen es, und mit schwerem Herzen reiste der Vater ab; Zafarana aber hatte Alles was sie begehrte, und die Diener thaten ihr Alles zu Willen.

Eines Tages nun bekam sie Lust spazieren zu fahren. Sie setzte sich also in ihren Wagen und fuhr nach dem Faro. Dort ließ sie halten, stieg aus, und sprach zum Diener: „Ich will ein wenig gehen, bleibt Ihr nur bei dem Wagen, ich komme gleich wieder." Da fing sie an einen Hügel hinauf zu steigen; als sie aber oben ankam, senkte sich eine Wolke hernieder und nahm sie mit. Der Diener wartete zuerst eine Weile, als aber seine Herrin nicht wieder erschien, ging er ihr nach, denselben Hügel hinauf. Aber wie sehr er auch rufen und suchen mochte, von seiner Herrin war keine Spur mehr zu sehen. Es wurde dunkle Nacht, und er konnte Nichts thun, als nach Messina zurückfahren. „Ach," dachte er, „wenn nun der Patron wiederkommt, was sollen wir ihm sagen?" Als er nach Hause kam, lief ihm die Kammerfrau gleich entgegen, und rief: „Was seid ihr so lange ausgeblieben? Es ist ja schon ganz dunkle Nacht. Aber was habt ihr, und wo ist das Fräulein?" Nun erzählte der Lakai, daß Zafarana verschwunden sei, und alle Diener fingen an zu jammern und zu klagen. Sie zogen aus, das Fräulein zu suchen, aber es war Alles vergebens; Zafarana war und blieb verschwunden. Als der Vater von seiner Reise wiederkehrte, traten ihm alle seine Diener mit so traurigen

Gesichtern entgegen, daß ihm ganz Angst wurde, und er sogleich frug: „Wo ist das Fräulein?" Da mußten sie ihm erzählen, wie sie verschwunden sei. Der unglückliche Vater konnte sich gar nicht trösten, und sprach nur immer: „Ich habe es ja gesagt, auf meiner Tochter liege ein Zauber!"

Zafarana aber war von der Wolke durch die Luft getragen, und in einem schönen Schlosse niedergesetzt worden. Dort wohnte ein steinalter Mann, dem sie nun dienen mußte. Es war aber ein verwunschener Prinz. Zafarana diente ihm treu, und der alte Mann war immer freundlich mit ihr. Eines Tages rief er sie: „Zafarana, komm mit mir in den Garten und laufe mich ein wenig." Als sie nun so bei einander saßen, sprach der Greis: Ich habe dir auch eine Nachricht mitzutheilen; deine älteste Schwester hat einen schönen Knaben zur Welt gebracht." „Ach," sprach Zafarana, „thut mir den Gefallen, und laßt mich meiner Schwester einen kleinen Besuch machen." „Nein," antwortete der Greis, „denn wenn du bei deiner Schwester bist, so kehrst du gewiß nicht zurück." Aber Zafarana bat so lange, und versprach so sicher wieder zu kommen, daß er endlich nachgab. Da schenkte er ihr die schönsten Kleider und einen schönen Wagen, in dem sollte sie zu ihrer Schwester fahren. Vorher aber führte er sie in einen Saal, darin standen drei Sessel, der erste von Gold, der zweite von Silber und der dritte von Blei. „Sieh," sprach er zu Zafarana, „du darfst nun gehen, du mußt aber Niemanden erzählen, wo du bist. Und sobald du meine Stimme hörst, mußt du gleich zurückkehren. Dann komme hierher in diesen Saal; sitze ich auf dem goldenen Sessel, so ist es gut für dich; sitze ich auf dem silbernen Sessel, so ist es weder gut noch übel; sitze ich aber auf dem bleiernen Sessel, so ist es dein Unglück."

Zafarana fuhr nun fort und kam zu ihrer ältesten Schwester, die sich sehr freute, Zafarana wieder zu sehen, die so lange Zeit verschollen war. Aber so sehr man sie auch ausfragte, sie erzählte Nichts von ihrem Leben. Als sie eine Weile mit ihrer Schwester geplaudert hatte, hörte sie auf einmal die Stimme des Greises, der sie rief. Sogleich umarmte sie ihre Schwester, eilte hinunter und fuhr nach dem Schlosse. Wie sie nun in den Saal trat, saß der Greis auf dem goldenen Sessel. „Gott sei Dank," dachte sie, „das ist ja ein gutes Zeichen."

Nun verflossen wieder einige Wochen, da rief sie der Greis wieder, und sprach zu ihr: „Zafarana, komm in den Garten und laufe mich ein wenig." Als sie nun beisammen im Garten saßen, sprach der Alte: „Ich habe dir wieder eine Nachricht zu bringen: Deine zweite Schwester hat ein schönes Mädchen zur Welt gebracht." „Ach," rief Zafarana, „lieber Patron, laßt mich doch zu ihr, daß ich meine kleine Nichte sehe." Der Alte wollte nicht, endlich aber mußte er sie doch gehen lassen. Als nun Zafarana zu ihrer zweiten Schwester kam, freute die sich auch sehr sie wiederzusehen, und sie plauderten vergnügt zusammen. Plötzlich hörte Zafarana den Greis, der sie rief; sie that aber als hörte sie es nicht und blieb sitzen. Nach einer Weile rief der Greis wieder: „Zafarana!" Da wurde sie bange, umarmte ihre Schwester und fuhr in das Schloß zurück. Als sie aber in den Saal kam, saß der Alte auf dem silbernen Sessel. „Nun," dachte sie, „wenn es auch nichts Gutes bedeutet, so bedeutet es doch wenigstens auch nichts Schlimmes."

Wieder vergingen einige Wochen, da rief der Greis sie eines Tages in den Garten, und als sie beisammen saßen, sprach er: Zafarana, ich habe dir wieder eine Nachricht zu bringen. Ich möchte es dir aber lieber gar nicht sagen, denn du wirst gewiß wieder fort wollen, und das ist dein Unglück." „Dann hättet ihr mir gar nichts sagen sollen," meinte Zafarana, habt ihr mir so viel gesagt, so müßt ihr auch noch bis zu Ende sprechen." „Dein Vater ist gestorben," sprach der Alte. Da fing Zafarana an zu weinen, und sagte: „Ich habe meinen Vater lebend nicht wiedergesehen, so will ich ihn wenigstens todt noch einmal sehen." Der Alte wollte gar nicht: „Du wirst sehen, es ist dein Unglück!" sagte er. Aber Zafarana weinte so bitterlich und bat so lange, daß er endlich nachgab. Da ließ er ihr eine schöne Trauerkleidung machen, und schickte sie in ihres Vaters Haus.

Als sie nun die Treppe hinaufgegangen war, und in den Saal trat,

9. Zafarana.

lag da ihr Vater auf einem Bett, und Kerzen brannten um ihn her, und die Freunde Alle standen da und trauerten. Da warf sich Zafarana über ihn, und weinte bitterlich, und rief nur immer: „Vater, lieber Vater!" Als nun der Greis sie rief, hörte sie es wohl, aber sie achtete es in ihrem großen Schmerze nicht. Da rief er zum zweiten Mal, und auch diesmal gehorchte sie nicht. Als er aber zum dritten Mal rief, mußte sie doch gehorchen, und kehrte weinend in das Schloß zurück.

Wie sie nun in den Saal trat, saß der Alte auf dem bleiernen Sessel, und sah sie so streng und ernst an, ohne ein Wort zu reden, daß ihr ganz bange wurde. Sie setzten sich zusammen an den Tisch, und nahmen ihr Abendessen, aber der Greis sprach kein Wort, sondern schaute sie nur immer mit demselben Blick an. Als sie nun zu Bette gegangen waren und es Mitternacht schlug, rief der Greis: „Zafarana, steh auf, mach das Fenster auf und sieh was das Wetter macht." Sie gehorchte, und sah, daß sich der Himmel überzogen hatte und es anfing zu regnen. Als sie das dem Alten wiedersagte, sprach er: „Gut, lege dich nun wieder schlafen." Nach einer halben Stunde rief er wieder: „Zafarana, steh auf und sieh was das Wetter macht." „Ach," sprach sie, „laßt mich doch schlafen; ihr habt mich doch sonst nicht so oft gerufen." Es half aber Nichts, sie mußte eben aufstehen und nach dem Wetter schauen. Da sah sie, daß es unterdessen angefangen hatte stark zu regnen, und daß es blitzte und donnerte. Das sagte sie dem Greis, der antwortete: „Gut, lege dich nun wieder schlafen." Nach einer halben Stunde rief er aber zum dritten Mal: „Zafarana, steh auf, und sieh was das Wetter macht." „Warum ruft ihr mich denn immer aus dem Schlaf?" sprach Zafarana. „Das ist doch sonst nicht eure Gewohnheit." Sie mußte aber doch gehorchen, stand auf und sah zum Fenster hinaus. Da sah sie einen solchen Aufruhr und ein solches Wetter, daß sie ganz erschreckt das Fenster zumachte. „Ich glaube, die Welt geht unter," sprach sie, „ein solches Wetter habe ich in meinem Leben noch nicht gesehen." „Gut," antwortete der Greis, „ziehe dich an, und geh. Hier kannst du nicht länger bleiben." Da fing Zafarana an zu jammern und sprach: „So lange Zeit habe ich euch treu gedient, ihr könnt nicht so grausam sein mich jetzt zu verstoßen." Aber der Greis sagte immer nur: „Du kannst hier nicht länger bleiben. Ich habe es dir ja gesagt, es wäre dein Unglück." Er gab ihr noch ein Bündelchen Kleider mit, und drei Schweinsborsten, und sagte: „Hebe sie wohl auf, sie werden dir nützen." Dann mußte Zafarana in die finstere Nacht und in das furchtbare Unwetter hinausgehen.

Zuerst ging sie ein wenig, als es aber immer ärger wurde, kauerte sie sich hinter eine Scheunenthür hin, und erwartete so den Tag. Als es nun dämmerte stand sie auf, und wanderte mit schwerem Herzen in das Weite. Da kam sie an ein Häuschen, davor saß ein Bauer, zu dem trat sie hinzu und sprach: „Guter Freund, wollt ihr mir einen großen Gefallen erweisen?" „Was soll ich thun?" frug der Bauer. „Gebt mir eure Männerkleidung," antwortete Zafarana, „so will ich euch meine Kleider geben, und Alles was ich hier im Bündelchen habe." Der Bauer wollte nicht, denn er sah, daß Zafarana's Kleider viel schöner waren als sein schlichter Anzug. Zafarana aber bat so lange, bis er einwilligte, in seinem Häuschen die Kleider wechselte, und sie Zafarana übergab. Zafarana trat in das Häuschen, und kam bald, als Bauer verkleidet, wieder heraus.

Nun wanderte sie weiter, bis sie in eine große schöne Stadt kam, dort ging sie geradewegs vor des Königs Schloß und spazierte auf und ab. Vor dem Schlosse aber stand des Königs Leibkutscher, und als er den schönen Jüngling erblickte, redete er ihn an: „Woher kommst du, mein schöner Jüngling?" Zafarana antwortete: „Ich bin hier fremd, und möchte gern einen Dienst annehmen, denn ich bin arm, und muß mir mein Brod verdienen." Der Kutscher sprach: „In des Königs Marstall fehlt uns ein Stallknecht; willst du die Stelle annehmen, so kann ich sie dir verschaffen." Zafarana war es zufrieden, und trat in den Dienst des Königs ein, striegelte und putzte die Pferde und war immer fleißig und ordentlich.

Der König aber hatte eine Tochter, die war eigensinnig, und Alles mußte nach ihrem Willen gehen. Da sie nun den jungen Stallknecht sah, verliebte sie sich in ihn, trat also vor ihren Vater, und sprach: „Lieber Vater, in dem Stall ist ein junger Bursche angestellt, der sieht viel zu fein aus für die grobe Arbeit. Laßt ihn als Lakaien heraufkommen in das Schloß. Der König that seiner Tochter sogleich den Willen, ließ Zafarana rufen, machte ihr eine schöne Livree und sie mußte nun im Schlosse dienen. Nach einiger Zeit kam die Königstochter wieder zum König, und sprach: „Lieber Vater, alle meine Bedienten gefallen mir so schlecht; ich will den jungen Burschen zu meinem Leibpagen haben, und keinen Andern." Und der König erfüllte wieder ihren Wunsch.

Als nun Zafarana im Dienste der Königstochter war, wurde diese immer verliebter in den schönen Jüngling, und eines Tages rief sie ihn und sprach zu ihm: „Höre, du gefällst mir so gut und deshalb will ich dich heirathen. Heute will ich den König darum bitten, daß er es zugeben soll, und er wird es gewiß zugeben, denn er verweigert mir niemals etwas." „Ach, Prinzessin," antwortete Zafarana ganz erschrocken, „thut das nicht. Euch gebührt ein großer, reicher König, nicht ein armer Bursche, wie ich es bin." Aber was sie auch sagen mochte, die Königstochter kam immer darauf zurück, und da Zafarana immer dieselbe Antwort gab, so ging sie endlich voll Zorn zum König, und sprach: „Der junge Bursche hat Ungebührliches von mir verlangt, und dafür muß er sterben. Nun wurde Zafarana in Ketten geschlossen, und in drei Tagen sollte sie sterben.

Als sie nun zum Galgen geführt wurde, dachte sie an die drei Schweinsborsten, die der Greis ihr gegeben hatte, und da sie auf den Platz kam, wo der Galgen stand, bat sie: „Gewährt mir denn eine letzte Bitte, und gebt mir in einem Becken einige glühende Kohlen." Ihre Bitte wurde ihr gewährt, und da man ihr das Becken brachte, warf sie die drei Schweinsborsten hinein und verbrannte sie. Alsobald wirbelte in der Ferne eine große Staubwolke auf, und ein schöner, reicher Prinz nahte sich mit seinem glänzenden Gefolge. Das war aber Niemand anders als der Greis, der nun von seinem Zauber erlöst war. Schon von Weitem rief er: „Haltet ein! Haltet ein!" Als er nun herangekommen war, frug er: „Warum soll dieser junge Mensch gehängt werden?" Da erzählte der König, wie er seine Tochter beleidigt habe, und daß er dafür sterben müsse. „Wohl," antwortete der Prinz, „wenn ich aber nun beweisen kann, daß er nie eure Tochter beleidigt hat, so muß sie an seiner Statt sterben." „Ich schwöre es bei meiner königlichen Ehre!" sprach der König. Als sie nun in das Schloß zurückkamen, ließ der Prinz Zafarana in ein Zimmer treten, wo sie königliche Frauenkleidung anlegen mußte. Da erkannten Alle, daß sie ein Mädchen sei, und die Königstochter mußte an ihrer Statt sterben. Der fremde Prinz aber nahm Zafarana mit in sein Reich, wo er König wurde und sie Königin. So lebten sie denn glücklich und zufrieden, wir aber haben das Nachsehen.

10. Die jüngste, kluge Kaufmannstochter.

Es war einmal ein kleiner Kaufmann, der hatte drei Töchter, davon war die Jüngste, Maria, sehr schön, und zugleich sehr klug und schlau. Eines Tages nun mußte der Vater verreisen; er rief also seine Töchter und sprach: „Liebe Kinder, ich muß fort; nehmt euch wohl in Acht, denn es sind unsichere Zeiten, seid also vorsichtig." Damit schied er von ihnen.

Einige Tage vergingen ganz ruhig; eines Tages aber klopfte ein Bettler an die Thür und bat um ein Almosen. Dieser Bettler aber war ein verkleideter Räuber. „Wir wollen diesen Unbekannten nicht herein lassen," rieth die kluge Maria ihren Schwestern. Als aber der Bettler anfing zu jammern: „Ich bin so müde, ihr lieben Mädchen, es ist so lange her, daß ich nichts Warmes gegessen habe, und mich nicht ordentlich ausruhen kann," ließen ihn die beiden älteren Mädchen doch herein. Als der Bettler gegessen hatte, sprach er: „Es ist schon Nacht geworden, und wo soll ich ein Obdach finden? Ach, liebe Mädchen, laßt mich diese Nacht hier ruhen." „Thut es nicht," warnte Maria, aber die Schwestern hörten nicht auf sie, sondern machten dem Bettler ein Lager zurecht, und

10. Die jüngste, kluge Kaufmannstochter.

hießen ihn dableiben. Maria aber konnte gar nicht schlafen, denn der Verdacht, das möchte kein wirklicher Bettler sein, verließ sie nicht. Als nun Alles im Hause stille geworden war, stand sie auf, schlich bis zu der Kammer wo der Bettler schlief und versteckte sich dicht daneben. Es dauerte nicht lange, so öffnete sich leise die Thür, und der vermeintliche Bettler trat heraus und schaute sich vorsichtig um. Er schlich die Treppe hinunter, schloß die Thür auf, versammelte durch einen Pfiff alle seine Gefährten, und Alle zusammen brachen nun in den Laden des Kaufmannes ein. Maria war schnell entschlossen; wie der Blitz sprang sie durch ein Hinterpförtchen in's Freie, und lief nach der Polizei. Die kam denn auch herbei, und es gelang ihnen, den einen Räuber, der sich als Bettler verkleidet hatte, zu ergreifen; die Andern entflohen, ließen aber ihren Raub im Stich. Nun ging Maria zu ihren Schwestern, die noch schliefen, weckte sie, und sprach: „Seht ihr was eure Unvorsichtigkeit für Folgen haben konnte? Das und das ist geschehen." Als nun der Vater zurückkam, hörte er wie muthig und klug seine Tochter gewesen war, und freute sich sehr darüber.

Der Räuberhauptmann aber konnte es gar nicht verwinden, daß ihm ein junges Mädchen seinen Plan vereitelt hatte, und schwur, sich dafür zu rächen. Er nahm also unter seinen Schätzen die schönsten Kleider, bestieg ein schönes Pferd, und kam so als ein großer, reicher Herr in die Stadt, wo Maria wohnte. Dort bezog er ein schönes Haus, und ging dann in den Laden des Kaufmanns, wo er allerlei kaufte, und sich dabei freundlich mit dem Kaufmann unterhielt. Er gab sich für den Sohn eines Reichsbarons aus, und erzählte von seinen Reichthümern und seinem schönen Schlosse. Den nächsten Tag kam er wieder, und so trieb er es, bis der Kaufmann ganz für ihn eingenommen war. Nun hielt er um seine jüngste Tochter an, und der Vater, hoch erfreut über die große Ehre, kam zu Maria und sprach: „Denke dir, mein Kind, der junge Baron will dich heirathen." Maria aber antwortete: „Ach, lieber Vater, ich bin ja gut bei euch, und Niemand von uns kennt diesen jungen Mann, wie können wir wissen ob er das wirklich ist, wofür er sich ausgiebt?"

Der Vater aber war geblendet durch die Reichthümer und durch den hohen Rang des jungen Mannes, und versuchte immer wieder seine Tochter zu überreden, bis Maria endlich sprach: „So thut denn, was ihr wollt." Da wurde ein glänzendes Hochzeitsfest angestellt, und am Hochzeitstag brachte der Bräutigam einen Brief von seiner Mutter, und darin schrieb sie ihrem Sohn, sie könne leider nicht zur Hochzeit kommen, aber sie hoffe, der Sohn werde sie mit seiner jungen Frau besuchen. Also bestiegen die Beiden nach der Hochzeit ihre Pferde und reisten fort.

Immer steiler und öder wurde der Weg, und Maria sah sich in einer ganz unbekannten, wilden Gegend. Auf einmal drehte sich der Räuberhauptmann nach ihr um, und rief ihr barsch zu: „Steige sogleich vom Pferd. Hast du wirklich gemeint, ich sei der Sohn eines Reichsbarons? Ich bin der Hauptmann jenes Räubers, der durch deine Schuld gehängt worden ist, und ich will mich dafür an dir rächen." Zitternd stieg Maria vom Pferd. „Jetzt ziehe deine Schuh und Strümpfe aus," fuhr der Räuber fort, „und klettere jenen Berg hinauf." Was konnte Maria thun? Sie mußte wohl gehorchen und mit ihren zarten Füßen den steilen Berg ersteigen. Als sie oben angekommen waren, riß der Räuber ihr ihre Kleider ab, band sie an einen Baum und fing an, sie mit Ruthen zu peitschen. „Wart nur," rief er, „jetzt rufe ich meine Genossen, und dann werden wir dich zu Tode peitschen." Damit verließ er sie. Da stand nun Maria am Baum festgebunden, und konnte sich gar nicht helfen, und die Ruthenhiebe schmerzten sie so sehr, daß sie in einem fort stöhnte.

Unweit von dem Baume aber zog sich ein schmaler Pfad hin, und auf diesem Pfade ritten eben ein Bauer und seine Frau hin. Die brachten einige Säcke roher Baumwolle zu Markt. Als sie nun das Stöhnen hörten, meinten sie es wäre ein Geist, bekreuzten sich und wollten schnell vorbei. Maria aber hörte sie und rief ihnen zu: „Ach, lieben Leute, ich bin eine getaufte Seele wie ihr auch. Verlaßt mich nicht. Da stieg der Bauer ab, und als er Maria sah, zog er schnell sein Messer aus der Tasche, schnitt die Stricke auf, mit denen sie gebunden war, und befreite sie. Doch was sollte nun geschehen, denn die Räuber konnten jeden Augenblick erscheinen. Da rieth der Bauer, Maria solle sich in einen von den Säcken stecken lassen. Das geschah denn auch, und rings um Maria herum stopfte der Bauer soviel Baumwolle, als nur in den Sack ging. Dann band er den Sack auf den Esel, setzte sich mit seiner Frau auf, und ritt nun davon, so schnell er konnte. Bald erschienen nun die Räuber, aber wie erstaunten sie, als sie sahen, daß Maria fort war. Der Hauptmann schwur, er wolle sie dennoch umbringen, und setzte den Flüchtlingen nach. Bald erreichte er sie auch, und befahl grimmig dem Bauer zu halten. Bis in den Tod erschrocken, konnten sie doch nichts thun als gehorchen. Nun zog der Räuber sein Schwert, und stach damit in die Baumwollensäcke hinein, und versetzte der armen Maria mehrere Stiche. Sie aber ließ keinen Laut hören, und weil das Schwert immer wieder durch die Baumwolle gezogen werden mußte, so wurden die Blutflecken dabei abgewischt, und der Räuber ließ sich täuschen, und erlaubte den Bauern ihres Weges zu ziehen. Nach einem Weilchen aber lief er ihnen nach, zwang sie zu halten, und stach wieder mit seinem Schwert in die Säcke. Es gelang ihm aber nicht besser als das erste Mal, und so ließ er endlich die Leute ziehen.

Als sie nun in die nächste Stadt kamen, hielten sie bei einer Bekannten an, und sprachen: Wollt ihr uns einen Gefallen thun, Frau Gevatterin, so gebt uns euer bestes Bett, denn wir haben hier ein armes verwundetes Mädchen, das wir eurer Pflege anvertrauen." Da legten sie Maria in's Bett, und weil sie fort mußten, so empfahlen sie sie der Gevatterin. Bei dieser blieb nun Maria, bis sie sich ganz erholt hatte, und wenn man nach ihr frug, so antwortete die Alte immer: „Es ist meine Nichte." Als nun Maria wieder wohl war, sprach sie eines Tages zu der Alten: „Ich bin nun wieder gesund und will euch nicht länger zur Last fallen; seht zu, ob ihr mir einen Dienst verschaffen könnet." Die Alte erkundigte sich, und erfuhr, der König suche ein Kammermädchen. Da ließ sich Maria melden, und weil sie dem König so wohl gefiel, nahm er sie in seinen Dienst. Je mehr aber der König sie sah, desto besser gefiel sie ihm, und eines Tages sprach er zu ihr: „Du sollst meine Gemahlin sein, und keine Andere!" Da mußte sie ihm erzählen, daß sie verheirathet sei, und wie sie an den Räuberhauptmann gekommen. „O," rief der König, „wenn's weiter Nichts ist, den wollen wir schon kriegen, und wenn er erst einmal gehängt ist, dann bist du seine Frau nicht mehr." Also wurde Maria von Allen als des Königs Gemahlin angesehen.

Als sie nun eines Tages zusammen am Fenster standen, ging eben der Räuberhauptmann vorbei. „Oho," dachte er, „lebst du auch noch, und bist noch gar des Königs Frau? Wart nur, ich will dich schon kriegen!" Er ging geraden Wegs zu einem Goldschmied, und sprach: „Meister, ihr müßt mir einen silbernen Adler machen, der inwendig hohl ist, und so groß, daß ich darinnen stehen kann, und er muß in drei Tagen fertig sein. Der Goldschmied versprach es, und nahm eine ganze Schaar Gesellen, die mußten Tag und Nacht arbeiten, um den Adler fertig zu machen. Als nun die Arbeit fertig war, rief der Räuber einen Lastträger herbei, und sprach: „Mit diesem Adler mußt du so lange an des Königs Fenstern vorbeigehen, bis der König Lust bekommt ihn zu kaufen." Dann schloß er sich selbst in den Adler ein, der Lastträger nahm ihn auf den Rücken, und trug ihn vor des Königs Fenster vorbei. Der König stand wieder mit Maria an dem Balkon, und da er den schönen silbernen Adler sah, rief er: „Sieh nur, Maria, wie schön! Den wollen wir uns kaufen." Maria aber hatte damals den Räuber wohl erkannt; deßhalb war sie mißtrauisch und sprach: „Ach, Majestät, ihr habt ja sonst so viele schöne Sachen, was wollt ihr noch das schwere Geld ausgeben!" Dem König aber gefiel der Adler so gut, daß er den Lastträger herauf rief, ihm den Adler ablaufte und in sein Zimmer bringen ließ.

Als nun der König und Maria schliefen, schloß der Räuber den Adler auf und trat hinaus. Vorsichtig schlich er an das Bett des Königs, und legte ein Blatt Papier auf das Kopfkissen; so lange das liegen blieb, konnte weder der König noch die Leute im Hause aufwachen. Dann trat er zu Maria, ergriff sie und schleppte sie in die Küche. „Du dachtest wohl, ich würde dich hier nicht finden," sagte er höhnisch, und nahm den größten Kessel, füllte ihn mit Oel und setzte ihn auf's Feuer. „Darin will ich dich sieden!" sprach er. Nun war Maria übel daran, aber sie verlor den Muth doch nicht, sondern sprach: „Muß ich denn sterben, so geschehe es! Laß mich nur vorher meinen Rosenkranz holen, daß ich noch einmal beten kann." Der Räuber erlaubte es, und Maria eilte in die Kammer, und rief den König. Aber so sehr sie auch rufen mochte, es half Nichts; sie stieß und zupfte ihn, Alles vergebens." Da faßte sie ihn in der Verzweiflung am Bart und schüttelte ihn; durch die Bewegung aber fiel das Blatt herunter, der König erwachte plötzlich, und mit ihm alle Leute im Haus. Da führte sie Maria in die Küche, wo der Räuber noch immer das Feuer schürte; den ergriffen sie und warfen ihn in das siedende Oel. Maria aber heirathete den König und es war eine glänzende Hochzeit. Ihren Vater und ihre Schwestern ließ sie zu sich kommen, und so lebten sie Alle glücklich und zufrieden, wir aber haben das Nachsehen!

11. Der böse Schulmeister und die wandernde Königstochter.

Es war einmal ein König und eine Königin, die hatten ein einziges Töchterchen, das sie sehr lieb hatten. Sie schickten es in die Schule zu einem Lehrer, zu dem auch noch viele andere Kinder gingen. Der Lehrer aber war ein böser Mann, und schlug oft die armen Kinder.

Jeden Tag nun sagte er zu ihnen: „Kinder, seid ganz ruhig und still, bis ich wiederkomme." Dann ging er in sein Zimmer, und kam erst nach mehreren Stunden wieder heraus. Nun wurden die Kinder neugierig und eines Tages sprachen sie: „Wir wollen uns an die Thür schleichen und durchs Schlüsselloch sehen." Die Königstochter aber fürchtete sich und wollte nicht mit. Da sprachen die Anderen: „Gehen wir Alle hin, so mußt du auch mitkommen," und beredeten sie endlich, daß sie mitging. Da schlichen sie an die Thür und schauten durch's Schlüsselloch, und sahen, daß der Lehrer mit einem Todten beschäftigt war; was er aber that, konnten sie nicht sehen, denn er näherte sich gleich der Thür, und sie liefen Alle fort und an ihre Plätze. Die Königstochter aber verlor unterwegs einen Schuh, und mußte ohne Schuh an ihren Platz. Als nun der Lehrer mit dem Schuh hereinkam, zog sie ihren Fuß unter den Rock, damit er es nicht sehen solle. Er frug aber: „Wer von euch hat einen Schuh verloren?" Da zeigten alle die anderen Kinder ihre Füße, und riefen: „Ich nicht!" und nur die arme, kleine Königstochter wollte ihren Fuß nicht zeigen. Da sprach der Lehrer: „Also bist du es gewesen, die durch das Schlüsselloch geschaut hat? Nun, warte nur, du sollst deiner Strafe nicht entgehen." Als nun um Mittag die anderen Kinder nach Hause gingen, kam auch der Bediente, um die Königstochter abzuholen. Der Lehrer aber sprach: „Sagt nur eurer Herrschaft, die Kleine wolle gern bei mir essen; sie würde heute Abend nach Haus kommen." Die Königstochter weinte, aber sie mußte doch dableiben. Als nun Alle fort waren, schlug der Lehrer das arme Kind und mißhandelte es ganz schrecklich. Endlich verwünschte er es noch, und sprach: „Sieben Jahre, sieben Monate und sieben Tage sollst du in deinem Bette zubringen, und wenn du wieder gesund wirst, so soll eine Wolke kommen und dich auf den Calvarienberg *) tragen."

Da ging das arme Kind nach Haus, und wurde krank, so krank, daß es sich zu Bette legen mußte, und blieb viele Jahre krank und kein Arzt konnte ihm helfen. Als aber die sieben Jahr und die sieben Monate vergangen waren, fing es an etwas besser zu werden, und als noch die sieben Tage um waren, ward es ganz gesund und war zu einer wunderschönen Jungfrau herangewachsen. Da sprach eines Tages die Kammerfrau zu ihr: „Es ist ein so schöner, sonniger Tag, kommen Sie mit auf die Terrasse,**) so will ich Sie frisiren. "Die Königstochter wollte nicht, aber die Kammerfrau überredete sie, auf die Terrasse zu steigen. Als sie nun oben waren, machte die Kammerfrau ihre schönen Flechten auf, und

*) Munti Calvariu.
**) Lastrino.

11. Der böse Schulmeister und die wandernde Königstochter.

wollte sie frisiren. Da merkte sie, daß sie die Haarschnur vergessen hatte, und sprach: „Ich will nur eben gehen, die Schnur holen, und komme gleich wieder. Die Königstochter bat: „Ach, bleibe bei mir, es ist ja einerlei, du kannst mich auch ohne Schnur kämmen." „Nein, nein," rief die Kammerfrau, „ich will Sie hübsch frisiren, ich bin im Augenblick wieder da," und eilte hinunter. Da kam eine Wolke, senkte sich auf die Terrasse herab, und entführte die Königstochter auf den Calvarienberg. Als nun die Kammerfrau auf die Terrasse kam, sah sie, daß ihre junge Herrin verschwunden war, und fing an zu jammern: „Ach, wäre ich doch nicht fortgegangen!" Da lief sie zur Königin, und erzählte es ihr, und das ganze Schloß kam in Aufruhr, und Alle suchten die Königstochter überall. Sie aber war und blieb verschwunden. Da waren die Eltern tief betrübt, und die Mutter sprach: „Gewiß ist mein armes Kind verwünscht worden."

Lassen wir nun die Eltern, und sehen wir, was aus der Jungfrau geworden ist. Die Wolke trug sie also auf den Calvarienberg, und legte sie dort nieder. Es war aber ein so furchtbar steiler Berg, daß ihn gewiß noch Niemand erstiegen hatte. Da befahl sie sich dem lieben Gott, und fing an langsam den Berg hinunter zu steigen. Die Dornen und die Steine zerrissen ihre Kleider, und verwundeten ihre zarten Glieder, endlich aber kam sie doch an den Fuß des Berges. Da wanderte sie weiter und kam endlich an ein wunderschönes, großes Schloß, in das ging sie hinein, und schritt durch alle Zimmer. Sie sah keine menschliche Seele, wohl aber die schönsten Schätze, und einen Tisch, der war mit köstlichen Speisen besetzt. Im letzten Saal aber lag ein schöner Jüngling am Boden, der war wie todt, und daneben lag ein Zettel, darauf stand: „Wenn mich eine Jungfrau sieben Jahre, sieben Monate und sieben Tage lang mit dem Gras vom Calvarienberg reibt, so würde ich in's Leben zurückkehren, und sie soll meine Gemahlin werden." Da dachte die Königstochter: „Ich bin ein armes Mädchen; zu meinen Eltern kann ich den Weg nicht zurückfinden, zu thun habe ich auch nicht, so will ich ein gutes Werk thun." Da ging sie zurück, und kletterte mühsam auf

11. Der böse Schulmeister und die wandernde Königstochter.

den Calvarienberg hinauf, und achtete es nicht, daß die Dornen ihre zarten Glieder zerrissen. Oben aber schnitt sie das Gras ab, und machte große Bündel davon, die sie den Berg hinunterwarf. Dann stieg sie selbst hinab, und kam mehr todt als lebendig unten an. Als sie sich etwas erholt hatte, fing sie an die Bündel alle in das Schloß zu tragen. Dann begab sie sich an die Arbeit, den Jüngling zu reiben, Tag und Nacht, ohne zu schlafen und ohne zu ruhen. Nur einmal am Tag erhob sie sich um etwas zu essen von den schönen Speisen.

So vergingen sieben Jahre und sieben Monate und von den sieben Tagen blieben auch nur noch drei übrig, da wurde sie so müde, daß sie kaum mehr fortfahren konnte. Da hörte sie auf der Straße eine Sklavin zum Verkauf ausbieten, und dachte: „Die könnte ich kaufen, und sie auch ein wenig reiben lassen, während ich ein paar Stunden ruhe." Da stand sie auf und kaufte die Sklavin, die war ganz schwarz und häßlich wie die Schulden,*) und befahl ihr, den schönen Jüngling ein wenig zu reiben, während sie ruhe. Als sie sich aber hinlegte, war sie so müde, daß sie drei Tage lang in einem Stück schlief, und als sie aufwachte, waren die sieben Jahre, die sieben Monate und die sieben Tage herum, und der schöne Jüngling war erwacht, hatte die schwarze, häßliche Sklavin als seine Befreierin angesehen, und hatte ihr gesagt: „Du hast mich erlöst, du sollst auch meine Gemahlin sein." Als nun die Königstochter erschien, frug er: „Wer ist denn das schöne Mädchen?" Da sprach die Sklavin: „Das ist meine Küchenmagd." Also mußte die arme Königstochter in die Küche und die niedrigsten Dienste thun. In dem Schloß aber wurde es ganz lebhaft von Bedienten und Jägern und dem ganzen Gefolge eines Königs, und der schöne Jüngling, der ein verwunschener Prinz war, feierte eine glänzende Hochzeit mit der schwarzen Sklavin. Die Königstochter aber mußte in der Küche arbeiten.

Des Königs Marschall aber, da er sie sah, fand er sie so schön und gut, daß er sie von Herzen lieb gewann. Da er nun eines Tages ver-

---

*) Brutta comu i debiti.

11. Der böse Schulmeister und die wandernde Königstochter.

reisen mußte, rief er sie und sprach: „Ich muß nach Rom reisen, soll ich dir etwas mitbringen?" Da sprach die Königstochter: „Bringt mir ein Messer mit und einen Geduldsstein." Der Marschall verreiste und in Rom suchte er so lange, bis er einen Geduldsstein fand, den brachte er ihr nebst einem Messer. Nun war er aber doch neugierig, was wohl die Königstochter mit den beiden Sachen machen wolle. Also schlich er ihr nach, und sah, daß sie in ihr Zimmerchen ging, und die Thür zumachte. Als er nun durch das Schlüsselloch schaute, sah er, daß sie den Geduldsstein vor sich auf den Tisch gelegt hatte und das Messer daneben, und nun anfing zu jammern: „O Geduldsstein, höre doch an, wie es mir im Leben ergangen ist." Da erzählte sie ihre ganze Lebensgeschichte, von der Zeit an wo sie noch in die Schule ging. Wie sie nun erzählte, fing der Stein an zu schwellen, und sie sprach: „O Geduldsstein, wenn du nun anschwillst bei der Erzählung meiner Leiden, denke doch wie es mir zu Muthe sein muß."

Als das der Marschall hörte, lief er eilends hin und rief den Prinzen, und bat ihn, er möge doch auch kommen, diese wunderbare Thatsache mit anzusehen. Da kam der Prinz und horchte am Schlüsselloch, und hörte, wie die Königstochter erzählte, daß sie den schönen Jüngling so viele Jahre gerieben habe, und selbst gegangen sei das Gras auf dem Calvarienberg zu holen. Dabei schwoll der Stein immer mehr an, als aber die Königstochter gar erzählte, wie sie nach aller Mühe und Arbeit von der falschen Sklavin betrogen worden sei, zersprang der Stein mit einem gewaltigen Knall. „O Geduldsstein," rief sie, „wenn du bei der Erzählung meiner Leiden zerspringst, so will auch ich nicht länger leben," und ergriff das Messer und wollte sich umbringen. Da sprengte der Prinz die Thür, und fiel ihr in den Arm, und sprach: „Du, und keine Andere sollst meine Gemahlin werden, und die falsche Sklavin soll sich ihr Urtheil selber sprechen." Da ging er zur Sklavin, und sprach: „Heute wird meine Cousine zum Besuch herkommen; empfange sie gut." Als nun die Cousine ankam, war es Niemand anders als die Königstochter, die hatte unterdessen köstliche Kleider angelegt; aber die Sklavin erkannte sie nicht.

11. Der böse Schulmeister und die wandernde Königstochter.

Als sie nun zu Tische saßen, sprach der Prinz zur Sklavin: „Was verdient ein Mädchen, das dies und das gethan hat?" Sie aber war verblendet, und antwortete: „Der kann man nichts Besseres anthun, als daß man sie in eine Tonne mit siedendem Oel thue, und sie von einem Pferd durch die ganze Stadt schleifen lasse." Da sprach der Prinz: „Du hast dir selbst dein Urtheil gesprochen, und es soll auch an dir vollzogen werden." Also wurde sie in eine Tonne mit siedendem Oel gesteckt, und durch die ganze Stadt geschleift. Der Prinz aber heirathete die schöne Königstochter, die ließ es auch ihren Eltern sagen. Und da lebten sie Alle glücklich und zufrieden, wir aber haben das Nachsehen.

12. Von der Königstochter und dem König Chicchereddu.

Es waren einmal ein König und eine Königin, die hatte keine Kinder, und die Königin seufzte immer nur: „Ach wenn ich doch ein Kind hätte!" Da ließ der König einen Sterndeuter kommen, und frug ihn, ob die Königin wohl ein Kind bekommen würde. Da antwortete der Sterndeuter: „Die Königin wird ein Töchterchen bekommen, das wird in seinem 14. Jahre mancherlei Schicksale durchmachen." Nicht lange, so gebar die Königin ein Töchterchen, das war schöner als die Sonne und wuchs zu einer blühenden Jungfrau heran.

Als die Königstochter aber 14 Jahre alt war, wurde sie plötzlich ganz schwermüthig und Niemand konnte sie zum Lachen bringen. Die Eltern versuchten Alles um sie zu zerstreuen, aber es half nichts. Endlich ließ der König auf dem Schloßplatz einen schönen Brunnen bauen, aus dem floß Oel, und ließ in der ganzen Stadt verkündigen, es dürfe Jeder kommen und Oel schöpfen. Die Tochter aber mußte sich an's Fenster stellen, ob der Anblick sie wohl zerstreuen würde. Da kamen von nah und fern Leute mit ihren Krügen und schöpften Oel, aber die Königstochter blieb immer traurig. Zuletzt, als das Oel schon aufgehört hatte zu fließen, kam noch ein altes Mütterchen mit einem kleinen Krüglein.

12. Von der Königstochter und dem König Chiccherebbu.

Als sie sah, daß kein Oel mehr floß, nahm sie ein Schwämmlein, und tauchte es in das Oel, das noch im Becken zurückgeblieben war, und drückte es in das Krüglein aus, und immer so fort bis es voll war. Als das die Königstochter sah, fing sie an laut zu lachen, und in ihrem Uebermuth nahm sie ein Steinchen und warf es an das Krüglein der Alten, daß es zerbrach und das Oel verschüttet wurde. | Die Alte aber wurde zornig und rief: „So mögest du denn so lange laufen bis du den König Chiccherebbu gefunden hast." Da trat die Königstochter vom Balkon zurück, und wurde noch viel trauriger als sie bis dahin gewesen war.

Nach einiger Zeit aber kam sie zu ihren Eltern, und sprach: „Liebe Eltern, laßt mich in die Welt ziehen, denn ich habe keine Ruhe mehr zu Haus." „O Kind," antworteten die Eltern, „wo willst du denn hin, du ein zartes Mädchen? Wenn dir etwas fehlt, so sage es uns doch. Du hast es ja gut bei uns und alle deine Wünsche werden erfüllt." Sie aber sprach: „Wenn ihr mich nicht ziehen laßt, so werde ich vor Sehnsucht sterben." Da mußten die Eltern mit großen Schmerzen ihr den Willen thun, und gaben ihr auf ihren Wunsch das schönste Pferd aus dem Stall, ein Bündelchen Kleider und etwas Geld. Dann umarmte sie ihre Eltern, bestieg ihr Pferd und ritt ganz allein in die Welt hinein. Sie ritt viele Tage lang gerade aus, und endlich hatte sie all ihr Geld aufgezehrt. Da verkaufte sie ihre Kleider und ritt noch einige Tage lang weiter. Da mußte sie aber auch ihr Pferd verkaufen und wanderte nun zu Fuß weiter, bis sie in ein anderes Reich kam, das nicht ihrem Vater gehörte.

Als sie nun all ihr Geld aufgezehrt hatte, und dem Verschmachten nahe war, begegnete sie einer reichen Dame, die frug sie wer sie sei, denn sie war verwundert ein so schönes und zartes Mädchen allein zu sehen. Die Königstochter antwortete: „Ich bin hier im Lande fremd, und möchte gern einen Dienst annehmen. Könnt ihr mir einen verschaffen?" Da sprach die Dame: „Der König sucht eben eine Wärterin für seinen kranken Sohn, der ist schon viele Jahre lang krank, und kein Arzt kann ihm helfen. Es ist ein harter Dienst, und ich weiß nicht, ob ihr es werdet aushalten können." „Ich will es versuchen," sagte die Königstochter, und ging mit der Dame in das königliche Schloß. Dort wurde sie dem König vorgestellt. Der brachte sie hinein zu seinem kranken Sohn. Da sah sie ihn im Bette liegen, und er war ein schöner Jüngling, aber so mager wie ein Skelett, und so schwach, daß er kaum sprechen konnte. Der König sagte der neuen Wärterin, was sie thun solle, und zeigte ihr in einem Winkel ein kleines Bett, darauf sollte sie schlafen und Tag und Nacht um ihn sein.

Niemand aber wußte was für eine Krankheit der Prinz habe; er nahm nur immer mehr ab, während er doch mit großem Heißhunger den ganzen Tag über aß. „Das geht nicht mit rechten Dingen zu," dachte die Königstochter, und beschloß gleich die erste Nacht nicht zu schlafen. Als es nun Abend wurde, legte sie sich zwar hin, aber sie schlief nicht ein. Um Mitternacht aber sprang auf einmal die Thüre auf, und eine hohe, schöne Frau trat herein, näherte sich dem Bett des Prinzen und frug ihn nach seinem Befinden. Da antwortete er: „Ach, ich befinde mich recht schlecht." „Nimm diesen Trank," sprach sie, „er wird dir gut thun." Es war aber ein Schlaftrunk, und sobald der Prinz ihn genommen hatte, schlief er ein. Da zog die Frau ein scharfes Messerchen hervor, schnitt ihm die Adern auf und trank sein Blut. Um ein Uhr verschwand sie. Dies Alles hatte die Königstochter mit angesehen, und am nächsten Morgen erzählte sie es dem Prinzen, und sprach: „Nun weiß ich auch, warum ihr den ganzen Tag einen solchen Heißhunger habt, und doch nicht zu Kräften kommt, trotz aller guten Speisen. Aber seid nur ruhig, heute Nacht will ich ihrer schon Meister werden. Trinkt nur nicht den Trank, den sie euch anbietet." Als der König und die Königin kamen, war ihr Sohn immer noch nicht besser. Die Königstochter aber sagte ihnen nicht, was sie beobachtet hatte. Am Abend aber nahm sie das scharfe Schwert des Prinzen, zog es aus der Scheide, und nahm es so in ihr Bett.

Um Mitternacht kam wieder die schöne Gestalt, setzte sich an das Bett des Prinzen, und bot ihm wieder einen Trank dar. Der Prinz that

12. Von der Königstochter und dem König Chiccherebbu.

als ob er trinke, ließ aber den Trank in das Bett fließen und machte die Augen zu, als ob er schliefe. Da sich nun die Frau über ihn beugte, und mit ihrem Messer seine Adern öffnen wollte, sprang die Königstochter mit dem Schwert aus dem Bett und hieb ihr den Kopf ab. Dann schob sie den Rumpf und den Kopf unter das Bett, brachte dem Prinzen sogleich eine kräftige Suppe, und darauf schliefen sie Beide ganz ruhig ein. Als nun der König und die Königin kamen, saß der Prinz ganz aufrecht in seinem Bett, konnte auch wieder sprechen, und sagte: „Ich bin viel besser, liebe Eltern, und dieses Mädchen hat mich befreit." Dann zeigte er ihnen was unter dem Bett lag, und erzählte ihnen Alles was vorgefallen war, und sprach: „Liebe Eltern, dies Mädchen muß meine Gemahlin sein." Die Eltern waren so erfreut, ihren Sohn besser zu sehen, daß sie mit Freuden einwilligten. Da trat aber die Königstochter hervor und sprach: „Ich danke euch für euer freundliches Anbieten, aber ich kann es nicht annehmen, denn ich muß noch weit wandern ehe ich ruhen darf. Da wurde der Prinz ganz traurig und bat sie, doch da zu bleiben, und auch der König und die Königin drangen in sie. Die Königstochter aber blieb standhaft, und sagte nur immer: „Ich kann noch nicht ruhen; wollt ihr mir aber einen Dienst erweisen, so gebt mir ein gutes Pferd, ein Bündelchen Kleider und ein wenig Geld, und laßt mich ziehen." Da gaben sie ihr ein wunderschönes Pferd und führten sie in die Schatzkammer, sie solle sich nehmen so viel sie wolle. Sie aber nahm nur ein wenig Geld und ein Bündelchen Kleider, und bestieg ihr Pferd.

Da ritt sie viele Tage lang, und als sie ihr Geld aufgezehrt hatte, mußte sie zuerst ihre Kleider, und dann auch ihr Pferd verkaufen, und zu Fuß weiter wandern. Da kam sie in ein anderes Reich, und war wieder dem Verschmachten nahe, als sie einer vornehmen Dame begegnete, und sie bat, ihr einen Dienst zu verschaffen. Die Dame antwortete: „Unser König sucht eben eine Wärterin für seinen kranken Sohn, der ißt schon seit vielen Jahren keinen Bissen, und ist ganz stumm. Es ist aber ein harter Dienst, und ich weiß nicht, ob ihr es aushalten könnt." Da sagte die Königstochter, sie wolle es versuchen, und ließ sich dem König vorstellen, der führte sie zu seinem Sohn. Das war auch ein sehr schöner Jüngling, aber noch magerer und schwächer als der Erste. In einem Winkel des Zimmers war wieder ein Bett für die Wärterin bereit; die Königstochter aber dachte: „Es geht gewiß nicht mit rechten Dingen zu. Ich will wieder wach bleiben. Ist es mir mit dem Ersten gelungen, so wird es auch wohl mit dem Zweiten gehen." Also legte sie sich auf ihr Bett, schlief aber nicht ein.

Um Mitternacht sprang die Thüre auf, und eine schöne Frau trat herein, setzte sich ans Bett, und zog unter dem Kopfkissen ein goldenes Schlüsselchen hervor. Damit öffnete sie des Prinzen Lippen, daß er sprechen konnte, und unterhielt sich ein wenig mit ihm. Dann verschloß sie ihm wieder den Mund, legte das Schlüsselchen unter das Kopfkissen, und als es 1 Uhr schlug verschwand sie. Da sprang die Königstochter herzu, nahm das Schlüsselchen und öffnete des Prinzen Lippen, wie die Gestalt es gethan hatte, brachte ihm auch eine kräftige Suppe, und dann schliefen Beide bis zum Morgen. Als nun der König und die Königin hereinkamen, war ihr Sohn ganz munter, konnte wieder sprechen, und erzählte ihnen Alles was vorgefallen war. Dann sprach er: „Dieses Mädchen hat mich befreit, und soll nun meine Gemahlin sein." Die Eltern gaben es gern zu, aber die Königstochter dankte wieder, und sprach: „Ich muß noch lange wandern, ehe ich Ruhe finden kann." Da ward der Prinz sehr traurig, sie aber sagte: „Ihr werdet eine vornehme Prinzessin heirathen und mit ihr glücklich sein, mich aber laßt ziehen." Dann bat sie um ein Pferd, ein Bündelchen Kleider und etwas Geld, und als sie das hatte, ritt sie auf und davon.

Es ging ihr aber nicht besser als die ersten Male. Sie mußte Alles verkaufen, und war dem Verschmachten nahe, als sie einer vornehmen Dame begegnete, und sie um einen Dienst bat. „Ich weiß wohl einen Dienst," antwortete die Dame, „aber werdet ihr ihn auch aushalten können? Der König sucht eine Wärterin für seinen wahnsinnigen Sohn, der ist schon seit vielen Jahren rasend, und es hat ihm noch kein Arzt helfen können." Die Königstochter dachte: „Es scheint mein Schicksal zu

12. Von der Königstochter und dem König Chiccherebbu.

sein allen kranken Prinzen helfen zu müssen," und sagte, sie wolle es versuchen. Da wurde sie dem König vorgestellt, der führte sie zu seinem Sohn in einen tiefen, dunkeln Keller, der nur ein kleines Fensterchen hatte. Da gaben sie ihr ein Licht und sperrten sie mit dem Prinzen ein. Der war auch ein sehr schöner Jüngling, aber er war ganz rasend, erkannte Niemanden und rannte mit dem Kopfe gegen die Mauer. Die Königstochter kauerte ganz erschrocken in einem Winkel nieder, und dachte: „Nein, hier kann ich es doch nicht aushalten; wenn es nur wieder Tag wäre, so ginge ich gleich." Mit einem Mal löschte ein Windstoß ihr Lichtchen aus, und sie war im Dunkeln. Da trat sie an das Fensterchen, um zu sehen ob es wohl bald Tag würde, und sah einige Schritte weit, in einem Dickicht, ein Feuerchen brennen, und dachte: „Ich will mit meinem Licht hingehen und es anzünden, so bin ich doch wenigstens nicht im Dunkeln." Also nahm sie ihr Licht, kletterte vorsichtig zum Fenster hinaus und ging auf das Feuer zu. Dort saß ein steinaltes Mütterchen und spann, und spann in einem fort. Auf dem Feuer aber war ein großer Kessel mit siedendem Wasser.

Die Königstochter trat auf das alte Mütterchen zu, und sprach: „Ach, liebe Tante, finde ich euch hier? Wie lange wir uns nicht gesehen haben!" Die Alte war halb blind, glaubte also wirklich es sei ihre Nichte, und begrüßte sie freundlich. „Was thut ihr denn da in so finsterer Nacht?" frug die Königstochter. „Weißt du nicht, daß der Prinz wahnsinnig ist?" erwiederte die Alte. „Vor einigen Jahren hat er mich einmal ausgelacht, da habe ich geschworen, mich zu rächen. Seitdem drehe ich in einem fort mein Spinnrad, und so lange ich spinne, kann er nicht genesen." „Da müßt ihr aber sehr müde sein, arme Tante," sagte das kluge Mädchen. „Laßt mich einmal ein wenig spinnen, und ruht unterdessen ein wenig aus." Die Alte ließ sich überreden, und die Königstochter fing an zu spinnen, während sich das alte Mütterchen hinlegte und gleich einschlief. Da sie nun fest schlief, packte die Königstochter die alte Hexe und warf sie in den Kessel mit dem siedenden Wasser. Das Spinnrad aber zerbrach sie in tausend Stücke. Dann zündete sie ihr Lämpchen an, und kehrte ruhig in den Keller zurück, wo sie den Prinzen ruhig schlafend fand. Da legte sie sich auch hin, und schlief ruhig bis zum Morgen. Als nun der König und die Königin am Morgen hereinkamen, erwachte der Prinz, sah sich ganz verwundert um und frug: „Warum bin ich denn in diesem finstern Keller und nicht in meinen schönen Gemächern?" Da merkten sie, daß er genesen war, und waren hoch erfreut. Die Königstochter aber mußte erzählen, was in der Nacht vorgefallen war, und als der Prinz es hörte, begehrte er sie zu seiner Gemahlin. Sie aber dankte und sprach: „Ich muß noch lange wandern, ehe ich zur Ruhe kommen kann. Wollt ihr mir aber einen Dienst erweisen, so gebt mir ein Pferd, eine Männerkleidung und ein wenig Geld, und laßt mich ziehen." Da gaben sie ihr ein schönes Pferd und Geld so viel sie wollte, und ließen ihr auch Männerkleidung machen. Die legte sie an, bestieg ihr Pferd und ritt davon.

Nicht lange, so kam sie in ein anderes Königreich, und als sie frug, wem es gehöre, hieß es: „Dem König Chiccereddu." Da ritt sie an das Schloß des Königs und ritt immer auf und ab. Der König aber stand am Balkon, und da er den schönen Jüngling sah, rief er ihn an, und frug ihn wo er her sei. Die Königstochter antwortete: „Ich bin fremd an diesem Orte und möchte mir gerne einen Dienst verschaffen." „Willst du mein Sekretär werden?" frug der König. Da trat die Königstochter in den Dienst des Königs und wurde sein Sekretär. Der König aber gewann seinen neuen Diener sehr lieb, und wollte ihn immer um sich haben. Zuweilen aber kam ihm der Gedanke, es möchte wohl ein Mädchen sein.

Nun hatte der König eine Mutter, die war eine böse Zauberin und wußte wohl wer der vermeintliche Sekretär sei. Sie wollte aber durchaus, daß ihr Sohn eine andere Königstochter heirathe, und wenn er ihr sagte, der Sekretär sei gewiß ein verkleidetes Mädchen, redete sie es ihm immer aus. Da kam er eines Tages und sprach: „Mutter, ich muß mir Gewißheit verschaffen. Seht doch einmal seine Hände an, das sind ja keine Männerhände." Da sprach die Mutter: „Du bist ein dummer Tropf,

12. Von der Königstochter und dem König Chiccereddu.

warum soll es nun durchaus ein Mädchen sein? Nimm ihn aber mit in den Garten. Wenn er ein Mädchen ist, so wird er sich vor Allem an den Blumen ergötzen und einen Strauß pflücken." Der König that es und ging mit seinem Sekretär in den Garten. "Sieh einmal die schönen Blumen," sprach er, willst du dir nicht einen Strauß pflücken?" Da antwortete die kluge Königstochter: "Was soll ich mit den Blumen machen? Gehen wir lieber ein wenig spazieren." Der König aber gab sich doch nicht zufrieden, und sprach wieder zu seiner Mutter: "Er hat die Blumen gar nicht beachtet, ich bin aber doch noch nicht überzeugt." "Weißt du was," sagte die Mutter, "schlage ihm vor, dich in's Männerbad zu begleiten. Nimmt er es an, so können dir doch keine Zweifel bleiben." Da rief der König seinen Sekretär und sprach: "Komm, der Tag ist so heiß, wir wollen ein Meerbad nehmen." "Ja wohl," antwortete die kluge Königstochter, und ging mit ihm. Als sie aber ganz dicht an das Badehaus angelangt waren, sprach sie: "Wir haben ja vergessen ein Handtuch mitzunehmen. Ich will aber schnell laufen und es holen." Da lief sie schnell in das Schloß und in ihr Zimmer, nahm einige Zettel Papier, und schrieb darauf: "Jungfräulich kam ich, jungfräulich geh ich weg, gefoppt ist König Chiccereddu frech."*) Einen von den Zetteln legte sie auf ihren Schreibtisch, einen anderen klebte sie am Thor fest, bestieg ihr Pferd und ritt zu ihren Eltern zurück.

Unterdessen wartete der König immer auf seinen Sekretär, und als ihm die Zeit lang wurde, ging er auf das Schloß zurück. Da sah er schon am Thor den angeklebten Zettel, und als er in sein Arbeitszimmer ging, fand er auf dem Schreibtisch den zweiten Zettel. Der Sekretär aber war nirgends zu finden, und sein Pferd war auch fort. Da wurde es ihm klar, daß er doch Recht gehabt hatte, und er wurde ganz krank und schwermüthig, denn er hatte die Königstochter von Herzen lieb. Die alte Königin aber ward sehr zornig, daß ein junges Mädchen ihren Sohn zum Besten gehabt hatte und schwur sich zu rächen. Da nahm sie zwei Tauben und

---

*) Schetta vinni, schetta mi unn' annai, lu re Chiccereddu lu gabbai.

sprach einen Zauber darüber aus. Dann rief sie einen Bauer und befahl ihm die zwei Tauben zur Königstochter zu bringen, und sie ihr zu verkaufen. Da wanderte der Bauer so lange, bis er in die Stadt kam, wo die Königstochter wohnte und verkaufte ihr die zwei Tauben. Er war aber ein wohlmeinender Mann, und als er sie ihr verkaufte, sprach er: „Hört auf die Warnung eines redlichen Bauers und gebet nie den Tauben zu gleicher Zeit zu fressen; einen Tag müßt ihr die Eine füttern, und den nächsten Tag die Andere." Das befolgte die Königstochter auch getreulich, und hatte ihre Freude an den hübschen Thieren.

Eines Tages aber mußte sie zur Messe gehen, und hatte noch nicht Zeit gehabt die Taube zu füttern. Da rief sie ihre Kammerfrau, und sprach zu ihr: „Füttere du die Tauben, an dieser ist heute die Reihe. Gieb aber ja der Anderen kein Futter." Die Kammerfrau aber war nachlässig, und als die Königstochter zur Messe gegangen war, vergaß sie ihren Befehl und gab beiden Tauben zu fressen. In demselbigen Augenblick wurde die Königstochter in das Schloß des Königs Chiccherebbu versetzt. Dort ließ ihr die alte Königin ihre schönen Kleider ausziehen und sie mußte geringe Kleider anlegen und als Küchenmagd die niedrigsten Dienste thun. Dabei wurde sie von der alten Königin arg mißhandelt, bekam wenig zu essen und viele Schläge. Dem König aber that das Herz weh sie in diesem Zustande zu sehen, denn er hatte sie sehr lieb. Er konnte aber Nichts thun gegen den Willen seiner Mutter. Eines Tages aber, da sie wieder so mißhandelt wurde, nahm er sich ein Herz, ergriff sie und trug sie in seinen Armen in sein Zimmer. Dort lebte sie nun mit ihm, und die alte Königin konnte ihr Nichts anhaben, ob sie gleich Tag und Nacht darüber nachdachte, wie sie ihr ein Leid anthun könnte. Da hörte sie eines Tages, daß die Königstochter Aussicht habe ein Kind zu bekommen. Als nun ihre Stunde gekommen war, setzte sich die alte Zauberin an ihr Fenster, steckte die gefalteten Hände zwischen die Knie, und sprach: „Nicht eher soll die Königstochter ein Kind zur Welt bringen, als bis ich die Hände aus dieser Lage genommen habe." So saß sie, aß nicht und trank nicht, und die arme Königstochter lag in bittern Schmerzen,

12. Von der Königstochter und dem König Chiccereddu.

und konnte das Kind nicht zur Welt bringen. Da rief der König einen Bauer und sprach zu ihm: „Geh in alle Kirchen der Stadt, gieb Jeder ein schönes Geschenk und befiehl allen Küstern die Todtenglocke zu läuten. Dann gehe hin und stelle dich unter das Fenster, wo meine Mutter sitzt. Wenn sie nun frägt: Was bedeuten denn diese Todtenglocken? so antworte du, der König Chiccereddu ist gestorben. Dann wird sie in ihrem Schmerz sich mit den Händen in's Haar fahren und der Zauber wird von meiner Frau genommen sein. Dann aber gehe hin, befiehl den Küstern in allen Kirchen mit allen Glocken Gloria zu läuten, und wenn sie dich dann wieder frägt, was denn nun los sei, so antworte ihr: Die Frau des Königs Chiccereddu ist eines Kindes genesen." Der Bauer ging hin und that wie der König ihm befohlen.

Als nun die alte Hexe alle die Todtenglocken hörte, frug sie ihn, wer denn gestorben sei. Da antwortete der Bauer: „Der König Chiccereddu ist gestorben." „O mein Sohn, mein Sohn!" rief die Königin, und raufte sich die Haare aus. In demselben Augenblick genas die Königstochter eines schönen Knaben. Da ging der Bauer hin, und ließ mit allen Glocken Gloria läuten. Das hörte die Königin und frug ihn: „Warum wird denn Gloria geläutet, wenn mein Sohn gestorben ist?" „Die Frau des Königs Chiccereddu hat einen schönen Knaben bekommen." antwortete der Bauer. Da merkte die alte Hexe, daß sie gefoppt worden war, und in ihrem Zorn schlug sie sich so lange den Kopf gegen die Mauer, bis sie todt hinfiel. Da feierte der König Chiccereddu ein glänzendes Hochzeitsfest, und die junge Königin ließ ihre Eltern zu sich kommen, und da lebten sie Alle glücklich und zufrieden, wir aber haben das Nachsehen.

13. Die Schöne mit den sieben Schleiern.

Es waren einmal ein König und eine Königin, die hatten keine Kinder, und hätten doch so gerne welche gehabt. Da wandte sich die

Königin an die Mutter Gottes vom Carmel,*) und bat: „Ach, heilige Mutter Gottes, wenn ihr mir ein Kind bescheert, so gelobe ich euch, daß ich in seinem vierzehnten Jahr im Schloßhof einen Brunnen errichten lassen will, aus dem soll ein ganzes Jahr lang Oel fließen. Nicht lange, so wurde die Königin guter Hoffnung, und als ihre Stunde kam, gebar sie einen wunderschönen Knaben, der wuchs einen Tag für zwei, und wurde immer schöner und stärker. Da er nun vierzehn Jahr alt geworden war, gedachten seine Eltern an ihr Gelübde, und ließen im Schloßhof einen Brunnen errichten, aus dem floß Oel. Der Königssohn aber stand gern am Fenster und betrachtete die Leute, die von nah und fern herbeikamen, um sich Oel zu schöpfen.

Nun war das Jahr herum und der Brunnen floß nur noch spärlich, da hörte auch ein altes Mütterchen davon, und dachte: „Konnte ich es nun nicht früher erfahren." Wer weiß, ob der Brunnen jetzt noch fließt." Da nahm es ein Krüglein und einen Schwamm, und machte sich auf den Weg zum Brunnen. Der hatte nun schon aufgehört zu fließen, im Becken aber lag noch etwas Oel. Da nahm die Alte den Schwamm, tauchte ihn in's Oel und drückte ihn dann in's Krüglein aus, und das that sie so lange, bis endlich der Krug voll war. Der Königssohn aber stand am Balkon und hatte Alles mit angesehen, und in seinem Uebermuth nahm er einen Stein und warf damit nach dem Krüglein, daß es zerbrach und das Oel verschüttet wurde. Da gerieth die Alte in einen großen Zorn und verwünschte ihn: „So mögest du denn nicht eher heirathen, als bis du die Schöne mit den sieben Schleiern gefunden hast." Von dem Tag an wurde der Königssohn schwermüthig und dachte immer nur an die Schöne mit den sieben Schleiern.

Eines Tages aber trat er vor seine Eltern und sprach: „Lieber Vater und liebe Mutter, gebet mir euren heiligen Segen, denn ich will in die weite Welt hinausziehen und mein Glück suchen." „O mein Sohn," rief die Mutter, „welches Glück willst du denn noch suchen? Du hast ja

---

*) Madonna del Carmine.

13. Die Schöne mit den sieben Schleiern.

Alles, was du dir wünschen kannst. Bleibe bei uns, mein Kind, du bist uns erst nach vielen Gelübden geschenkt worden, und bist unser einziges Kind." Der Königssohn aber ließ sich nicht von seinem Vorhaben abbringen, sondern sprach: „Liebe Mutter, wenn ihr mir euren Segen nicht geben wollt, so werde ich eben ohne Segen fortziehen, denn ich will nicht länger hier bleiben." Da das die Eltern hörten, ließen sie ihn gewähren und segneten ihn, er aber steckte ein wenig Geld zu sich, bestieg ein schönes Pferd und ritt davon. Da wanderte er eine lange Zeit, immer gerade aus, denn er wußte nicht, wo er die Schöne mit den sieben Schleiern zu suchen habe. Endlich, nach vielen Tagen, kam er eines Abends an den Saum eines großen Waldes. Vor dem Wald aber lag ein hübsches Häuschen, darin wohnte ein Bauer mit seiner Frau und seinen Kindern. „Ich will hier übernachten," dachte der Königssohn, „und morgen will ich dann in den Wald hineinreiten." Also klopfte er an und begehrte ein Nachtlager, und der Bauer und seine Frau nahmen ihn auch freundlich auf. Am nächsten Morgen nahm er dankend Abschied von ihnen und ritt dem Walde zu. Da rief ihm die Bäuerin nach: „Schöner Jüngling, wohin reitet ihr? Wagt euch doch nicht in den finsteren Wald hinein, denn ihr wißt nicht, welchen Gefahren ihr entgegengeht. In diesem Walde sind furchtbare Riesen und wilde Thiere, die bewachen den Eingang zu der Schönen mit den sieben Schleiern. Da könnet ihr nicht durch." Der Königssohn aber antwortete: „Wenn hier der Weg zu der Schönen mit den sieben Schleiern führt, so bin ich auf dem richtigen Weg und muß ihn ziehen." „Ach, laßt euch warnen," sprach die Bäuerin, „ihr wißt nicht, wie viele Prinzen und Königssöhne in den Wald hinein gezogen sind, und Keiner ist je wieder herausgekommen." Der Königssohn ließ sich aber nicht von seinem Vorhaben abbringen, deßhalb sagte endlich die Frau: „Wenn ihr denn durchaus euer Glück versuchen wollt, so höret einen guten Rath. Eine Tagereise tief im Wald wohnt ein frommer Einsiedler; geht heute Abend zu ihm und fraget ihn um Rath." Da dankte der Königssohn der guten Frau und ritt in den Wald hinein, immer tiefer, bis er bei Dunkelwerden am Häuschen des Einsiedlers ankam.

13. Die Schöne mit den sieben Schleiern.

Als er nun anklopfte, frug eine tiefe Stimme: „Wer bist du?" „Ich bin ein armer Wanderer, der um ein Obdach bittet," antwortete der Königssohn. „Ich beschwöre dich bei dem Namen Gottes," rief der Einsiedler. „Nein, beschwört mich nicht," sagte der Jüngling, „denn ich bin eine getaufte Seele." Da öffnete der Einsiedler die Thür und nahm den Königssohn auf, und frug ihn, woher er komme und wohin er gehe. Als er aber hörte, daß er ausgezogen sei die Schöne mit den sieben Schleiern zu suchen, sprach er: „O mein Sohn, laß dich warnen und kehre wieder um. „Du bist verloren, wenn du weiter gehst." Der Königssohn wollte sich aber nicht warnen lassen. Da sagte endlich der Einsiedler: „Ich kann dir nicht helfen, aber ich will dir einen guten Rath geben: „Wenn du eine Thür siehst, die auf und zuschlägt, so halte sie fest. Ruhe dich jetzt aus und morgen will ich dir den Weg weisen, denn eine Tagereise tiefer im Wald wohnt mein älterer Bruder, der kann dir wohl helfen. Zu essen kann ich dir aber nur die Hälfte meines Brodes und meines Wassers geben, denn jeden Morgen bringt mir ein Engel vom Himmel einen Krug Wasser und einige Schnitte Brod, davon ernähre ich mich." Da theilten sie das Brod und das Wasser und bei Tagesanbruch machte sich der Jüngling auf den Weg.

Bei Dunkelwerden sah er wieder ein Licht von weitem, und als er sich näherte, sah er das Hüttchen des zweiten Einsiedlers, der nahm ihn freundlich auf wie sein Bruder und frug ihn, was er in dieser wilden Gegend suche. Als der Königssohn ihm Alles erzählt hatte, wollte er ihn auch bereden wieder umzukehren, aber der Jüngling blieb standhaft und so sagte endlich der Einsiedler: „Mein Bruder hat dir einen guten Rath gegeben, jetzt will ich dir auch etwas sagen. Wenn du einen Esel und einen Löwen siehst, von denen der Löwe das Heu des Esels im Maule hält und der Esel den Knochen des Löwen, so gehe nur muthig auf sie zu, und hilf ihnen, indem du Jedem das Seine giebst. Ruhe dich jetzt aus, morgen will ich dir den Weg zu meinem ältesten Bruder weisen, der wohnt noch eine Tagereise tiefer im Wald."

Am nächsten Morgen machte sich der Königssohn wieder auf den

13. Die Schöne mit den sieben Schleiern.

Weg, und bei Dunkelwerden kam er zum dritten Einsiedler, der war so alt, daß ihm sein Bart bis an den Boden reichte. Der Einsiedler nahm ihn freundlich auf und frug ihn nach seinem Begehr. „Gut," sagte er, als der Königssohn Alles erzählt hatte, „ruhe dich jetzt nur aus, morgen will ich dir Bescheid geben." Am andern Morgen aber sprach er zu ihm: „Merke wohl auf jedes Wort, das ich dir sagen werde, denn wenn du eins davon vergißt, so bist du verloren. Drei Sachen mußt du mitnehmen: Einige Brode, einen Pack Besen und ein Bündel Wedel,*) um das Feuer anzufachen. Wenn du nun auf diesem Weg weitergehst, so wirst du zuerst einen Esel und einen Löwen treffen. Der Esel hält den Knochen des Löwen im Maul und der Löwe das Heu des Esels und streiten sich. Befolge aber nur den Rath meines zweiten Bruders, so werden sie dich durchlassen. Dann wirst du einige Riesen treffen, die schlagen mit furchtbaren, eisernen Keulen auf einen Ambos. Warte bis Alle zugleich ihre Keulen erheben und dich also nicht sehen können. Dann laufe unter den Keulen durch, so schnell du kannst. Dann wirst du einen Feigenbaum am Wege stehen sehen, mit kleinen, kümmerlichen Früchten. Pflücke einige, wirf sie aber ja nicht weg, sondern iß sie und lobe den Baum. Wenn du am Feigenbaum vorbei bist, wirst du endlich an einen großen Palast kommen, darin wohnt die furchtbare Riesin, welche die drei Schönen mit den sieben Schleiern bewacht. Du mußt in den Palast hineindringen; gleich zu Anfang aber wird dich die Thüre aufhalten, die schlägt immer auf und zu. Vergiß nur nicht den Rath meines ersten Bruders, so wird sie dich durchlassen. Nun werden dir einige grimmige Löwen entgegenstürzen, um dich zu fressen; wirf du ihnen aber das Brod vor, so werden sie dir Nichts thun. Wenn du nun die Treppe hinaufgehst, so werden dir die Diener der Riesin entgegenstürzen, mit großen Knüppeln, denn sie haben keine Besen und kehren den Boden nur mit Knüppeln. Zeige du ihnen aber deine Besen und weise ihnen, wie sie sie gebrauchen sollen, so werden sie dich nicht mehr aufhalten. Weiter oben werden dir

---

*) Muscalori.

die Köche der Riesin entgegen kommen, schenke ihnen aber nur die Wedel, so werden sie dich durchlassen, denn sie haben keine. Endlich wirst du zur Riesin gelangen, die sitzt auf einem großen Thron, und wo ihr Ellenbogen ruht, liegen drei Kästchen, in jedem von diesen ist eine Schöne mit sieben Schleiern. Gieb ihr diesen Brief, den wird sie lesen und wird dir dann sagen, du sollest ein wenig warten, bis sie im anderen Zimmer die Antwort schriebe. Sie geht aber um ihre Zähne zu wetzen, damit sie dich fresse. Deßhalb warte nicht auf sie, sondern ergreife schnell eines von den Kästchen und entflieh. Es ist einerlei, welches Kästchen du nimmst, hüte dich aber mehr als Eins zu berühren. Alle die Wächter werden dich ruhig vorbeilassen, reite nur so schnell du kannst, daß dich die Riesin nicht einhole. Das Kästchen darfst du nicht eher aufmachen, als bis du aus dem Walde und in der Nähe eines Brunnens bist. Denn wenn du es öffnest, so wird die Schöne rufen: „Wasser!" und wenn du nicht gleich mit Wasser bei der Hand bist, so wird sie sterben. Wenn du alle meine Worte genau befolgst, so kommst du vielleicht glücklich wieder." Damit segnete der Einsiedler den Königssohn und ließ ihn ziehen.

Der Jüngling ritt immer weiter, bis er den Löwen und den Esel vor sich sah, die stritten sich, wie der Einsiedler ihm gesagt hatte. Da ging er auf sie zu und gab Jedem das Seine, und die ergrimmten Thiere beruhigten sich und ließen ihn durch. Als er nun weiter ritt, hörte er schon von Weitem ein furchtbares Getöse, das waren die Riesen, die mit ihren schweren, eisernen Keulen auf den Ambos schlugen. Da wartete er, bis sie Alle zugleich ihre Keulen erhoben und trieb dann sein Pferd unten durch, so schnell, daß die Riesen ihn nicht einmal bemerkten. Als er glücklich den Riesen entschlüpft war, sah er einen Feigenbaum am Wege stehen, der hing voll Früchte. Da pflückte er einige Feigen, und ob sie gleich klein und kümmerlich waren, so aß er sie doch und sprach: „Wie süß sind diese Feigen." Als er noch ein Weilchen geritten war, kam er zum Palast, in dem die Riesin hauste; die Thüre aber schlug immer auf und zu. Da stieg er vom Pferd und faßte die Thüre mit fester Hand und

13. Die Schöne mit den sieben Schleiern.

hielte sie ein. Kaum aber war er durchgegangen, so sprangen ihm die grimmigen Löwen entgegen und wollten ihn fressen. Da warf er ihnen das Brod hin und sie ließen ihn durch. Wie er die Treppe hinaufgehen wollte, kamen ihm die Diener der Riesin entgegen, die trugen große Knüppel und kehrten die Treppe. Als sie ihn aber erblickten, wollten sie ihn todtschlagen. Da nahm er einen von seinen Besen, und rief: „Seht, solch einen Besen solltet ihr haben, dann könntet ihr im Augenblick die Treppe kehren." Da fing er an zu kehren und sie waren so erfreut darüber, daß sie die Besen unter sich vertheilten, und nicht mehr auf ihn achteten und er seinen Weg weiter fortsetzen konnte. Er kam aber nicht weit, denn bald kamen ihm die Köche der Riesin entgegen, die hatten keine Wedel, sondern mußten das Feuer mit dem Athem anfachen. Als er ihnen aber seine Wedel gab und ihnen zeigte, wie sie sie gebrauchen müßten, waren sie hoch erfreut und ließen ihn ruhig durch. Endlich kam er in einen großen Saal, darin saß die Riesin auf einem großen Thron, und war furchtbar anzusehen, und ihr Ellenbogen ruhte auf drei kleinen Kästchen an ihrer Seite. Als sich nun der Jüngling verneigt hatte, übergab er ihr den Brief, den las sie, und sprach: „Warte hier ein wenig, schöner Jüngling, bis ich die Antwort geschrieben habe." Der Königssohn aber wußte wohl, daß sie nur ging ihre Zähne zu wetzen, daher ergriff er augenblicklich das eine Kästchen und entfloh. Er kam glücklich an den Köchen, den Dienern, den Löwen und der Thüre vorbei, bestieg sein Pferd und ritt davon wie der Wind, und auch der Feigenbaum, die Riesen und der Löwe und der Esel ließen ihn durch.

Als die Riesin aus ihrem Zimmer kam und den Jüngling nicht mehr sah, zählte sie sogleich die Kästchen und fand, daß eins fehle. „Verrath, Verrath!" schrie sie da, und lief dem Königssohn nach. „Warum habt ihr ihn durchgelassen?" rief sie den Köchen zu. Die aber antworteten: „So viele Jahre haben wir euch gedient, und ihr habt uns nie einen Wedel geschenkt, um uns die Arbeit zu erleichtern. Dieser Jüngling aber ist freundlich mit uns gewesen, deßhalb haben wir ihn durchgelassen." Da lief sie zu den Dienern und sprach: „Warum habt ihr ihn nicht mit euern Knüppeln todtgeschlagen?" „So viele Jahre haben wir euch gedient," antworteten sie, „und ihr habt uns nie einen Besen geschenkt, um uns die Arbeit zu erleichtern. Der Jüngling aber hat uns geholfen, und wir sollten ihn todtschlagen?" „O ihr Löwen, warum habt ihr ihn nicht gefressen?" rief die Riesin den Löwen zu. „Wenn ihr nicht still seid, so fressen wir euch. Wann habt ihr uns jemals Brod gegeben, wie der schöne Jüngling gethan hat!" Da sprach die Riesin zur Thür: „Warum hast du ihn durchgelassen?" „So viele Jahre verschließe ich euer Haus," antwortete die Thür, „aber euch ist es nie eingefallen, mich einzuhaken, wenn ich auf- und zuschlage." „O Feigenbaum," rief sie nun, „warum hast du ihn nicht aufgehalten?" „So viele Jahre seid ihr täglich an mir vorbeigegangen," erwiederte der Feigenbaum, „aber niemals habt ihr eine Feige genommen und sie gegessen. Das hat aber der schöne Jüngling gethan und hat meine Früchte gelobt." Da lief die Riesin zu den Riesen und machte ihnen Vorwürfe, daß sie ihn nicht mit ihren Keulen todtgeschlagen hätten. Sie aber antworteten: „Warum zwingt ihr uns auch den ganzen Tag auf den Ambos zu schlagen. Wenn wir die Keulen aufheben, können wir ja nicht sehen, wer vorbeikommt." Die Riesin aber lief und machte auch dem Löwen und dem Esel Vorwürfe, daß sie ihn nicht gefressen hätten. „Seid stille," antwortete der Löwe, „sonst fresse ich euch. So viele Jahre seid ihr an uns vorbeigegangen, und habt nicht daran gedacht Jedem das Futter zu geben, das ihm zukam. Das hat aber der schöne Jüngling gethan." Da mußte die Riesin umkehren, denn Niemand wollte ihr helfen, den Flüchtling zu verfolgen.

Der Königssohn aber eilte mit dem Kästchen durch den Wald, kam auch bei den drei Einsiedlern und bei den Bauersleuten vorbei, und dankte Allen für ihre Hülfe. Als er nun aus dem Walde heraus war, gedachte er das Kästchen aufzumachen. Also ritt er weiter, bis er an einen Brunnen kam, dort stieg er ab und öffnete das Kästchen. „Wasser," rief eine Stimme, und als er Wasser in das Kästchen gegossen hatte, erhob sich ein wunderschönes Mädchen, das war so schön, daß die Schön-

13. Die Schöne mit den sieben Schleiern.

heit durch die sieben Schleier hindurchstrahlte, die es trug. Sonst aber war es unbekleidet. Da sprach der Königssohn zur Schönen mit den sieben Schleiern: „Steige auf diesen Baum und verbirg dich in dem dichten Laub, derweil ich nach Hause gehe und dir Kleider hole." „Ja," antwortete sie, „aber laß dich nur nicht von deiner Mutter küssen, sonst vergissest du mich, und wirst erst in einem Jahr, einem Monat und einem Tag an mich gedenken." Da versprach er ihr das und ritt nach Haus.

Als ihm nun seine Eltern entgegen kamen, rief er: „Liebe Mutter, küsset mich nicht, sonst vergesse ich meine liebe Braut." Weil es aber Abend war, so dachte er, er wolle diese eine Nacht bei seinen Eltern ruhen und am nächsten Morgen zu seiner Schönen zurückkehren. Da legte er sich hin, und als er schlief, kam seine Mutter herein, um ihn noch einmal zu sehen, und weil sie eine solche Sehnsucht hatte ihn zu küssen, so beugte sie sich über ihn und küßte ihn. Da vergaß er seine Braut und blieb bei seinen Eltern. Die Schöne aber wartete auf ihn, und als er nicht mehr kam, wurde sie ganz traurig und dachte: „Gewiß hat er sich von seiner Mutter küssen lassen und mich vergessen. So will ich denn hier auf dem Baum sitzen bleiben, und ein Jahr, einen Monat und einen Tag lang auf ihn warten."

Als nun ein Jahr vergangen war, begab es sich eines Tages, daß eine schwarze häßliche Sklavin an den Brunnen kam, Wasser zu schöpfen. Da sie aber hineinschaute, erblickte sie das Bildniß der Schönen mit den sieben Schleiern, dachte, es wäre ihr eigenes Bildniß und rief: „Bin ich so schön, und sollte mit dem Kruge zum Brunnen gehn?"*) Da zerbrach sie ihren Krug und ging nach Haus. Als sie aber zu ihrer Herrin kam und kein Wasser mitbrachte, schalt die Herrin und frug, wo sie den Krug gelassen habe. „Ich sah mein Bildniß im Wasser," antwortete die Sklavin, „und weil ich so schön bin, so will ich nicht mehr gehen Wasser zu schöpfen." Die Herrin aber lachte sie aus und schickte sie sogleich wieder zum Brun-

---

*) Sugnu tantu bedda, e vaju all' aqua cu a quartaredda?

13. Die Schöne mit den sieben Schleiern.

nen mit einem kupfernen Krug. Da schaute die Sklavin wieder in's Wasser und da sie das schöne Bildniß erblickte, so hob sie verwundert die Augen auf und sah die Schöne mit den sieben Schleiern. „Schönes Mädchen," rief sie, „was machst du da oben?" „Ich warte auf meinen Liebsten," antwortete die Schöne, „der ist ein schöner Königssohn, und wird in einem Monat und einem Tag kommen, um mich zu seiner Frau zu machen." „Ich will dich ein wenig kämmen," sprach die Sklavin, stieg zu ihr auf den Baum und kämmte sie. Sie hatte aber eine lange Nadel mit einem schwarzen Knopf, die nahm sie und steckte sie ihr unter dem Kämmen plötzlich in den Kopf. Die Schöne aber starb nicht, sondern wurde eine weiße Taube und flog davon. Nun blieb die schwarze, häßliche Sklavin auf dem Baume sitzen und wartete auf den Königssohn. Der war aber bei seinen Eltern und dachte nicht mehr an seine schöne verlassene Braut.

Nun wohnte in dem Schloß eine steinalte Kammerfrau, die war so alt, daß sie nicht mehr ordentlich sprechen konnte. Der Königssohn aber lachte sie aus, wenn sie so undeutlich sprach. Da er nun eines Tages wieder über sie lachte, und zugleich eine Orange schälte, schnitt er sich in den Finger und ein Blutstropfen fiel auf den weißen Marmorboden. Da rief die Alte: „So möget ihr nicht eher heirathen, als bis ihr eine Braut findet, so weiß wie der Marmorboden und so roth wie Blut." In demselben Augenblick waren ein Jahr, ein Monat und ein Tag vergangen, und der Königssohn rief: „Was soll ich länger suchen; ich habe ja eine schöne Braut." Da nahm er einen prächtigen Wagen und herrliche Kleider und fuhr zum Baum, wo er die Schöne gelassen hatte. Als er aber hinkam und die häßliche Gestalt erblickte, erschrak er und rief: „Was ist denn mit dir vorgegangen?" Sie antwortete:

„Die Sonne kam
Und mir die Farbe nahm,
Der Wind, der blies,
Die Stimme mich verließ." *)

---

*) Vinni lu suli, mi cangiau lu culuri, vinni lu ventu, mi cangiau lu parlamentu.

13. Die Schöne mit den sieben Schleiern.

"Wenn ich denn Schuld daran bin," antwortete der Königssohn, "so will ich dich heirathen, wie du auch sein mögest." Da legte sie die herrlichen Kleider an und setzte sich in den schönen Wagen und fuhr auf das königliche Schloß. Als die Königin sie aber sah, sprach sie zu ihrem Sohn: "Konntest du keine Häßlichere finden? Dies ist also die Schöne, für die du so viel gelitten hast?" "Ich habe sie verlassen," antwortete der Königssohn, "und der Wind, der Regen und der Sonnenschein haben sie so entstellt. Deßhalb will ich sie heirathen, sie mag sein, wie sie will." Also wurde ein schönes Hochzeitsfest gefeiert und der Königssohn heirathete die falsche Sklavin.

Am anderen Morgen aber, als der Koch das Vorzimmer kehrte, kam eine weiße Taube hereingeflogen, die sang: "Koch, Koch im Vorzimmer, was macht der König mit der Sklavin?"*) Dann flog sie fort, gegen Mittag aber, als eben der Koch die Speisen für des Königs Tisch anrichtete, kam die weiße Taube wieder und sang: "Koch, Koch in der Küche, was macht der König mit der Königin?"**) Dann flog sie über die Speisen und schüttelte ihre weißen Flügel, daß Salz herausfiel und alle die Speisen versalzen wurden. Der Königssohn aber, da man ihm die versalzenen Speisen brachte, ließ er den Koch vor sich kommen und frug ihn, wie das zugegangen sei. "Ich bin wohl zerstreut gewesen," antwortete der Koch. Als es aber jeden Tag so ging, wurde der Königssohn endlich böse und wollte den ungeschickten Koch fortjagen. Da gestand der Koch die Wahrheit und erzählte wie zweimal täglich eine weiße Taube komme, und nach ihm und der Königin frage. "Gut," antwortete der Königssohn, "bestreiche morgen den Fenstersims mit Leim, und wenn die Taube kommt, so rufe mich."

Als nun am nächsten Morgen die Taube kam, war der Königssohn schon in der Küche versteckt und sah, wie sie sich auf dem Fenstersims niederließ und sang: "Koch, Koch in der Küche, was macht der König mit der Königin?" Als sie aber fortfliegen wollte, saß sie in dem Leim fest

---

*) Cocu, cocu ddi la sala, chi fa lu re cu la schiava.
**) Cocu, cocu ddi la cucina, chi fa lu re cu la regina?

13. Die Schöne mit den sieben Schleiern.

und konnte sich nicht los machen. Da sprang der Königssohn hinzu und nahm sie in seinen Arm und streichelte sie. Dabei bemerkte er den schwarzen Knopf und dachte: „Du armes Thier, wer hat dich so gequält?" Da zog er die Nadel heraus, und alsobald stand die Schöne mit den sieben Schleiern vor ihm, die war noch viel schöner geworden, und sprach: „Ich bin die Braut, die du auf dem Baum verlassen hast. Die schwarze Sklavin, die du zu deiner Frau genommen hast, hat mir die Nadel in den Kopf gestoßen, daß ich eine weiße Taube geworden bin, und hat meine Stelle eingenommen." Da ließ der Königssohn der Schönen herrliche Kleider anlegen und ließ sie in einem prächtigen Wagen auf das Schloß fahren, als ob sie von ferne her käme. Zur Sklavin aber sprach er: „Es ist eine fremde Hofdame gekommen, die mußt du mit allen Ehren empfangen und heute soll sie bei uns essen." Die Sklavin war es zufrieden und als die Schöne kam, erkannte sie sie nicht. Da sie nun gegessen hatten, sprach der Königssohn: „Edles Fräulein, wollet uns eure Lebensgeschichte erzählen." Da erzählte die Schöne, wie es ihr ergangen war, und die Sklavin ward verblendet, also daß sie Nichts merkte. „Was dünket euch," frug nun der Königssohn seine Frau, „was verdienet wohl diese falsche Sklavin?" „Die verdient nichts Besseres, denn daß man sie in einem Kessel mit siedendem Oel koche, und an einen Pferdeschwanz gebunden durch die ganze Stadt schleife," antwortete die Sklavin. Der Königssohn aber rief: „Du hast dein eigenes Urtheil gesprochen, und so soll es mit dir geschehen." Da wurde sie in einen Kessel mit siedendem Oel geworfen, und nachher an einen Pferdeschwanz gebunden und durch die ganze Stadt geschleift.

Der Königssohn aber feierte eine noch glänzendere Hochzeit, und heirathete die Schöne mit den sieben Schleiern. Da blieben sie reich und getröstet, und wir sind hier sitzen geblieben.

14. Von der schönen Nzentola.*)

Es waren einmal ein König und eine Königin, die hatten kein Kind und hätten doch so gern eins gehabt. Da that der König ein Gelübde, wenn ihm ein Sohn bescheert würde, so wolle er, wenn das Kind zwölf Jahre alt sei, einen schönen Brunnen errichten, und zwölf Stunden lang Oel fließen lassen, daß Jeder sich mit Oel versehen könne. Nicht lange, so wurde die Königin guter Hoffnung, und als ihre Stunde kam, gebar sie einen wunderschönen Knaben. Denkt euch nur, welche Freude die Eltern hatten!

Das Kind wuchs heran, und wurde mit jedem Tage schöner. Als es zwölf Jahre alt war, gedachte der König an sein Gelübde, ließ einen schönen Brunnen in seinem Schloßhof errichten, und in seinem ganzen Reiche verkündigen, vierundzwanzig Stunden lang werde Oel fließen, es könne ein Jeder kommen und Oel schöpfen, so viel er wolle. Da kamen von nah und fern die Leute herbei, und drängten sich um den Brunnen, um das Oel zu schöpfen; der Königssohn aber stand auf dem Balkon und freute sich des Schauspiels. Zuletzt, als das Oel schon aufgehört hatte zu fließen, kam noch eine alte Frau mit einem Krüglein. Als sie aber sah, daß sie ihren Krug nicht mehr würde füllen können, nahm sie einen Schwamm, und sammelte sorgsam das Oel, das in den Ritzen zurückgeblieben war. Der Königssohn aber stand am Fenster und sah zu, und als die Alte ihr Krüglein endlich voll hatte, nahm er im Uebermuth einen Stein, und warf damit nach dem Krüglein, also daß es zerbrach, und das Oel verschüttet wurde. Da rief die Alte im Zorn: „So mögest du nicht eher heirathen, als bis du die schöne Nzentola gefunden hast." Von dem Tage an dachte der Königssohn nur an die schöne Nzentola, und hatte keine Ruhe mehr bei seinen Eltern, und als er etwas älter geworden war, trat er vor seinen Vater und sprach: „Lieber Vater, gebet mir ein Pferd und lasset mich ausziehn, die schöne Nzentola zu suchen." „O mein Sohn,"

---

*) Diminutiv von Innocenzia.

rief der Vater ganz erschrocken, „bist du verrückt? Weißt du auch, wie schwierig es ist, die schöne Nzentola zu finden? Weißt du auch, daß ihre Eltern Menschenfresser sind? Denke nicht mehr daran, mein Sohn, und bleibe bei uns; hier fehlt dir ja nichts und du bist unser einziger Sohn." Der Königssohn aber ließ sich nicht halten, sondern bat immer und immer wieder den König, ihn doch ziehen zu lassen, bis er ihm endlich ein Pferd gab, und ihn mit seinem Segen ziehen ließ.

Der Königssohn ritt eine lange Zeit immer gerade aus bis er endlich eines Abends in eine wilde Gegend kam, wo kein Haus zu sehen war. In der Ferne aber sah er ein Lichtchen, auf das ging er zu, und kam an eine Hütte, darin wohnte ein Einsiedler. Dieser Einsiedler aber war der erste Wächter der schönen Nzentola. „Wer ist da draußen?" frug er mit einer tiefen Stimme. „Ich bin ein armer Jüngling," antwortete der Königssohn, „lasset mich diese Nacht hier ruhen, und morgen will ich meines Weges weiter ziehen." „Was? du willst wohl die schöne Nzentola rauben? Jetzt fresse ich dich." „Fresset mich nicht," bat der Königssohn, „ich weiß von keiner schönen Nzentola, und will nur zu meinem Vergnügen ein wenig jagen." Da schloß ihm der Einsiedler die Thüre auf, gab ihm etwas zu essen, und wies ihm ein Lager an. Am anderen Morgen als der Königssohn Abschied nahm, gab ihm der Einsiedler einen Stab von Sammet und Gold, und sprach: „Höre auf meinen Rath, nimm diesen Stab, er wird dir nützen. Eine Tagereise von hier wohnt mein älterer Bruder, bei dem mußt du die nächste Nacht ruhen, und wenn du von ihm weiter ziehst, so lasse dir von ihm zwei Brode geben, sie werden dir nützen. Morgen aber wirst du zu meinem ältesten Bruder kommen, der wird dich aufnehmen. Wenn du nun bei ihm zu Tische sitzest, so reiße ihm drei Barthaare aus und verwahre sie wohl, sie werden dir nützen." Der Jüngling dankte und ritt den ganzen Tag, bis er am Abend zum zweiten Einsiedler kam.

Er klopfte an, und der Einsiedler sprach: „Wer ist da draußen?" „Ich bin ein armer Jüngling, lasset mich diese Nacht hier ruhen, und morgen will ich meines Weges weiter ziehen." „Was? du willst wohl die

14. Von der schönen Nzentola.

schöne Nzentola rauben?" brummte der Einsiedler, „jetzt fresse ich dich!" „Fresset mich nicht," bat der Königssohn, „ich weiß von keiner schönen Nzentola, und will nur zu meinem Vergnügen ein wenig jagen." Da machte der Einsiedler seine Thüre auf, und gab ihm zu essen, und ein Lager für die Nacht. Als er am anderen Morgen Abschied nahm, bat er den Einsiedler: „Gebet mir noch zwei Brode mit, daß ich in dieser Einöde nicht Hungers sterbe." Da gab ihm der Einsiedler die beiden Brode, und brummte: „Laß es dir nicht einfallen, die schöne Nzentola zu rauben, sonst geht es dir schlecht." „Was geht mich die schöne Nzentola an," sprach der Königssohn und ritt davon.

Am Abend kam er zum dritten Einsiedler, der war steinalt, und hatte einen langen weißen Bart, und brummte mit tiefer Stimme: „Wer ist da draußen?" Der Königssohn bat ihn um ein Nachtlager, aber der Einsiedler sprach: „Du willst wohl die schöne Nzentola rauben? Jetzt fresse ich dich!" Der Königssohn aber verschwor sich, er wisse nicht, wer die schöne Nzentola sei, und der Einsiedler ließ ihn endlich herein. Als sie nun beim Essen waren, fuhr der Königssohn auf einmal dem Alten in den Bart, und riß ihm drei Barthaare aus. „Was fällt dir ein?" schrie der Einsiedler, „jetzt fresse ich dich!" „Ach, warum wollt ihr mich denn fressen?" sprach der Königssohn. „Eine Fliege hat sich in euren Bart verwickelt, und da ich euch davon befreien wollte, blieben mir die Haare zwischen den Fingern hängen." Da beruhigte sich der Alte, und wies ihm sein Lager an, und am nächsten Morgen bestieg der Königssohn sein Pferd und ritt weiter.

Nachdem er nun noch eine Zeit lang geritten war, kam er in eine Ebene, und sah ein wunderschönes Schloß vor sich. Die Thüre stand offen, aber eine riesige Scheere war davor angebracht, die bewegte sich fortwährend auf und zu, also daß Niemand durch konnte. Da stieg der Königssohn vom Pferd, nahm den Stab von Sammet und Gold, und steckte ihn zwischen die Scheere, und während die Scheere den Stab zerschnitt, schlüpfte er unten durch. Kaum war er in das Schloß gedrungen, so stürzten ihm zwei brüllende Löwen entgegen, und wollten ihn fressen.

14. Von der schönen Nzentola.

Da warf er ihnen die beiden Brode hin, und während sie damit beschäftigt waren, eilte er die Treppe hinauf. In dem Vorzimmer aber war die Musca vana*) die erhob ein lautes Gesumme, wenn Jemand in das Schloß drang, damit die Hexe es hören und herbeieilen sollte, der Königssohn aber warf ihr die drei Barthaare zu, daß sie sich darin verwickelte, und nicht mehr an's Summen dachte. Endlich trat der Königssohn in einen großen Saal, darin saß die schöne Nzentola, die war schöner als die Sonne. „O schöne Nzentola," sprach er, „sieh, wie viel habe ich um deinetwillen gearbeitet und gelitten. Nun mußt du mir folgen, und meine Gemahlin werden." „Wie ist das möglich?" antwortete sie. „Meine Eltern sind ausgegangen, aber sie werden gleich wiederkommen, und wenn sie dich finden, so fressen sie dich." „Dafür kannst du sorgen," sprach er, „ich habe so viel für dich gethan, jetzt mußt du ausdenken, wie wir fliehen können." „Gut," antwortete die schöne Nzentola, „so will ich dich jetzt in meiner Kammer verstecken, und diese Nacht wollen wir entfliehen." Da versteckte sie ihn in ihre Kammer, und bald kamen der Menschenfresser und seine Frau, und brummten: „Wir riechen Menschenfleisch, wir riechen Menschenfleisch." „Ach was," antwortete die Tochter, „wie sollte ein Mensch hierher kommen. Bin ich nicht gut verwahrt, da die Musca vana und zwei Löwen, und die Scheere mich bewachen?" Als nun der Menschenfresser und seine Frau schliefen, rief die schöne Nzentola den Königssohn, spuckte einmal auf den Boden und entfloh mit dem Jüngling.

Nach einer Weile erwachte die alte Hexe, und da sie die Tochter nicht sah, rief sie: „Schöne Nzentola, komm, lege dich schlafen." „Gleich, ich muß nur noch diesen Strumpf fertig stricken." „Wie weit bist du denn?" „Ich habe das halbe Bein gestrickt." Nach einem Stündchen rief die Hexe wieder: „Schöne Nzentola, komm, lege dich schlafen." „Gleich, ich muß nur noch diesen Strumpf fertig stricken." „Wie weit bist du denn?" „Ich bin beim Abnehmen." Wieder nach einem Weilchen rief die Hexe: „Schöne Nzentola, so komm doch, und lege dich schlafen."

---

*) Eitle Fliege. Hummel. Brummfliege.

14. Von der schönen Nzentola.

"Gleich, ich muß nur noch den Strumpf fertig stricken." "Wie weit bist du denn?" "Ich stricke die Ferse." Unterdessen war es beinahe Tag geworden, da rief die Hexe noch einmal: "Schöne Nzentola, so komm doch und lege dich schlafen." Der Speichel aber war vertrocknet und antwortete nicht mehr. "Schöne Nzentola, schöne Nzentola," rief die Hexe, aber die schöne Nzentola war längst über alle Berge. Da weckte die Hexe den Menschenfresser, und rief: "Unsere Tochter ist entflohen, komm, wir wollen sie verfolgen." Um sie aber einzuholen, verwandelten sich der Menschenfresser und seine Frau in eine rothe und eine weiße Wolke, und hatten die Beiden bald eingeholt.

"Schaue hinter dich, und sage mir, was du siehst," sprach die schöne Nzentola zum Königssohn. "Ich sehe eine rothe und eine weiße Wolke," antwortete der Königssohn. "So werde ich zur Kirche und du zum Sakristan," sprach die Schöne, und alsobald wurde sie zur Kirche und der Königssohn zum Sakristan. Der Menschenfresser aber und seine Frau nahmen ihre natürliche Gestalt an, kamen auf den Sakristan zu und frugen ihn: "Sind ein Mann und eine Frau hier vorbeigekommen?" "Für die Messe ist's noch nicht Zeit," sprach er und that als verstehe er sie nicht. "Sind ein Mann und eine Frau hier vorbeigekommen?" "Der Pater ist noch nicht gekommen." "Sind ein Mann und eine Frau hier vorbeigekommen?" "Der Kelch ist noch nicht gebracht worden." "Sind ein Mann und eine Frau hier vorbeigekommen?" "Die Hostie ist vergessen worden." "Sind ein Mann und eine Frau vorbeigekommen?" "Das Meßbuch ist nicht zu finden." Da verloren die Beiden endlich die Geduld, und kehrten brummend nach Hause zurück. Die Hexe aber hatte keine Ruhe und sprach: "Ich muß sie doch noch einholen, und wenn du nicht mitkommst, so gehe ich allein." Da verwandelte sie sich in eine weiße Wolke und flog den Beiden nach.

"Schau hinter dich, und sage mir, was du siehst," sprach die schöne Nzentola. "Ich sehe eine weiße Wolke." "So werde ich zum Garten und du zum Gärtner darin." Da wurde sie zum Garten und der Königssohn zum Gärtner, und als die Hexe kam, frug sie ihn: "Sind ein Mann und eine Frau vorbeigelaufen?" Der Fenchel ist noch nicht reif." „Sind ein Mann und eine Frau hier vorbeigelaufen?" „Lattich kann ich euch noch keinen geben." „Sind ein Mann und eine Frau hier vorbei gelaufen?" „Was sucht ihr Kohlrabi zu dieser Zeit?" „Willst du mich zum Besten haben," schrie die Hexe und wollte den Gärtner angreifen. Die schöne Nzentola aber rief: „Werde du zum Rosenstrauch und ich zur Rose darauf." Da wurde der Königssohn zum Rosenstrauch, auf dem blühte eine wunderschöne Rose. Doch die Hexe wußte wohl, daß die Rose ihre Tochter sei, und wollte sie pflücken; aber der Rosenstrauch stach sie mit seinen Dornen, daß sie ganz zerkratzt wurde. Sie kehrte sich aber nicht daran, und streckte schon die Hand nach der schönen Rose aus, da rief die schöne Nzentola: „Werde du zum Brunnen und ich zum Aal darin." Alsbald war der Rosenstrauch verschwunden, und statt dessen stand ein Brunnen da, mit klarem Wasser gefüllt, darin spielte ein Aal. Die Hexe wollte den Aal fangen, aber so oft sie ihn schon in der Hand zu haben glaubte, schlüpfte ihr der Aal zwischen den Fingern durch. „Schöne Nzentola, schöne Nzentola," rief sie, „komm mit oder es wird dich reuen." Aber sie mochte rufen, so viel sie wollte, die schöne Nzentola folgte nicht. Da sprach die Hexe: „So möge er denn deiner vergessen bei dem ersten Kuß, den seine Mutter ihm gibt!" und kehrte in ihr Schloß zurück.

Die schöne Nzentola und der Königssohn aber setzten ihren Weg fort, und als sie schon nahe bei der Stadt waren, wo seine Eltern wohnten, sprach er zu ihr: „Schöne Nzentola, es gebührt dir nicht, also in meines Vaters Schloß einzuziehen. Bleibe hier, bis ich gehe, und meinem Vater deine Ankunft melde. Morgen komme ich wieder mit einem herrlichen Wagen und großen Gefolge, und führe dich im Triumph auf das Schloß." „Ach nein," bat sie, „laß mich nicht hier; denn wenn du deine Mutter küssest, so wirst du meiner vergessen." „Sei ohne Sorge," antwortete er, „ich werde meine Mutter nicht küssen, und morgen komme ich wieder." Da führte er sie zu einem Bauer seines Vaters und ließ sie dort im Bauernhaus. Als er nun auf das Schloß kam, waren seine Eltern voller Freude, ihren lieben Sohn wiederzusehen; er aber sprach:

14. Von der schönen Nzentola.

„Liebe Mutter, ihr müsset mich nicht küssen, sonst vergesse ich meine liebe Braut, denn ich habe die schöne Nzentola gefunden, und morgen will ich mit großem Gefolge hinausfahren und sie herbringen. Als er aber am Abend sich zur Ruhe gelegt hatte, konnte die Königin dem Verlangen nicht widerstehen, ihren Sohn zu küssen, und dachte: „Ich will ihn schon an die schöne Nzentola erinnern." Da ging sie in seine Kammer und küßte ihn, und in demselben Augenblick vergaß er die schöne Nzentola, und als er aufwachte, wußte er nichts mehr von ihr. „Lieber Sohn, willst du dich nicht auf den Weg machen, die schöne Nzentola einzuholen? frug die Königin. „Wer ist die schöne Nzentola? Ich weiß nichts von ihr, und will nichts von ihr wissen," antwortete der Königssohn, blieb bei seinen Eltern und führte ein herrliches Leben, und nach einiger Zeit wählte er sich eine andere Braut, und bald sollte die Hochzeit sein.

Der Bauer aber, bei dem die schöne Nzentola geblieben war, pflegte hie und da nach der Stadt zu gehen. Da er nun eines Tages nach Hause kam, frug ihn die Schöne, was es Neues in der Stadt gebe. „Der Königssohn hat sich eine edle Braut erwählt, und nächstens soll die Hochzeit sein," antwortete der Bauer. „Thut mir einen Gefallen," sprach die schöne Nzentola, „kaufet mir in der Stadt sieben rottoli Zucker und Honig, und sieben rottoli Mandelteig." Als der Bauer ihr das nun gebracht hatte, bildete sie zwei schöne Tauben daraus, und sprach einen Zauberspruch über sie aus, gab sie dem Bauer und bat: „Bringet diese Tauben in das königliche Schloß, und lasset sie heimlich in die Kammer des Königssohnes bringen." Der Bauer that, wie sie wünschte, und als der Königssohn in die Kammer kam, saßen da die beiden Tauben.

„Ei, wie hübsch sind diese Tauben," sprach er und ging näher hinzu. Da fing die eine Taube an: „Kurr, kurr, denkst du noch daran, wie du zu mir kamst, und mir sagtest, du hättest so viel für mich gelitten, und nun müßte ich dir folgen?" „Ja," antwortete die andere Taube. „Kurr, kurr, denkst du noch daran, wie ich dich in meine Kammer versteckte, damit meine Eltern dich nicht fressen sollten?" „Ja." „Kurr, kurr, denkst du noch daran, wie ich in der Nacht mit dir geflohen bin, und auf den Boden spuckte, damit der Speichel statt meiner antworten sollte?" „Ja." „Kurr, kurr, denkst du noch daran, wie meine Eltern uns verfolgten, und ich mich in eine Kirche verwandelte, und dich in den Sakristan? Wie sie dich dann frugen, ob ein Mann und eine Frau vorbeigekommen seien und du antwortetest, der Pater sei noch nicht gekommen, und der Kelch und die Hostie seien noch nicht gebracht worden, und das Meßbuch sei nicht zu finden?" „Ja." „Kurr, kurr, denkst du noch daran, wie meine Mutter uns wieder einholte, und ich mich in einen Garten verwandelte und dich in den Gärtner? Wie sie dich frug, ob ein Mann und eine Frau vorbeigekommen seien, und du sprachst dagegen von Fenchel, Lattich und Kohlrabi?" „Ja." „Kurr, kurr, denkst du noch daran, wie du zum Rosenstrauch wurdest, und ich zur Rose, und wie meine Mutter mich pflücken wollte, und du sie mit deinen Dornen zerstachst?" „Ja." „Kurr, kurr, denkst du noch daran, wie du zum Brunnen wurdest und ich zum Aal darin, und wie meine Mutter mich fangen wollte, und ich ihr zwischen den Fingern durchschlüpfte?" „Ja." „Kurr, kurr, denkst du noch daran, wie meine Mutter mich rief: Schöne Nzentola, komm mit, sonst wird es dich reuen, und ich nicht auf sie hörte, sondern Vater und Mutter verließ, um dir zu folgen? Und wie sie mich dann verwünschte: So möge er denn deiner vergessen bei dem ersten Kuß, den seine Mutter ihm gibt?" „Ja." „Kurr, kurr, und denkst du noch daran, wie du mich im Bauernhaus ließest, und verspracheft wieder zu kommen?" Als sie aber vom Bauernhaus sprach, erinnerte sich der Königssohn alles dessen, was vorhergegangen war, und eilte zum König und sprach: „Lieber Vater, schicket meine Braut nur wieder nach Hause zurück, denn ich habe ja schon eine Braut, meine schöne Nzentola, für die ich so viel gelitten habe."

Da setzte er sich in einen prächtigen Wagen, und nahm herrliche Kleider mit, und ein großes Gefolge, und fuhr nach dem Bauernhaus, um die schöne Nzentola abzuholen. „Hatte ich es dir nicht gesagt, du solltest mich nicht hier lassen?" sprach sie. „Meine Mutter küßte mich, während ich schlief," antwortete er, „deßhalb vergaß ich deiner. Doch nun sind alle Leiden zu Ende, und ich bin gekommen, dich auf mein Schloß zu bringen." Da legte sie die schönen Kleider an, und setzte sich zu ihm in den prächtigen Wagen, und fuhr auf's königliche Schloß mit allen Ehren. Der König und die Königin aber freuten sich über die schöne Braut ihres Sohnes, und veranstalteten eine glänzende Hochzeit. So wurden sie Mann und Frau, und nun ist die Geschichte aus.

15. Der König Stieglitz.*)

Es war einmal ein armer Schuster, der hatte drei sehr schöne Töchter, die Jüngste aber war die Schönste. Er war aber sehr arm und obgleich er den ganzen Tag herumlief und Arbeit suchte, verdiente er doch sehr selten etwas. Wenn er nun Abends mit leeren Händen nach Hause kam, fuhr ihn seine Frau mit harten Worten an und auch seine Töchter machten ihm Vorwürfe.

Eines Tages nun war er lange herumgewandert und hatte Nichts verdient. Da kam er in einen Wald, und weil er so müde war, setzte er sich auf einen großen Stein und sprach ganz trostlos: „Ach, weh mir! Kaum hatte er das gesagt, so stand ein schöner Jüngling vor ihm, der frug: „Warum hast du mich gerufen?" „Ich habe euch nicht gerufen, edler Herr," antwortete der Schuster. „Doch! wenn Jemand sich auf diesen Stein setzt und ruft: Ach, weh mir! dann muß ich immer erscheinen," sprach der Jüngling. Da erzählte ihm der Schuster, wie schlecht es ihm ergehe, und der schöne Jüngling sprach zu ihm: „Komm mit mir, ich will dir etwas geben." Da führte er ihn durch einen unterirdischen Gang in ein wunderschönes Schloß, das war aber auch unterirdisch, und gab ihm zu essen, so viel sein Herz begehrte. Dann füllte er ihm noch die Taschen mit Geld und sprach: „Kehre zu deiner Familie zurück, über acht Tage

*) Cardiddu.

aber mußt du mir deine jüngste Tochter herbringen. Ich kann sie jetzt zwar noch nicht heirathen, aber der Tag wird kommen wo ich sie zu meiner Gemahlin machen kann."

Der arme Schuster machte sich fröhlich auf den Weg, kaufte Einiges ein für seine Familie, und kehrte nach Hause zurück. Als er anklopfte, hörte er schon seine Frau und seine Töchter, die sagten: „Da kommt er gewiß wieder mit leeren Händen, und wir verhungern fast." Als er ihnen aber seine Schätze zeigte, wurden sie ganz freundlich, und seine Töchter umarmten ihn und nannten ihn ihr liebes Väterchen. „So?" sprach er, „jetzt bin ich euer liebes Väterchen!" Da erzählte er ihnen, wie es ihm ergangen sei, und sagte auch seiner jüngsten Tochter, daß er versprochen habe, sie dem Jüngling zu bringen. Die war es zufrieden und nach acht Tagen machte sie sich mit ihrem Vater auf den Weg. Als sie an den großen Stein kamen, setzte er sich darauf und rief: „Ach, weh mir!" Sogleich erschien der schöne Jüngling, führte sie Beide in sein unterirdisches Schloß und bewirthete sie herrlich. Dann umarmte der Vater seine Tochter und ging nach Haus.

Nun hatte das Mädchen ein herrliches Leben. Der schöne Jüngling zeigte ihr alle Zimmer des Schlosses und sprach zu ihr: „Mit diesen Schätzen darfst du thun was du willst, und wenn deine Schwestern dich besuchen, darfst du ihnen davon geben, so viel du willst." Zuletzt aber zeigte er ihr ein verschlossenes kleines Zimmer, und sprach: „Dieses Zimmer aber darfst du nie aufmachen. Hüte dich wohl, dich von deinen Schwestern dazu überreden zu lassen. Es wäre dein Unglück. Achte wohl auf das was ich dir sage, denn ich bin nicht immer bei dir. Ich muß sehr oft auf zwei oder drei Tage fortgehen, ich kann dir aber nicht sagen, wohin." Der schöne Jüngling aber war ein König, der König Cardiddu und war von einer alten Hexe*) in dieses unterirdische Schloß verbannt

---

*) Mamma draja, Neugriechisch Drakäna, die menschenfressende Hexe, französisch ogresse, während die gewöhnliche Hexe mavara (magara) genannt wird, die schöne, aber nicht immer wohlthätige Zauberin maga, und die Fee fata.

15. Der König Stieglitz.

worden, weil er ihre Tochter nicht hatte heirathen wollen. Zu dieser alten Hexe mußte er auch gehen, wenn er auf zwei oder drei Tage fortging. In dem Zimmer aber waren hilfreiche Feen, die nähten Kinderzeug für die Schusterstochter.

Nun begab es sich eines Tages, daß der König wieder auf einige Tage verreisen mußte, und vor seiner Abreise schärfte er seiner Frau alle seine Warnungen noch einmal ein. Als er nun weg war, kamen die Schwestern der jungen Frau und wollten sie besuchen. Da bewirthete sie sie auf's Herrlichste, zeigte ihnen das ganze Schloß und beschenkte sie reichlich. Als sie aber vor der verschlossenen Thür vorbeikamen, sprach die eine Schwester: „Schließe doch diese Thür auf und laß uns sehen was darinnen ist." „Nein," antwortete sie, „in dieses Zimmer darf ich nicht hineingehen, mein Mann hat es mir verboten." „Ach was," sagten die Schwestern, „dein Mann ist so viele Meilen weit, der merkt ja Nichts davon." Sie aber blieb standhaft und wollte nicht aufmachen. Da sagten die Schwestern: „Wenn wir erst einmal fort sind, wirst du ganz gewiß aufmachen." Damit gingen sie fort, und nicht lange so kam der König nach Haus. „Sind deine Schwestern hier gewesen?" frug er, „und hast du ihnen auch das Zimmer nicht aufgeschlossen?" „Nein," sprach sie, „ich habe eurem Befehl gehorcht." Sie hatte aber gar keine Ruhe mehr, und dachte immer nur, wie sie ihre Neugierde befriedigen könnte. Als er nun schlief, nahm sie leise eine Kerze, und beugte sich über ihn, um zu sehen, ob er schliefe. Dabei aber hielt sie die Kerze schief und ein Tropfen Wachs fiel herab, und gerade auf des Königs Stirn. In demselben Augenblick aber befand sie sich auf dem großen Stein im Wald, und der König stand neben ihr und sprach: „Siehst du, daß deine Neugierde dein Unglück gewesen ist? Ich kann dich nun nicht länger behalten, du mußt in die weite Welt hinauswandern. Wenn du aber thust was ich dir sage, wirst du vielleicht doch noch meine Gemahlin. Gehe immer gerade aus, so wirst du endlich an das Haus der alten Hexe kommen. Da setze dich hin, so wird sie dich rufen und dir sagen, du sollst heraufkommen. Nimm dich aber in Acht, sie will dich fressen. Gehe also nicht eher hinauf, als bis sie dir bei dem Namen des Königs Carbiddu schwört, dich nicht zu fressen. Dann gehe ruhig hinauf und lasse dich vor ihr in den Dienst nehmen. Als der König das gesagt hatte, verschwand er, und die arme Frau blieb allein in dem finstern Wald.

Da fing sie an zu wandern, und weinte bitterlich, und als es Tag geworden war, kam sie richtig an das Haus der alten Hexe. Da setzte sie sich vor die Thür und schaute betrübt vor sich hin. Als die Hexe sie nun erblickte, dachte sie: „Das wäre ein schöner Braten für mich,“ und rief ihr gar freundlich zu: „Schönes Mädchen, komm doch herauf zu mir.“ Sie aber antwortete: „Ach nein, ich komme nicht, denn ihr wollt mich doch nur fressen.“ „Das fällt mir gar nicht ein,“ sprach die Hexe, „komm nur.“ „So schwört mir bei dem Namen des Königs Carbiddu,“ sprach die Frau, „daß ihr mich nicht fressen wollt.“ Da schwur die Hexe bei dem Namen des Königs Carbiddu, und die arme Frau ging hinauf, und ließ sich als Magd dingen. Die Hexe aber konnte es nicht verwinden, daß sie sie nicht fressen durfte, und trachtete immer, wie sie sie in eine Schlinge locken könnte.

Eines Tages also rief sie ihre neue Magd und sprach: „Ich muß in die Messe gehen, während ich dort bin kehre das Haus und kehre es nicht.“ Nun stand die arme Frau rathlos da und wußte gar nicht, wie sie diesen Befehl ausführen solle, und in ihrer Angst fing sie bitterlich an zu weinen. Auf einmal erschien der König Carbiddu, und frug sie, warum sie weine. Da klagte sie ihm ihr Leid. „So,“ sagte er, jetzt weißt du keinen Ausweg mehr? Rufe doch deine Schwestern, die geben dir ja sonst so gute Rathschläge, vielleicht können sie dir jetzt auch helfen.“ Als er sie aber so weinen sah, sprach er: „Nun, weine nur nicht, ich will dir schon helfen. Kehre das ganze Haus recht säuberlich, dann aber nimm den Korb mit dem Kehricht und laß ihn die Treppe hinunterrollen.“ Das that sie, und als die Hexe nach Hause kam, sah sie, daß ihr Befehl richtig ausgeführt worden war, und ergrimmte, aber sie konnte ihr Nichts anhaben.

Den nächsten Morgen rief sie sie wieder und sprach: „Ich gehe in

15. Der König Stieglitz.

die Messe; zünde das Feuer an und zünde es nicht an." Nun war die arme Frau wieder rathlos und fing an zu weinen. Da kam der König Carbibbu wieder und sprach: „Weißt du dir schon wieder nicht zu helfen? Rufe doch deine Schwestern, die können dir gewiß rathen." „Ach," antwortete sie, „wenn ihr mich nur zum Besten haben wollt, so laßt mich doch in Ruhe." Da that sie ihm leid und er sprach: „Nun, weine nur nicht. Lege das Holz zurecht, als ob du Feuer machen wolltest, stelle auch den Kessel darauf und die Zündhölzchen lege daneben, aber ohne es anzuzünden." Das that sie, und als die Hexe kam, war der Auftrag wieder richtig ausgeführt. „Wenn ich nur wüßte, wer dir dabei hilft," sagte sie. Die arme Frau aber meinte: „Wer sollte mir denn helfen, es kommt ja Niemand her."

Am dritten Morgen ging die Hexe wieder in die Messe und sprach: „Mache das Bette und mache es nicht." Nun fing die arme Frau wieder an zu weinen, denn sie wußte keinen Rath. Da erschien aber der König Carbibbu, und ob er sie auch mit ihren Schwestern neckte, so half er ihr doch endlich, denn er hatte sie von Herzen lieb. „Weißt du was du thun mußt?" sprach er. „Nimm die Betttücher und die Decken auf und falte sie, die Matratzen aber laß liegen." Das that sie und so war auch der dritte Auftrag richtig ausgeführt.

Die Hexe aber konnte sich doch nicht zufrieden geben, und sann wieder etwas Neues aus. Sie nahm alle ihre weiße Wäsche, tauchte sie in Ochsenblut, und machte ein schweres Bündel davon. Das gab sie der armen Frau und sprach: „Diese Wäsche mußt du mir heute Abend gewaschen, gebleicht, gestopft, gebügelt und gefaltet wieder bringen, sonst fresse ich dich." Da nahm die arme Frau das schwere Bündel, das sie kaum tragen konnte, und wanderte mühsam herum, um einen Bach zu suchen. Dabei strömten ihr die Thränen über die Wangen. Da erschien wieder der König Carbibbu und frug sie, warum sie weine. „Ach," antwortete sie, „da soll ich armes Weib bis heute Abend alle diese Wäsche waschen, bleichen, stopfen, bügeln und falten, sonst frißt mich die Hexe. Nicht einmal ein Stück Seife hat sie mir mitgegeben." „Können dir denn deine Schwestern nicht helfen?" frug der König. „Nun, weine nur nicht. Steige auf jenen Berg hinauf, dort sitzt der König der Vögel. Dem bringe deine Wäsche und sage ihm, der König Cardiddu hätte dich geschickt." Da stieg sie mühsam den Berg hinauf, und kam zum König der Vögel, dem brachte sie ihr Bündel und sagte ihm, der König Cardiddu habe sie geschickt. Da that der König der Vögel einen Pfiff, und sogleich kamen von allen Seiten seine Feen herbei, die nahmen die Wäsche und im Handumdrehen war sie gewaschen, gebleicht, gestopft, gebügelt und gefalten. Die arme Frau aber legte sich hin und schlief bis zum Abend. Als sie nun der Hexe die Wäsche brachte, war diese sehr erstaunt und zornig, daß sie auch diesen Auftrag richtig ausgeführt hatte, und sann über eine neue Arbeit nach.

Da nahm sie alle ihre Matratzen, zeigte sie der armen Frau und sprach: „Bis heute Abend mußt du alle diese Matratzen auftrennen, die Wolle waschen und trocknen, die Ueberzüge waschen und bügeln und die Matratzen gestopft wiederbringen, sonst fresse ich dich." Da nahm die arme Frau eine Matratze nach der andern und trug sie mühsam auf das Feld hinaus, aber sie sah wohl, daß sie die Arbeit nie würde ausführen können. Da setzte sie sich hin und weinte, aber der treue König Cardiddu erschien auch gleich, und sie klagte ihm ihr Leid. „Gehe wieder auf den Berg und sage dem König der Vögel, der König Cardiddu schicke dich," sprach er. Sie konnte aber die schweren Matratzen nicht den Berg hinauftragen, da half er ihr, und als sie zum König der Vögel kamen, pfiff dieser seinen Feen und die besorgten diese ganze Arbeit. Sie aber schlief ruhig bis zum Abend, dann brachte sie der Hexe die Matratzen wieder. Nun wußte die Hexe keinen Rath mehr, und beschloß sie zu ihrer Schwester zu schicken, die war eine noch schlimmere Hexe. Da gab sie ihr einen Brief und ein Kästchen, das sollte sie dieser Schwester bringen.

Die arme Frau ging betrübt ihren Weg und weinte, der König Cardiddu erschien aber auch gleich und frug sie, warum sie denn schon wieder weine. Da klagte sie ihm ihr Leid. „Nun, weine nicht," antwortete er, „merke nur auf das was ich dir sage. Dieses Kästchen sollst

15. Der König Stieglitz.

du also der Hexe bringen; hüte dich aber es unterwegs aufzumachen. Erst wirst du an einen reißenden Strom kommen, darin wird Blut und Wasser fließen. Sprich du aber nur: Nein, wie schön ist dieser Strom*), so wird er sich besänftigen und du kannst hindurch. Dann wirst du einen Esel und einen Hund sehen, der Esel hat im Maul den Knochen des Hundes, und der Hund hält das Gras des Esels. Wenn sie dich nun nicht vorbeilassen wollen, so nimm dem Esel den Knochen aus dem Maul und gieb ihn dem Hund, und dem Esel gieb das Gras. Dann wirst du an das Schloß der Hexe kommen; die Thüre aber wird in einem fort sich auf und zu bewegen, daß du nicht durch kannst. Sprich aber nur: Nein, wie schön ist diese Thür, so wird sie stille stehen. Dann gehe die Treppe hinauf und gieb den Brief und das Kästchen ab. Die Hexe wird dir sagen, du sollest warten bis sie den Brief gelesen hat. Hüte dich aber, es zu thun, denn in dem Brief steht, sie solle dich fressen, sondern entflieh so schnell du kannst, und die Thür, der Esel, der Hund und der Strom werden dich durchlassen."

Nun ging die arme Frau getröstet weiter, wie sie aber das Kästchen so anschaute, erwachte die Neugierde in ihr, und sie dachte: „Es sieht's ja kein Mensch, ob ich das Kästchen aufmache." Kaum aber hatte sie den Deckel berührt, so fing das Kästchen an zu klingen, und klang in einem fort. Da erschrak sie heftig, aber je mehr sie versuchte es zum Stillstehn zu bringen, desto lauter klang das Kästchen. Da fing sie an bitterlich zu weinen und sogleich kam auch der König Carbiddu. „Habe ich dich nicht gewarnt?" sagte er. „Warum bist du doch so unverständig? Wäre ich nicht glücklicherweise noch in der Nähe gewesen, so hätte ich dir nicht helfen können. Dies eine Mal will ich dir noch helfen, dann aber sei verständig. Da brachte er die Musik zum Stillstehen, und gab ihr das Kästchen zurück und sie setzte ihren Weg fort. Nicht lange so kam sie an einen reißenden Strom, in dem floß Blut und Wasser. Da sprach sie: „Nein, wie schön ist dieser Strom!" und sogleich glättete sich das Wasser und sie

---

*) Sci, sci, ch'è beddu stu sciume.

konnte ohne Gefahr hindurchgehen. Bald aber sah sie einen Esel, der hielt einen Knochen im Maul, und einen Hund, der hatte Gras im Maul, und beide stritten sich, also daß sie nicht durchkonnte. Da nahm sie dem Esel den Knochen und gab ihn dem Hund und dem Esel gab sie das Gras und sogleich ließen die Thiere sie durch. Als sie nun an das Schloß der Hexe kam, mußte sie durch eine Thür, die schlug immer auf und zu, also daß sie nicht durchkonnte. Sie sprach aber: „Nein, wie schön ist diese Thür!" und die Thür blieb sogleich stille stehen, und die arme Frau konnte durch. Da ging sie die Treppe hinauf und klopfte an, und als die Hexe herauskam, gab sie ihr den Brief und das Kästchen. „Warte einen Augenblick," sprach die Hexe, „bis ich den Brief gelesen habe," und ging in ein anderes Zimmer, sie aber sprang die Treppe hinunter, und als sie an die Thür kam, sprach sie ihren Spruch, da konnte sie durch, und als sie zu den Thieren kam, gab sie Jedem sein Futter, und auch sie ließen sie durch, und als sie zum Strom kam, sagte sie ihren Spruch und entkam glücklich.

Die Hexe aber, da sie ihre Flucht merkte, lief ihr nach, und rief schon von Weitem der Thür zu: „O Thüre, laß sie nicht durch." Die Thür aber antwortete: „Warum sollte ich sie nicht durchlassen? Sie hat mir gesagt, ich sei schön, du aber schimpfst mich immer." Und die Thür wollte für die Hexe nicht stille stehen, also daß sie sich durchdrücken mußte, so gut sie konnte. Da rief sie auch den Thieren zu, sie sollten die Fliehende nicht durchlassen, aber die Thiere antworteten: „Warum sollten wir sie nicht durchlassen? Sie hat uns ja das Futter gewechselt, daß wir einige Augenblicke Ruhe gehabt haben, du aber hast es nie gethan, und dich wollen wir nicht durchlassen." Da mußte sie einen großen Umweg machen, um vorbei zu kommen, und rief dem Strome zu, er solle die Fliehende aufhalten. Der Strom aber antwortete: „Warum sollte ich sie aufhalten? Sie hat mir gesagt, ich sei schön, du aber schimpfst mich immer, und dich will ich nicht durchlassen." Da floß der Strom immer reißender, und als sie dennoch durch wollte, mußte sie jämmerlich ertrinken.

15. Der König Stieglitz.

Als nun aber die arme Frau zu ihrer Herrin zurückkehrte, fand sie, daß große Vorbereitungen zu einem glänzenden Hochzeitsfest gemacht wurden, denn der König Carbiddu sollte nun doch die Tochter der Hexe heirathen. Da mußte auch die arme Frau Hand anlegen und that es mit schwerem Herzen, denn sie hatte den König sehr lieb. Als es aber Abend war, sprach der König zur Hexe: „Lasset die Magd mit zwei brennenden Kerzen am Fußende des Bettes knieen." Und die arme Frau mußte mit zwei brennenden Kerzen am Fußende des Bettes knieen, während die Tochter der Hexe im Bett lag. Die alte Hexe aber wollte um Mitternacht durch ihre Zauberkünste das Stück Boden, auf welchem sie kniete, einfallen lassen, also daß sie sterben müßte. Das wußte aber der König Carbiddu, und nach einer Weile sprach er zu seiner Frau: „Höre, das arme Weib dauert mich, noch dazu in diesem Zustand. Nimm ein Weilchen die Kerzen und laß sie ein wenig sitzen." Da mußte die Tochter der Hexe aufstehen und am Fußende des Bettes niederknieen, die rechte Frau aber setzte sich am Kopfende des Bettes auf einen Stuhl. Da flüsterte der König ihr zu: „Komm und lege dich ganz leise in's Bett Da rückte sie immer näher, bis sie im Bette lag. Als es aber Mitternacht schlug, da gab es einen gewaltigen Lärm, und der Boden sank ein und die Tochter der Hexe fiel in den Keller hinunter. Da standen der König und seine Frau leise auf und entflohen.

Als es nun kaum Tag war, wollte die Hexe nach ihrer Tochter sehen, aber da sie in's Zimmer trat, war Niemand darin. Da lief sie ganz erschrocken in den Keller, und als sie erkannte, daß ihre eigene Tochter sich todt gefallen hatte, fing sie an laut zu schreien, und schwur sich zu rächen. Da verfolgte sie die beiden Fliehenden, und nicht lange, so hatte sie sie beinahe eingeholt. Als der König sie nun kommen sah, sprach er: „Werde du zum Gemüsegarten und ich zum Gärtner darin." Da wurde die Frau zum Gemüsegarten, und der König war der Gärtner darin. Nicht lange so kam die Hexe am Garten an, und frug den Gärtner: „Sagt mir, guter Mann, habt ihr vielleicht einen Mann und eine Frau gesehen, die hier vorbeiliefen?" „Was," antwortete der Gärtner, „junge Erbsen wollt ihr? die sind noch nicht reif." „Ach nein," sprach sie, „ich frage euch ob ihr einen Mann und eine Frau habt vorbeilaufen sehen?" „Wie könnt ihr nach Rüben fragen," antwortete er, „die sind ja gar nicht an der Zeit!" So antwortete er ihr auf jede Frage, bis die Hexe ungeduldig wurde und davonlief.

Da nahmen die Beiden ihre menschliche Gestalt wieder an und flohen weiter. Die alte Hexe aber hatte sie bald erspäht, und setzte ihnen nach. „Werde du zur Kirche und ich zum Sakristan darin," sprach der König, und alsobald wurde die Frau zur Kirche und er zum Sakristan. Als nun die Hexe vorbei kam, frug sie ihn: „Habt ihr vielleicht einen Mann und eine Frau gesehen, die hier vorbeiliefen?" „Die Messe fängt erst in einer Stunde an," antwortete der Sakristan, „der Pater ist noch nicht gekommen." Und so viel sie ihn auch fragen mochte, er gab keine andere Antwort. Da wurde die Hexe ungeduldig, und lief fort, die Beiden aber nahmen ihre menschliche Gestalt wieder an, und wanderten weiter.

Es dauerte aber nicht lange, da hatte die Hexe sie wieder erspäht, und setzte ihnen nach. „Werde du zum Aal," rief der König, „und ich zum Teich, in dem du herumschwimmst," und sogleich wurde der König zum Teich und seine Frau zum Aal. Als nun die alte Hexe herbeikam, wollte sie den Aal fangen, aber so oft sie ihn auch in Händen hatte, der Aal entschlüpfte ihr immer wieder. Da merkte sie, daß sie auf diese Weise der Beiden nicht habhaft werden konnte, und ging wieder nach Haus, indem sie sprach: „Wartet nur, ich will mich schon noch rächen!" Da setzte sie sich an ihr Fenster, steckte die gefalteten Hände zwischen die Knie, und sprach: „Nicht eher soll die Frau des Königs Cardibbu eines Kindes genesen, bis ich die Hände aus dieser Lage genommen habe."

Der König aber und seine Frau wanderten weiter, bis sie an das königliche Schloß kamen. Kaum aber waren sie dort, so war die Stunde der Frau herbeigekommen, und sie konnte doch das Kind nicht zur Welt bringen, so lange die alte Hexe den Zauber auf ihr ließ. Da rief der König einen treuen Diener, und schickte ihn in alle Kirchen der Stadt herum, mit dem Befehl an die Küster, sie sollten die Todtenglocken läuten. Dann mußte der Diener sich vor dem Hause der Hexe aufstellen. Als sie ihn nun dastehen sah, frug sie ihn: „Was bedeutet denn das Läuten der Todtenglocken in allen Kirchen?" Er antwortete: „Der König Carbiddu ist gestorben." Da vergaß sie sich in ihrem Jubel und klatschte vor Freuden in die Hände, und sogleich gebar die Frau des Königs einen schönen Knaben. Da mußte der Diener wieder in alle Kirchen laufen, und überall befehlen, mit allen Glocken Gloria zu läuten. Als er sich nun wieder vor das Haus der alten Hexe aufstellte, frug sie ihn: „Warum wird denn Gloria geläutet?" Er antwortete: „Die Frau des Königs hat einen wunderschönen Knaben bekommen." Da merkte sie den Betrug, und in ihrem Zorn rannte sie mit dem Kopf gegen die Mauer, daß sie todt hinfiel. Da feierte der König ein schönes Hochzeitsfest, und es war große Freude im Schloß. Die junge Königin aber ließ ihre Eltern und Schwestern auch an den Hof kommen, und sie lebten alle glücklich und zufrieden, wir aber gehen leer aus.

16. Die Geschichte von dem Kaufmannssohne Peppino.

Es war einmal ein Kaufmann, der war ganz unermeßlich reich, und hatte so viel Schätze, daß der König nicht mehr haben konnte. Er lebte mit seiner Frau in Frieden und Eintracht, und nur Eines fehlte ihnen, sie hatten keine Kinder. Da wandte sich eines Tages die Frau an den heiligen Joseph, und sprach: „Lieber heiliger Joseph, wenn ihr mir ein Kind bescheert, so will ich euch eine schöne Kirche bauen, und will jedes Jahr an eurem Festtage ein großes Gastmahl*) halten, und will euch ein kleines Kind von lauterm Golde schenken, und mein Kind soll

---

*) Am Josephstage, 19. März, pflegen viele Leute ein Gastmahl für die Armen zu veranstalten, bei dem diese festlich gespeist werden. Das nennt man fare convito a S. Giuseppe. Gewöhnlich geschieht das in Folge eines Gelübbes, zuweilen auch nur als eine fromme Sitte.

16. Die Geschichte von dem Kaufmannssohne Peppino.

euren Namen führen." Nach einiger Zeit wurde die Frau guter Hoffnung, und als ihre Stunde kam, gebar sie einen wunderschönen Knaben, den nannte sie Giuseppe. Nun denkt euch, welche Freude der Kaufmann und seine Frau an diesem einzigen Sohne hatten! In ihrer Dankbarkeit bauten sie dem heilgen Joseph eine wunderschöne Kirche, und ließen ein kleines Kind von Gold machen, und schenkten es der Kirche. Und als der Tag des Heiligen kam, hielten sie ein großes Gastmahl, zu dem alle Stände geladen waren; die Reichen aßen mit den Reichen, die Bürger mit den Bürgern, und die Armen mit den Armen, und dieses Fest wiederholten sie jedes Jahr.

Der kleine Peppino*) wuchs mit jedem Tage, und wurde so schön, wie man sonst kein Kind sehen konnte, wie konnte es auch anders sein, er war ja durch ein Wunder gemacht, ein Werk des heiligen Josephs. Als er nun 16—17 Jahre alt war, kam er eines Tages zu seinem Vater, und sprach: „Lieber Vater, ich bin nun bald 17 Jahre alt, und habe noch nichts von der Welt gesehen, darum erlaubet mir, mit dem nächsten Schiffe, das ihr absenden werdet, eine Reise zu machen, und die Welt zu sehen." „Ach mein Sohn, was willst du denn in der Welt? Du bist ja reich, und brauchst dich nicht zu plagen. Bleibe bei deinen Eltern, denn was sollen wir ohne dich thun?" So jammerte der Vater, aber Peppino ließ sich von seinem Vorhaben nicht abbringen, und bat immer und immer wieder, und weil er der einzige Sohn war, so konnte ihm sein Vater nichts abschlagen, und erlaubte ihm endlich, mit dem nächsten Schiffe zu verreisen. Als aber die Mutter hörte, daß ihr einziger Sohn verreisen wolle, fing sie laut an zu jammern und zu weinen: „Ach, soll ich meinen Sohn dem verrätherischen Meere anvertrauen?" Doch vergebens, Peppino ließ sich nicht bewegen, da zu bleiben.

Als nun der Vater wieder ein Schiff abzusenden hatte, ließ er es schön ausrüsten für seinen Sohn, rief den Kapitän, und sprach zu ihm: „Ich empfehle dir meinen Sohn, du bist mir für ihn verantwortlich.

---

*) Deminutiv von Giuseppe.

16. Die Geschichte von dem Kaufmannssohne Peppino.

Wenn du ihn mir gesund wiederbringst, so will ich dich fürstlich dafür belohnen." Der Kapitän versprach, aus allen Kräften für Peppino zu sorgen, und so reisten Beide ab. Nun wollte es das Unglück, daß sie kaum einige Tage gefahren waren, als sich ein furchtbarer Sturm erhob, und der Kapitän meinte, das Schiff werde untersinken. Da ließ er ein kleines Boot in das Meer hinab, und dachte auf diese Weise den Sohn seines Patrons zu retten; kaum war aber Peppino in das Boot gestiegen, als dieses umschlug, und der Jüngling spurlos verschwand. Der Kapitän suchte auf allen Seiten, um ihn zu retten, Peppino kam aber nicht wieder zum Vorschein.

Da er nun nichts mehr machen konnte, fuhr der Kapitän nach Haus. „Ach," dachte er, „wie kann ich nun vor den armen Vater treten, wer soll es ihm erzählen!" Der Kaufmann aber stand am Balkon, und dachte an seinen Sohn. Auf einmal sah er ein Schiff mit gesenkten Segeln einfahren, und erkannte es als das Schiff, in welchem sein Sohn abgereist war. „Ach," dachte er, „gewiß ist mein Sohn ertrunken und gestorben." Als nun der Kapitän ans Land kam, und den Eltern erzählte, wie ihr Sohn untergegangen sei, da gab es im Palast ein großes Trauern und Klagen; der Kaufmann ließ das ganze Haus schwarz behängen und seine Leute mußten Trauerkleider anziehen. Er selbst schloß sich mit seiner Frau ein, sie sahen keinen Menschen und thaten nichts als ihren verlorenen Sohn beweinen. Dem heiligen Joseph aber machten sie Vorwürfe, und sprachen: „O, heiliger Joseph, wie habt ihr uns einen so großen Schmerz angethan; warum habt ihr uns den Sohn gegeben, um ihn uns wieder zu entreißen? Nun machen wir auch an eurem Feiertage kein Gastmahl mehr." Und als der Tag des heiligen Joseph kam, feierten sie ihn nicht. — Doch lassen wir nun die weinenden Eltern, und sehen wir, was aus dem Sohn geworden ist.

Als das Boot umschlug, erfaßte ihn eine große Welle, und warf ihn weit weg auf einen Felsen. Als er sich aber erholt hatte, und um sich blickte, sah er auf einmal, daß der Felsen sich vor ihm öffnete; schöne Mädchen kamen heraus, und sprachen freundliche Worte zu ihm: „Schöner

16. Die Geschichte von dem Kaufmannssohne Peppino.

Jüngling, komm mit uns und bleibe hier, du sollst es gut bei uns haben." Da ließ er sich von ihnen führen, und sie brachten ihn durch den Felsen in einen wunderschönen Garten, in dem blühten die prächtigsten Blumen, und wuchsen die süßesten Früchte. Die schönen Mädchen aber dienten ihm, und brachten ihm, was er nur wünschte. So ging es bis zum Abend, und als er schläfrig wurde, führte sie ihn in einen prächtigen Saal, da stand ein wunderschönes Bett. Sie brachten ihm ein Licht, und nachdem er sich zu Bette gelegt hatte, kamen sie wieder und nahmen das Licht weg. Als er sich aber im Bette umwenden wollte, merkte er zu seinem Erstaunen, daß eine feine, zarte Frauengestalt neben ihm lag, die redete ihn an und sagte: „Bleib nur da, schöner Jüngling; es soll dein Glück sein." Als er aber am Morgen erwachte, war die Gestalt verschwunden, und er hatte sie nicht gesehen.

So ging es ein ganzes Jahr; er lebte wie im Paradies; die schönen Mädchen dienten ihm, und erfüllten jeden seiner Wünsche, und am Abend, wenn sie das Licht weggenommen hatten, lag das schöne Mädchen neben ihm, und redete mit ihm so fein und freundlich, daß er sie von Herzen lieb gewann, und sie gar zu gerne auch einmal gesehen hätte; wenn er aber am Morgen erwachte, war er allein.

Als ein Jahr verflossen war, sprach eines Abends das schöne Mädchen zu Peppino: „Peppino, würdest du auch gerne einmal deine Eltern besuchen?" „Ach ja!" antwortete er, „wenn ich ihnen doch den Trost bringen könnte, daß ich noch lebe, denn sie meinen gewiß, ich sei todt." „Jawohl, das glauben sie," antwortete das Mädchen, „und deshalb haben sie dem heiligen Joseph keine Ehren mehr erwiesen. Nächstens ist aber wieder das Fest des heiligen Joseph. Nimm diese Zaubergerte, und schlage morgen damit gegen den Felsen, so wird er sich öffnen, daß du hindurch kannst. Gehe zu deinen Eltern, und sei glücklich und vergnügt mit ihnen; bedenke aber, daß du dich hier wieder einfinden mußt, sobald du das Fest des heiligen Joseph gefeiert hast, sonst ist es dein Unglück."

Am anderen Morgen legte Peppino königliche Gewänder an, schlug mit der Gerte gegen den Felsen, alsobald öffnete er sich, und draußen stand ein prächtiges Pferd, und ein großes Gefolge erwartete ihn, um ihn zu begleiten; also daß sein Zug dem eines Königs glich. Als er nun in seine Vaterstadt kam, erscholl das Gerücht, ein großer Herrscher ziehe ein, und die Vornehmsten und Reichsten der Stadt zogen ihm entgegen, und meinten, er wäre ein König, und Jeder bat ihn, doch in seinem Hause abzusteigen. Er aber sandte einen Boten zu seinem Vater, und ließ ihm sagen: „Ein reicher König zieht in die Stadt ein, und will bei euch absteigen." Der Kaufmann antwortete: „Ach! seit länger als einem Jahre ist mein Haus traurig und verödet, da ja mein einziger Sohn verloren gegangen ist. Gegen des Königs Willen läßt sich aber nicht handeln, und so will ich ihn denn in meinem Hause empfangen." Da ließ er seinen Palast aufs herrlichste schmücken, und die Treppe wurde mit den feinsten Teppichen belegt, und als der König kam, gingen ihm der Kaufmann und seine Frau bis an die Treppe entgegen. Als aber Peppino seine Eltern sah, stieg er eilends vom Pferd, küßte seinem Vater die Hand und sprach: „Segnet mich, lieber Vater!" Dann küßte er auch die Hand seiner Mutter und sprach: „Segnet mich, liebe Mutter!" Nun denkt euch die Freude der Eltern, als sie ihren todtgeglaubten Sohn wiedersahen, und mit welcher Herzlichkeit sie dem heiligen Joseph für seine Gnade dankten. Peppino aber mußte Alles erzählen, wie es ihm ergangen war, und wie er auch von dem schönen Mädchen sprach, das er noch nie gesehen habe, sagte seine Mutter: „Dafür wollte ich dir schon einen guten Rath geben!" Nach einigen Tagen war das Fest des heiligen Joseph, da gaben die Eltern ein Gastmahl, so prächtig und so reich, wie sie noch keines gegeben hatten, und luden die ganze Stadt dazu ein.

Als aber das Fest zu Ende war, sprach Peppino: „Nun muß ich euch verlassen, denn ich muß in den Felsen zurück, sonst ist es mein Unglück." Die Mutter fing an zu weinen, und wollte ihn nicht ziehen lassen, Peppino aber antwortete: „Mutter, wenn ihr mich zurückhaltet, so wird es mein Unglück sein." Als sie nun sah, daß sie ihn nicht zurückhalten konnte, gab sie ihm eine kleine Kerze und ein Fläschchen, und sprach zu ihm: „Höre, mein Sohn, wenn du das schöne Mädchen sehen

16. Die Geschichte von dem Kaufmannssohne Peppino.

willst, so befolge meinen Rath. Wenn sie eingeschlafen ist, so stecke die Kerze ins Fläschchen, so wird sie sich alsbald von selbst entzünden, und du kannst die Schöne sehen." Peppino nahm die Kerze und das Fläschchen, umarmte seine Eltern, und ritt mit seinem Gefolge dem Meeresufer entlang, bis er an den Felsen kam. Kaum hatte er sich dem Felsen genähert, als derselbe sich öffnete, die schönen Mädchen ihn umringten, und ihn voll Freude hereinführten. Er aber konnte vor Ungeduld kaum den Abend erwarten, wo er das schöne Mädchen zu schauen hoffte. Als er nun zu Bette gegangen war, nahmen die Mädchen das Licht weg, und alsbald lag die zarte Gestalt wieder neben ihm, und frug ihn: „Nun Peppino, bist du auch recht vergnügt gewesen? Hast du deine Eltern in guter Gesundheit getroffen?" „Ja wohl," edles Mädchen, antwortete er; „doch ich bitte euch, sprechet nun nicht weiter mit mir, denn ich bin müde von dem langen Ritt und möchte gerne schlafen." Als sie aber eingeschlafen war, nahm er schnell die Kerze hervor, und steckte sie in das Fläschchen; alsbald brannte sie licht und hell, und bei dem Scheine sah er ein Mädchen von so wunderbarer Schönheit, daß er sich nicht von dem Anblicke trennen konnte, und sie voll Entzücken anschaute. Wie er sich aber über sie neigte, um sie zu küssen, fiel ein Tropfen Wachs auf ihre feine Wange, — in demselben Augenblick verschwand das ganze schöne Schloß, und er fand sich in finsterer Nacht, nackt und allein, ganz oben auf einem Berge, der mit Schnee bedeckt war. „Ach!" seufzte er, „was soll nun aus mir werden? Wer wird mir helfen?" Es war aber Niemand da, der ihm helfen konnte, und so kroch er denn mühsam auf Händen und Füßen, bis er am Morgen am Fuße des Berges ankam. Da sah er nicht weit von sich einen großen Bauernhof liegen, auf den ging er zu, klopfte an, und als der Bauer ihm aufmachte, sprach er zu ihm: „Ach, guter Mann, könnt ihr mich nicht in eurem Hof anstellen, daß ich auf diese Weise mein Brod verdiene?" „Wer seid ihr denn?" frug der Bauer. „Ach, ich bin ein armer Haufirer," antwortete er, „und diese Nacht, als ich über den Berg kam, haben mich die Räuber angefallen, und haben mich ganz ausgeplündert; sogar die Kleider haben

16. Die Geschichte von dem Kaufmannssohne Peppino.

sie mir ausgezogen." „Nun gut, armer Mann," sagte der Bauer, „bleibet bei mir, und ich will euch zu essen geben, auch hier und da ein altes Kleidungsstück; dafür müsset ihr mir die Schafe hüten. Ihr dürfet sie aber nicht in jenen Wald treiben, denn da haust ein mächtiger Lindwurm mit sieben Köpfen; der würde euch und die Schafe fressen." Also blieb Peppino bei dem Bauer, trug ärmliche Kleidung und bekam geringe Speise, und mußte täglich die Schafe auf die Weide führen.

Eines Tages, da die Schafe weideten, hörte er auf einmal eine laute Stimme, die ihn rief: „O, Peppe!" Er schaute sich um, sah aber Niemand. Da rief die Stimme noch einmal, und sprach: „Folge der Stimme!" Da ging er dem Klang der Stimme nach, und kam an einen Felsen, davor stand eine wunderschöne Frau, die reichte ihm drei Borsten und sprach: „Verwahre sie wohl, und wenn du etwas nöthig hast, so verbrenne sie." Als sie das gesagt hatte, verschwand sie, Peppino aber verwahrte die drei Borsten auf seiner Brust.

Nach einigen Tagen hörte er sich wieder rufen: „O, Peppe!" und als er sich umsah, sprach die Stimme: „Folge der Stimme!" Da folgte er dem Klang der Stimme, und kam an denselben Felsen, da stand die schöne Frau, und gab ihm drei Federn, und sprach: „Verwahre sie wohl, und wenn du etwas nöthig hast, so verbrenne sie." Dann verschwand sie, und Peppino legte die Federn zu den Borsten.

Wieder nach einigen Tagen rief sie ihn zum drittenmal, und gab ihm drei Haare mit denselben Worten.

Nun verging noch einige Zeit, da begab es sich, daß der Fürst, dem die Güter alle gehörten, einen Boten zum Bauer sandte, und ihm sagen ließ: „Der Patron will, daß ihr ihm in drei Tagen alle Rechnungen bringet." Seit vielen Jahren aber hatte der Bauer die Rechnungen nicht mehr in die Reihe gebracht, also daß er ganz niedergeschlagen da saß, und sich den Kopf zerbrach, wie er die Rechnungen machen sollte. Das sah Peppino, und sprach zu ihm: „Massaro, soll ich euch nicht helfen? ich kann auch Rechnungen machen." Damit war der Bauer zufrieden und Peppino brachte ihm alle Rechnungen in Ordnung, und nach drei Tagen konnte der Bauer in die Stadt gehen, und dem Fürsten die Rechnungen überbringen. Als sie nun der Fürst durchgelesen hatte, sprach er: Habt ihr diese Rechnungen selbst gemacht, Massaro?" Der Bauer dachte: "Der dumme Peppe hat sich gewiß geirrt," und antwortete ganz kleinlaut: "Ach, Excellenz, habet Nachsicht mit mir, einer meiner Knechte hat sie gemacht." "Das ist kein Knecht," antwortete der Fürst, "sondern gewiß ein feiner Herr, bringe ihn her, denn er soll mein Verwalter werden." "Ach, Excellenz, ich kann ihn euch nicht bringen, denn er trägt so ärmliche schlechte Kleider." "Bekümmere dich nicht darum," sprach der Fürst, und gab ihm gute Kleider und ein Pferd mit, damit Peppino ordentlich zur Stadt kommen konnte. Der Bauer ging ganz vergnügt nach Hause, und sprach zu Peppino: "O, Peppe! dir blüht ein großes Glück; der Patron sagt, du seiest zum Knecht zu gut und hat dich zu seinem Verwalter gemacht." Da wusch sich Peppino, und legte die feine Kleidung an, und als er so fein und sauber da stand, sah man erst, wie schön er war. Also kam er in die Stadt, und blieb beim Fürsten als sein Verwalter, und der Fürst liebte ihn wie seinen Sohn.

Nun hatte aber der Fürst eine einzige Tochter, die war ein sehr schönes Mädchen; und als sie den schönen Jüngling sah, verliebte sie sich in ihn, also daß sie nur den einzigen Wunsch hatte, er möchte doch ihr Gemahl werden. Da sagte sie oft zu ihm: "Ach! Peppino! wenn es mein Vater erlaubte, so möchte ich dich wohl gerne heirathen." Er aber antwortete: "O, edles Fräulein! euch gebührt es, einen Fürsten zu heirathen, und nicht einen armen Burschen wie ich einer bin." Denn er dachte nur immer an seine schöne Braut, und wenn er seine Arbeiten beendigt hatte, ging er an den Meeresstrand und seufzte: "Ach, wenn mich doch ein günstiger Wind zu ihr hinführte!" So vergingen sieben Jahre, da sprach Peppino zum Fürsten: "Excellenz! ich habe euch nun so lange treu gedient, nun lasset mich ziehen, denn ich kann nicht länger bei euch bleiben." Der Fürst war sehr betrübt, und seine Tochter weinte sich fast die Augen aus; Peppino aber blieb dabei: "Ich

16. Die Geschichte von dem Kaufmannssohne Peppino.

kann nun nicht länger bei euch bleiben." Da nun der Fürst sah, daß er ihn nicht mehr halten konnte, beschenkte er ihn reichlich und ließ ihn ziehen. Peppino aber ging an das Ufer des Meeres, und da er ein Schiff sah, das absegeln sollte, frug er die Schiffer: „Wohin fahrt ihr?" „Gegen Sonnenuntergang." „So nehmet mich mit, und ich will euch hundert Unzen geben, denn ich muß auch gegen Sonnenuntergang ziehen." Da nahmen sie ihn mit, und fuhren gegen Sonnenuntergang, und als sie viele Tage gefahren waren, sah er endlich den Felsen vor sich liegen, in dem das schöne Schloß war. Hier ließ sich Peppino ans Land setzen, und blieb allein am öden Ufer zurück. Der Felsen aber war verschlossen, und öffnete sich erst, nachdem er eine lange Zeit gewartet hatte. Niemand kam ihm entgegen, um ihn zu begrüßen; da ging er hinein, und fand Alles gerade so, wie er es verlassen hatte. Die schönen Mädchen brachten ihm wohl zu essen und zu trinken, aber so freundliche Worte sprachen sie nicht mehr zu ihm, wie früher. Als er sich zu Bette gelegt hatte, nahmen sie das Licht nicht fort; das schöne Mädchen lag aber doch neben ihm, und frug ihn gar spöttisch: „Nun, wie hat es dir auf dem Schneeberg gefallen? Und wie lieblich war es, dem Bauer zu dienen, und ihm die Schafe zu hüten? Warum bist du denn nicht bei der schönen Fürstentochter geblieben?" Er aber antwortete ihr demüthig, und bat sie um Verzeihung, bis sie wieder ganz freundlich wurde. und zu ihm sprach: „Höre mich an, Peppino; ich bin eine verzauberte Königstochter, und wenn du an jenem Abende deine Neugierde bezähmt hättest, so wäre ich nun schon lange erlöst. Mein Vater war ein mächtiger König und ich seine einzige Tochter. Er wollte mich aber nicht verheirathen, und als er zum Sterben kam, verzauberte er mich in dieses Felsenschloß hinein, und sein Geist hält mich hier gefangen." „Gibt es denn kein Mittel, dich zu erlösen?" frug Peppino. „Wohl gibt es ein Mittel," antwortete sie, „was aber dazu gehört, kannst du nun und nimmer ausführen." „Ach, sage mir doch, was es ist," bat er, „du wirst sehen, ich habe den Muth dazu." „Nun denn, so höre genau zu, was ich dir sagen werde. Wenn du dich und mich erlösen willst, so mußt du morgen früh den

Felsen verlassen, und diese Zaubergerte mitnehmen. Dann mußt du in jenen Wald gehen, wo der Lindwurm mit den sieben Köpfen haust. Am Saum des Waldes schlage mit der Gerte auf den Boden, so wird sich ein Pferd aus dem Boden erheben, und ein Zauberschwert. Besteige das Pferd, schnalle das Schwert um, und reite so in den Wald und bekämpfe muthig den Lindwurm. Denn du wirst ihn besiegen, und ihm die sieben Köpfe abhauen. Die Köpfe aber bringe dem Bauer, der dich so mitleidig aufgenommen hat, und sage ihm, er solle sie zum Fürsten bringen, und sich von demselben dafür die Erlaubniß erbitten, zwölf Jahre lang in dem Walde Holz fällen zu dürfen. Alsdann gehe wieder in den Wald, dort mußt du dir ein Kaninchen herbeizaubern und einen Hund. Der Hund wird das Kaninchen jagen, und dir bringen; zerschneide es, so wird eine weiße Taube daraus auffliegen. Auch die Taube wird der Hund dir bringen; zerschneide sie, so wirst du in ihrem Leib ein Ei finden, das mußt du wohl verwahren. Endlich mußt du um Mitternacht in den Wald kommen, dort wirst du mich sehen, liegend und schlafend. Auf mir aber liegt der Geist meines Vaters. Nähere dich leise, ziele gut, und wirf ihm das Ei mitten auf die Stirn, so wird er in den Abgrund rollen, und auf ewig verschwinden. Wenn du dieses Alles vollbracht hast, so bin ich erlöst." „Wie soll ich aber das Kaninchen herbeizaubern?" frug Peppino. „Dafür mußt du selbst sorgen," antwortete sie.

Am andern Morgen verließ Peppino den Felsen, er nahm die Zaubergerte, und wanderte viele Tage lang, bis er endlich an den Wald kam, wo der Lindwurm hauste. Da schlug er mit der Gerte auf den Boden, und alsbald erhob sich ein prächtiges Pferd und ein blitzendes Schwert, er schnallte das Schwert um, schwang sich aufs Pferd, und ritt in den Wald hinein. Nicht lange, so kam ihm der Lindwurm entgegen, und wollte ihn verschlingen. Er aber zog muthig sein Schwert, und kämpfte mit dem Lindwurm, bis er ihm alle sieben Köpfe abgehauen hatte. Da kam er zu dem Bauer und sprach zu ihm: „Ihr habt mir so viel Gutes erwiesen, als ich arm und elend war, nun bin ich reich und

16. Die Geschichte von dem Kaufmannssohne Peppino.

mächtig geworden, und zum Dank schenke ich euch diese sieben Köpfe. Ich habe den Lindwurm umgebracht, und das sind die Köpfe. Bringet sie zu eurem Patron, und gebet ihm diese freudige Nachricht, unter der Bedingung, daß er euch auf zwölf Jahre erlaube, in dem Walde Holz zu fällen." "Nun bin ich ein gemachter Mann," rief der Bauer voll Freude; "seit so viel Jahren ist Niemand mehr in den Wald gegangen um Holz zu fällen, weil der grimmige Lindwurm darin hauste; deshalb wird mir der Patron in seiner Herzensfreude die Bedingung gern zugestehen."

Darauf nahm Peppino Abschied von dem Bauer, und ging wieder in den Wald, in tiefen Gedanken, denn er wußte nicht, wie er nun das Kaninchen herzaubern sollte. Auf einmal gedachte er an die drei Borsten, welche die schöne Frau ihm gegeben hatte; die schöne Frau war aber niemand anders gewesen als die verzauberte Königstochter. Da verbrannte er die drei Borsten, und alsbald sprang ein Kaninchen aus dem Gras und lief durch den Wald. Da verbrannte er auch die drei Federn, und sogleich sprang ein Hund hervor, der verfolgte das Kaninchen und brachte es dem Peppino. Dieser schnitt es entzwei, und eine weiße Taube flog heraus; der Hund verfolgte sie, bis sie sich niedersetzte, dann ergriff er sie, und brachte sie dem Jüngling. Peppino schnitt sie auf und fand in ihrem Leib ein Ei, gerade so, wie die Königstochter es vorhergesagt hatte. Das Ei verwahrte er, und als es Mitternacht war, schlich er leise in den Wald. Da sah er die Königstochter vor sich liegen und schlafen, und sie schien ihm viel schöner als je; auf ihr aber lag der Geist ihres Vaters. Leise schlich er hinzu, und als er ganz nahe bei ihnen stand, zog er das Ei hervor, zielte, und warf es dem Geiste des alten Königs mitten auf die Stirn. Kaum hatte er ihn getroffen, so gab es einen furchtbaren Schlag, der König rollte in den Abgrund hinab, und ward nicht mehr gesehen; die Königstochter erwachte, und fiel ihm voll Freuden in die Arme, vor ihnen aber stand ein prächtiges Schloß, mit vielen herrlichen Schätzen. Da rief die Königstochter: "Du hast mich erlöst, und nun gehören alle diese Schätze dir. Wir wollen sie mitnehmen, und zu deinen Eltern gehen, und dann soll unsere Hochzeit sein." Da nahmen sie alle die Herrlichkeiten mit, und kehrten in Peppino's Vaterstadt zurück.

Als aber der Kaufmann und seine Frau ihren lieben Sohn wiederkehren sahen, und mit ihm seine schöne Braut, dankten sie voll Freude dem heiligen Joseph, und feierten eine prächtige Hochzeit. Und so blieben sie reich und getröstet, wir aber sind hier sitzen geblieben.

17. Von dem klugen Mädchen.

Es waren einmal zwei Brüder, der eine hatte sieben Söhne, der andere aber sieben Töchter. Wenn nun der Vater von den sieben Söhnen seinem Bruder begegnete, so rief er ihm immer zu: „O Herr Bruder, ihr mit sieben Blumentöpfen und ich mit sieben Schwertern!"*) Das verdroß den Andern über die Maßen, und wenn er nach Hause kam, war er immer mißmuthig und verstimmt. Seine jüngste Tochter aber war ein wunderschönes Mädchen und dabei sehr schlau. Da sie nun ihren Vater immer so mißmuthig sah, frug sie ihn eines Tages, was ihm fehle. „Ach Kind," antwortete er, „da ist mein Bruder, der wirft mir immer vor, daß ich nur sieben Töchter habe und keine Söhne, und sagt mir so oft er mich sieht: O Herr Bruder, ihr mit sieben Blumentöpfen und ich mit sieben Schwertern!" „Wißt ihr was, Vater," sprach das kluge Mädchen, „wenn euer Bruder wieder so spricht, so antwortet ihm nur, eure Töchter seien klüger als seine Söhne und bietet ihm eine Wette an, er solle seinen jüngsten Sohn ausschicken und ihr wolltet eure jüngste Tochter ausschicken, wem von beiden es zuerst gelinge dem Königssohn seine Krone zu rauben." „Ja, das will ich thun," sagte der Vater, und als er das nächste Mal seinen Bruder antraf, und der ihn wieder neckte, antwortete er: „O Herr Bruder, meine Töchter sind aber doch klüger als Eure Söhne, und zum

---

*) O sau frate, voi cu setti graste, e ju cu setti spadi.

17. Von dem klugen Mädchen.

Beweis dafür biete ich euch eine Wette an: Schicket euern jüngsten Sohn aus, so will ich meine jüngste Tochter schicken und dann wollen wir sehen, wer von Beiden es zuerst fertig bringt, dem Königssohn seine Krone zu rauben." Der Bruder war es zufrieden und so zogen der Jüngling und die Jungfrau zusammen aus.

Als sie eine Weile gegangen waren, kamen sie an ein Flüßchen,*) in dem eben viel Wasser floß. Die Jungfrau zog ihre Schuhe aus, schürzte ihr Röckchen und watete munter durch's Wasser. Der Jüngling aber dachte: „Was soll ich mir meine Füße naß machen? Ich will warten bis sich das Wasser verlaufen hat!" Also setzte er sich hin und damit das Flüßchen schneller trocken werden sollte, schöpfte er Wasser mit einer Haselnußschaale und goß es aus in den Sand. Seine Base aber ging weiter, bis sie einem Bauerburschen begegnete: „Schöner Bursche," sprach sie, „gieb mir deine Kleider, so will ich dir die meinigen dafür geben." Der Bursche war es zufrieden und so nahm das Mädchen die Männerkleidung und legte sie an. Dann machte sie sich wieder auf den Weg, bis sie in die Stadt kam, wo der Königssohn wohnte. Da ging sie vor das königliche Schloß und fing an auf und ab zu gehen; der Königssohn aber stand am Balkon, und da er den schönen Jüngling sah, rief er ihn und frug ihn wie er heiße. „Ich heiße Giovanni, und bin hier fremd," antwortete sie, könnt ihr mich nicht in euern Dienst nehmen?" „Willst du mein Sekretär sein?" frug der Königssohn. Sie war es zufrieden und der Königssohn nahm sie in seinen Dienst und gewann seinen Sekretär von Tag zu Tag lieber. Wenn er aber ihre schönen weißen Hände betrachtete, so kam ihm immer der Gedanke: „Das ist ja keine Männerhand, Giovanni ist gewiß ein Mädchen!" Da ging er zu seiner Mutter und sagte ihr das, sie aber antwortete: „Ach geh' doch, warum soll es nun gerade ein Mädchen sein!" „Nein Mutter," sagte der Königssohn, ich bin gewiß, daß Giovanni kein Mann ist, seht doch nur seine feinen weißen Hände an.

---

*) Fiumara.

17. Von dem klugen Mädchen.

> Johannes schreibt
> Mit seiner Hand,
> Hat Frauen Art und Weise,
> Die macht mich krank zum Tode.*)

„Nun denn, mein Sohn," sprach die Königin, wenn du dir Gewißheit verschaffen willst, so nimm ihn mit in den Garten. Wenn er sich eine Nelke pflückt, so ist er ein Mädchen, pflückt er sich aber eine Rose, so ist er gewiß ein Mann." Das that der Königssohn, rief seinen treuen Diener und sprach zu ihm: „Giovanni, wir wollen ein wenig in den Garten gehen. „Wohl, Königliche Hoheit," antwortete das kluge Mädchen, und sie gingen in den Garten. Sie hütete sich aber wohl nach den Nelken zu schauen, sondern pflückte sich eine Rose und steckte sie in's Knopfloch. „Sieh doch einmal die schönen Nelken an," sprach der Königssohn. Sie aber antwortete: „Was sollen wir mit den Nelken, wir sind ja keine Mädchen!"**)

Nun ging der Königssohn zu seiner Mutter, die sagte: „Siehst du, ich habe es dir ja gesagt!" „Nein Mutter," antwortete er, „ich lasse es mir nicht ausreden, denn

> Johannes schreibt,
> Mit seiner Hand,
> Hat Frauen Art und Weise,
> Die macht mich krank zum Tode.

„Weißt du was," sagte die Königin, „schlage ihm vor, dich in's Meerbad zu begleiten, wenn er es annimmt, so kann dir doch kein Zweifel bleiben." Der Königssohn rief seinen Sekretär und sprach: „Giovanni, es ist heute so warm, wollen wir nicht zusammen in's Meerbad gehen?"

---

*) Giovanni scrive
Cu manu suttile
Modu di donna
Ca mi fà murire.

**) Das Mädchen zieht nämlich die Nelke vor, weil sie obgleich unscheinbar, doch herrlich duftet, während der Jüngling mehr auf die Schönheit sieht. Außerdem ist die Nelke das Zeichen der glücklichen Liebe; das Mädchen wirft ihrem Liebhaber eine Nelke herab, wenn sie seine Bewerbung annimmt.

17. Von dem klugen Mädchen.

„Warum nicht!" antwortete das kluge Mädchen. „Wir wollen gleich gehen, königliche Hoheit." Als sie aber an den Meeresstrand kamen, rief sie auf einmal: „Ach, königliche Hoheit, ich habe vergessen, die Handtücher mitzunehmen; wartet aber einen Augenblick auf mich, derweil ich in's Schloß zurückeile und sie hole." Da lief sie in's Schloß, trat vor die Königin und sprach: „Der Königssohn will sogleich seine goldene Krone haben, und läßt euch bitten, sie mir ohne Verzug zu geben." Da gab ihr die Königin die goldene Krone, und das kluge Mädchen schrieb schnell auf einen Zettel:

„Jungfräulich kam ich,
Jungfräulich geh ich weg.
Gefoppt ist der Prinz
Gar schlau und frech." *)

Diesen Zettel klebte sie am Thore an, bestieg ein Pferd und ritt mit der Krone davon. Als sie nun an das Flüßchen kam, saß ihr Vetter noch immer da, und schöpfte Wasser mit seiner Haselnußschaale. Da zeigte sie ihm lachend die goldene Krone, und sprach: „Hatte mein Vater nicht Recht, da er sagte, wir seien klüger als ihr?" Damit ritt sie durch den Strom, und kam fröhlich nach Hause.

Unterdessen aber wartete der Königssohn immer noch auf seinen Sekretär, und als er endlich die Geduld verlor, und nach Hause ging, sah er schon von Weitem den Zettel am Thore, und da er ihn gelesen hatte, lief er voll Schmerz zu seiner Mutter und rief: „Sagte ich euch nicht, daß Giovanni ein Mädchen sei? Und nun ist sie fort, und ich wollte sie zu meiner Gemahlin erheben?" Da ließ er sein Roß satteln, und machte sich auf, um das schöne Mädchen zu suchen.

Lange Zeit ritt er immer gerade aus, und so oft ihm Jemand begegnete, frug er ihn, ob er nicht einen schönen Jüngling habe vorbei-

---

*) Schetta vinni,
Schetta mi nni vaju,
E lu figghiu ddu rè
Gabbatu l'aju.

reiten sehen? aber Niemand konnte ihm Auskunft geben. Endlich kam er an das Flüßchen, wo der Sohn des anderen Bruders noch immer mit der Haselnußschaale Wasser schöpfte. „Schöner Bursche," rief er ihn an, „ist vielleicht ein Jüngling zu Pferd hier vorbeigeritten, der in seiner Hand eine goldene Krone trug?" „Das ist ja meine Base," antwortete der Bursche, „die ist zur Stunde gewiß zu Hause." „So führe mich zu ihr hin," sprach der Königssohn, und sie gingen zusammen in die Wohnung des Mädchens. Dieses hatte unterdessen wieder Frauenkleidung angelegt und sah so noch viel schöner aus, und als der Königssohn sie erblickte, eilte er auf sie zu, und sprach: „Du sollst meine liebe Gemahlin sein!" Da nahm er sie auf sein Schloß, und sie ließ auch ihren Vater und ihre Schwestern hinkommen, und sie feierten eine glänzende Hochzeit und blieben zufrieden und glücklich, wir aber sitzen hier und schauen einander an.

18. Die gedemüthigte Königstochter.

Es war einmal ein König, der hatte eine sehr schöne Tochter, sie war aber auch sehr launenhaft und stolz, und nie war ihr ein Freier recht. So viele auch auf das Schloß kommen mochten, sie machte sich über alle lustig, und ließ sie mit Schimpf und Schande abziehn, der König machte ihr Vorwürfe, sie aber wollte nicht hören, und trieb nach wie vor mit den Freiern ihr Spiel. Endlich wollte kein Freier mehr kommen.

Da schickte der König in ferne Länder, wo man noch nichts von ihr wußte, und ließ die Bilder von den schönsten Prinzen kommen, sie gefielen ihr aber Alle nicht. Endlich jedoch, weil der König ihr so viel Vorwürfe machte, zeigte sie auf das Bild eines sehr schönen Königs, und sprach: „Lasset Den kommen, ich will ihn zum Manne nehmen." Da ward der alte König hoch erfreut, und ließ den jungen König mit allen Ehren abholen, und empfing ihn auf's Glänzendste. Er ließ ihm zu Ehren schöne Festlichkeiten geben, und Alles schien gut weiter zu gehen.

18. Die gedemüthigte Königstochter.

Eines Tages aber, da sie zu Tische saßen, bemerkte die Königstochter, daß der junge König einen Stuhl genommen hatte, auf dem ein Federchen lag, und daß ihm beim Essen ein wenig Sauce auf die Brust fiel. „O," rief sie gleich, „Feder auf dem Stuhl, Sauce auf der Brust!"*) und wollte ihn nun nicht mehr haben. Da ward der junge König sehr gekränkt, und mußte mit Beschämung in sein Land zurückkehren; der alte König aber ward so zornig, daß er seine Tochter verstieß, und sie mit einer Kammerfrau in die weite Welt hinaus jagte.

Da wanderte die Königstochter mit ihrer Kammerfrau, bis sie in ein Städtchen kamen, wo sie ein kleines Häuschen mietheten. Sie mußten aber doch leben. Also zog die Kammerfrau aus und verschaffte sich Weißzeug, das brachte sie nach Haus, und die Königstochter nähte es. So trieben sie es lange Zeit.

Der junge König aber hatte die Königstochter von Herzen lieb gewonnen, und hatte keine Ruhe ohne sie. Da er nun hörte, daß sie von ihrem Vater verstoßen worden war, verkleidete er sich in einen Hausirer, und wanderte mit seinem Kasten durch das ganze Reich, um sie wo möglich zu finden. Eines Tages nun kam er in die Stadt wo sie wohnte, und da er seine Waare ausrief, fiel ihr ein, daß sie keine Nadeln mehr habe, und rief ihn, um bei ihm welche zu kaufen. Als er sie nun sah, ward er sehr erfreut, und verkaufte ihr allerlei, und dazwischen unterhielt er sich mit ihr. Als er nun hörte, daß sie Weißzeug nähe, bestellte er ein Dutzend Hemden bei ihr, und kam oft, um nachzusehen, wie weit sie wären. Er wollte sich aber an ihr rächen für die Demüthigung, die sie ihm zugezogen hatte, also gab er sich nicht zu erkennen, sondern kam immer als Hausirer.

Nach einiger Zeit nahm er einmal die Kammerfrau bei Seite, und sprach zu ihr: „Wenn es ihr recht ist, möchte ich gern dies junge Mädchen heirathen. Ich kann sie zwar jetzt noch nicht heirathen, aber ich möchte sie doch mitnehmen in mein Land, denn ich kann nicht länger hier

---

*) Pinna in seggia e sarsa in pettu!

bleiben." Da ging die Kammerfrau zu ihrer jungen Herrin, und redete ihr zu, sie solle den Hausirer doch nehmen, „denn," sprach sie, „wenn ich sterben sollte, dann wäret ihr ja allein auf der Welt." Die Königstochter wollte zwar nicht gern, aber ihr Stolz war gebrochen, und sie sagte „ja", und ging mit dem Hausirer in die weite Welt. Sie wanderten viele viele Tage lang, bis sie in das Reich des jungen Königs kamen. Die arme Königstochter war so matt, daß sie kaum mehr vorwärts konnte; da führte sie ihr Mann in ein ärmliches Häuschen und sprach: „Siehst du, da ist meine Wohnung, da müssen wir uns behelfen."

Nun mußte die zarte Königstochter alle Arbeit thun, kochen, und waschen und nähen, und jeden Morgen wanderte der Hausirer fort, und wenn er am Abend wiederkam, brachte er ihr eine Kleinigkeit mit, und sagte: „Siehst du, das ist Alles, was ich verdient habe. Er blieb aber den ganzen Tag in seinem Schloß bei seiner Mutter, der er erzählte, daß er die junge Königstochter bei sich habe, die ihn so gekränkt habe.

Nach einiger Zeit kam er einmal zur Königstochter und sprach: „Wir müssen nun ausziehen, denn ich kann die Miethe nicht länger bezahlen. Ich will aber zur Königin gehen, und sie bitten, uns zu erlauben, in einem ihrer Ställe zu schlafen. Sie ist meine Gönnerin, und wird mir meine Bitte nicht abschlagen." Da ging er fort, und als er wiederkehrte, sprach er: „Die Königin hat es mir erlaubt, und wir werden von nun an im Stall wohnen." Also mußte die zarte Königstochter im Stall wohnen, und auf dem Stroh schlafen. Sie trug es aber mit Geduld, und dachte nur: „Ich habe es verdient durch meinen Stolz." Ihr Mann aber ging jeden Morgen mit seinem Kasten fort, um zu hausiren; er ging aber nur ein Paar Schritte, so lange sie ihn sehen konnte, dann trat er durch eine andere Thüre in das Schloß, kleidete sich als König an, und ging nun immer an ihr vorüber, ohne daß sie in ihm ihren Mann erkannt hätte; sie sah aber wohl, daß er der von ihr verschmähte Freier war, und meinte, sie müsse in den Boden sinken vor Scham.

Eines Tages kam er nun zu seiner Mutter, und sprach: „Die

18. Die gedemüthigte Königstochter.

Königstochter ist noch nicht genug gestraft für ihren Stolz; laßt sie herauskommen, und im Schloß als Näherin arbeiten." „Ach, mein Sohn," sprach die Mutter, „laß doch das arme Mädchen in Ruh, und nimm es wieder zu Gnaden an." „Nein," antwortete er, „die Demüthigung, die ich durch sie erfahren habe, soll sie auch erfahren."

Da ging er zu seiner Frau, und sprach: „Im Schlosse wird jetzt viel Kinderzeug genäht, denn der König hat sich verheirathet, und die junge Königin erwartet ein Kind. Die alte Königin aber hat dich rufen lassen, damit du auch arbeiten hilfst." „Ach nein," antwortete sie, „laß mich hier bleiben, ich schäme mich dem jungen König unter die Augen zu kommen." „Ach was," rief er, „wovon sollen wir denn leben? Geh gleich hinauf, der junge König wird sich nicht um dich bekümmern. Und höre, sei nicht dumm, und wenn du ein Hemdchen oder ein Häubchen nehmen kannst, so thue es, du wirst es bald brauchen." „Ach nein," sprach sie, „wie könnte ich so etwas thun." „Mache mich nicht bös," rief ihr Mann, „und thue, was ich dir sage. Du kannst es ja im Busen verstecken."

Die arme Königstochter ging also in's Schloß, und weil sie sich vor ihrem Mann fürchtete, so nahm sie ein Hemdchen unbemerkt weg, und versteckte es im Busen. Als sie aber so saß und nähte, kam auf einmal der junge König herein, und rief: „Wen habt ihr denn hier zum Nähen? ich kenne diese Frau als eine Diebin." Die arme Königstochter wurde bald roth, bald blaß, und die alte Königin sprach: „Laß die Näherin in Ruhe, mein Sohn; es ist eine arme Frau, die bei uns im Stall wohnt." „Nein," sprach er, sie ist eine Diebin, und ich will es euch beweisen." Da griff er ihr in den Busen, und zog das Hemdchen heraus. Die arme Königstochter erschrak so sehr, daß sie ohnmächtig wurde. „Mein Sohn," sprach die Königin, „sieh, wie das arme Mädchen leidet Ende nun ihre Leiden." „Nein," sprach er, „sie ist noch nicht genug gestraft," und ließ sie in den Stall hinuntertragen.

Als er am Abend wieder kam, erzählte sie ihm weinend ihr Unglück, und sagte, sie wolle nicht wieder ins Schloß gehen. Er aber fuhr sie hart an, und befahl ihr den nächsten Morgen wieder hinauf zu gehen, und auch wieder etwas zu nehmen. „Du kannst es ja unter die Schürze verstecken, meinte er. Sie weinte zwar bitterlich, mußte aber doch gehorchen, und den nächsten Morgen ging sie wieder in's Schloß zum Nähen, und als sie Niemand beobachtete, nahm sie zwei Häubchen, und versteckte sie unter die Schürze. Als sie aber nähte, kam der König herein, und rief: „Habt ihr diese Diebin schon wieder heraufkommen lassen? Ich will euch doch zeigen, daß nichts vor ihr sicher ist." Da griff er ihr unter die Schürze, und zog die Häubchen hervor. Die Königstochter wurde ohnmächtig, und trotz der Bitten der alten Königin ließ sie der König wieder in den Stall zurückbringen.

In der Nacht aber kam ihre Stunde, und sie gebar einen wunderschönen Knaben. Da brachte ihr ihr Mann ein wenig Fleischbrühe, und sprach: „Die Königin schickt dir diese Fleischbrühe, und diese alten Windeln für unseren Sohn." In der Fleischbrühe aber war ein Schlaftrunk; und als die Königstochter sie genommen hatte, schlief sie fest ein. Da ließ der König sie in's Schloß hinauftragen, wo ein schönes Bett für sie bereit stand, und ließ ihr ein Hemb von der feinsten Leinwand anziehen, und sie in's Bett hinein legen. Neben dem Bett aber stand eine kostbare Wiege für den jungen Prinzen, der auch gekleidet wurde, wie es sich für den Sohn eines Königs ziemte. Der junge König aber legte seine Haustrertracht ab, und zog königliche Kleider an. Als nun die Königstochter erwachte, schaute sie sich verwundert um, und glaubte zu träumen. Da trat der König herein, und frug sie freundlich, wie es ihr gehe. Sie aber wußte nicht, wie sie seinen Augen begegnen sollte. „Kennst du mich nicht?" frug der König. „Ich bin ja dein Mann, der Haustrer. Ich habe dich für deinen Stolz strafen wollen, doch nun ist alles Leid vorbei, und du bist meine liebe Gemahlin." Als nun die junge Königin gesund geworden war, feierten sie ein glänzendes Hochzeitsfest, und die Eltern der Königin mußten auch kommen, und freuten sich sehr, als sie ihre Tochter wieder sahen. Da lebten sie glücklich und zufrieden, wir aber haben das Nachsehen.

19. Gevatter Tod.

Es war einmal ein Mann, der hatte ein einziges Kind. In jenen Zeiten aber ließen manche Leute ihre Kinder nicht taufen, so lange sie klein waren, sondern warteten bis sie größer wurden. So war denn auch dieses Kind schon sieben Jahre alt, und der Vater hatte es noch nicht taufen lassen.

Da das der liebe Gott vom Himmel aus sah, verdroß es ihn, und er rief den St. Johannes und sprach zu ihm: „Höre einmal Johannes, gehe einmal hin zu Dem und Dem, und sage ihm, ich ließe ihn fragen, warum er seinen Sohn noch nicht getauft habe." Da kam St. Johannes auf die Erde und klopfte an die Thür des Mannes. „Wer ist da?" frug der Mann. „Ich bin es, St. Johannes!" „Was wollt ihr denn von mir?" frug der Mann wieder. „Mich schickt der liebe Gott," sprach der Heilige, „und läßt dich fragen, warum du deinen Sohn noch nicht hast taufen lassen?" „Ich habe eben noch keinen guten Gevatter finden können," antwortete der Mann. „Nun, wenn es das ist," meinte St. Johannes, „so will ich bei deinem Kinde Gevatter stehen." „Ich danke euch," sagte der Mann, „es kann aber nicht sein. Wenn ihr bei meinem Kinde Gevatter steht, so werdet ihr nur den einen Wunsch haben, ihn möglichst bald in's Paradies zu nehmen, und das will ich nicht." Also mußte St. Johannes unverrichteter Sache in den Himmel zurück.

Da schickte der liebe Gott den heiligen Petrus aus, den Mann zu warnen. Es ging ihm aber nicht besser, der Mann gab ihm dieselben Antworten wie dem St. Johannes und wollte den heiligen Petrus nicht zum Gevatter.

Da dachte der liebe Gott: „Was hat denn der nur im Sinn? Er will gewiß seinem Sohn die Unsterblichkeit verschaffen, so kann ich ihm nur den Tod schicken." Da rief der liebe Gott den Tod herbei und schickte ihn zu dem Mann, er solle ihn fragen, warum er das Kind noch nicht habe taufen lassen. Der Tod kam also zu dem Mann und klopfte an. „Wer ist da?" frug der Mann. „Mich schickt der liebe Gott," antwortete der Tod, „er läßt dich fragen, warum dein Kind noch nicht getauft ist." „Sagt dem lieben Gott," sprach der Mann, „ich hätte noch keinen passenden Gevatter gefunden." „Willst du mich zum Gevatter?" frug der Tod.*) „Wer seid ihr denn?" „Ich bin der Tod." „Ja," rief der Mann, „euch will ich gern zum Gevatter meines Kindes, und wir wollen es gleich taufen lassen." Also wurde das Kind getauft.

Nach einigen Monaten aber erschien auf einmal der Gevatter Tod wieder bei dem Mann. Der nahm ihn freundlich auf, wollte ihm auch allerlei Gutes vorsetzen. Der Tod aber sprach: „Mach nicht so viel Umstände, ich bin nur gekommen dich zu holen." „Wie," rief der Mann ganz erstaunt, „dazu habe ich ja euch zum Gevatter erwählt, damit ihr mich und meine Frau und meinen Sohn solltet verschonen." „Das geht nicht an," antwortete der Tod, „die Sichel schneidet auch alles Gras, das sie auf ihrem Wege findet, ich kann dich nicht verschonen." Da nahm der Tod den Mann in einen finsteren Keller, darin brannten an allen Wänden eine ganze Menge Lampen. „Siehst du," sprach er, „das sind Lebenslichter; jeder Mensch hat ein solches Licht, und wenn es verlischt, so muß er sterben." „Welches ist denn mein Licht?" frug der Mann. Da zeigte ihm der Tod ein Lämpchen, darin war fast gar kein Oel mehr, und als es verlosch, fiel der Mann um und war todt.

Hat denn der Tod den Sohn auch sterben lassen? Ja freilich, der Tod kann ja Niemand verschonen. Als seine Zeit um war, mußte der Sohn auch sterben.

20. Von dem Pathenkinde des heiligen Franz von Paula.

Es waren einmal ein König und eine Königin, die hatten keine Kinder, und hätten doch so gern eins gehabt. Die Königin aber hatte eine besondere Verehrung für den heiligen Franziskus von Paula.**)

---

*) Eigentlich Gevatterin, da der Tod weiblichen Geschlechtes ist.
**) A rigina era divota di S. Franciscu i Paula.

20. Von dem Pathenkinde des heiligen Franz von Paula.

Da betete die Königin zum heiligen Franziskus und bat ihn, ihr doch ein Kindchen zu gewähren, sie würde es auch Paul oder Pauline heißen. Nicht lange, so gebar die Königin ein schönes Töchterchen und nannte es Pauline.

Pauline wuchs heran und wurde immer schöner. Als sie sieben Jahre alt war, schickten die Eltern sie in die Schule. Wenn sie nun mit dem Bedienten in die Schule ging, mußten sie immer an einer schmalen Gasse vorbei, die war sehr lang und lief zwischen zwei Mauern. Sie hatte aber keinen Ausweg und Häuser waren auch keine da. Einmal sprach nun die kleine Pauline zum Bedienten: „Warte einen Augenblick auf mich, ich komme gleich wieder," und ging in die Gasse hinein. Da sah sie ein Mönchlein stehen, das winkte ihr und sprach: „Liebe Pauline, ich bin dein Onkel, komm her und habe mich lieb." Das Mönchlein aber war der heilige Franziskus, der gab der kleinen Pauline Süßigkeiten, und sprach: „Jeden Morgen, wenn du zur Schule gehst, so komm herein in dies Gäßchen; du darfst aber Niemand sagen, daß du mich hier findest." Pauline that es und jeden Morgen ließ sie den Bedienten warten und ging dem heiligen Franziskus die Hand zu küssen.

Eines Tages sprach nun der Heilige zu ihr: „Liebe Pauline, frage deine Mutter, ob es besser sei in der Jugend zu leiden, oder im Alter, und komme morgen und bringe mir die Antwort." Als Pauline aus der Schule nach Hause kam, ging sie sogleich zu ihrer Mutter, und sprach: „Liebe Mutter, sagt mir doch, was ist besser, in der Jugend zu leiden, oder im Alter?" „O Kind," erwiederte die Mutter, „was sind das für Fragen, und wer hat dir solche Dinge in den Kopf gesetzt? An dich können ja die Leiden nicht herankommen." Pauline aber bat ihre Mutter, sie möchte ihr doch antworten, der Gedanke sei ihr eben so durch den Kopf gegangen. Endlich antwortete die Mutter: „Nun denn, mein Kind, für dich hat es ja keine Bedeutung, wenn du es aber durchaus wissen willst, so ist es wohl besser in der Jugend zu leiden, so ruht man im Alter."

Am nächsten Morgen ging Pauline wieder in's Gäßchen und überbrachte dem Heiligen die Antwort ihrer Mutter. Da sprach der heilige Franziskus: „Nun wohl, Kind, so komm mit mir," und nahm sie in seine Arme und verschwand.

Der Bediente wartete unterdessen am Eingang des Gäßchens und als Pauline immer nicht kam, ging er ihr endlich nach. Aber Pauline war nirgends zu finden. „Wie ist denn das möglich?" dachte er, „die Gasse hat keinen Ausweg, Häuser sind auch keine da und über die hohen Mauern wird sie doch auch nicht geklettert sein." Da lief der arme Mann endlich im hellen Schrecken zur Lehrerin und frug ob die Kleine vielleicht auf einem andern Weg zur Schule gekommen sei, es war aber keine Pauline da. Die Lehrerin begleitete ihn in das Schloß und theilten es dem König und der Königin mit. Da schickten sie nach allen Seiten aus das Kind zu suchen, es war aber Alles vergebens. Pauline war und blieb verschwunden. Der Schmerz der armen Eltern war sehr groß und die Königin sprach: „Mein armes Kind wird wohl ein Verhängniß zu erfüllen haben."*)

Lassen wir nun die Eltern und sehen wir uns nach Pauline um. Der Heilige brachte sie in eine ganz einsame Gegend, in einen Thurm, der hatte keine Thüre und nur ein Fenster. Darin wohnte der Heilige mit Pauline und erzog sie und lehrte sie Alles, was zu ihrem Stande gehörte.

Und Pauline wuchs heran und wurde mit jedem Tage schöner. Sie hatte aber wunderschönes langes Haar. Wenn nun der Heilige von einem Ausgange zurückkehrte, rief er ihr immer: „Pauline, Pauline, lasse deine schönen Flechten herunter und nimm mich hinauf!"**) Da ließ Pauline ihre schönen Flechten hinunter und der Heilige kletterte daran hinauf, in den Thurm.

Nun begab es sich eines Tages, als Pauline schon erwachsen war,

---

*) Avrà a passare qualche destino.
**)   Paulina, Paulina,
        cala sti beddi trissi (sic!) e pigghia a mia.

20. Von dem Pathenkinde des heiligen Franz von Paula.

daß der König auf die Jagd ging und auch in die Gegend des Thurmes kam. Während er noch diesen sonderbaren Thurm ohne Thür anstaunte, sah er ein Mönchlein daher kommen, das ging geraden Wegs auf den Thurm zu. Da versteckte sich der König hinter einen Busch, weil er neugierig war, wie das Mönchlein wohl in den Thurm kommen würde. Der heilige Franziskus wußte wohl, daß der König hinter dem Busch versteckt war, und rief daher: „Birne und Quitte, laß deine schöne Flechten herunter und nimm mich hinauf." *) Pauline aber erkannte die Stimme des Heiligen und ließ ihre Flechten hinunter. Der König aber sah nur die wunderschönen Flechten und ward nur noch begieriger auch in den Thurm zu dringen. Als nun der Heilige bald wieder den Thurm verließ, stellte er sich unter das Fenster und rief: „Birne und Quitte, laß deine schöne Flechten herunter und nimm mich hinauf." Da glaubte Pauline, der Heilige sei es wieder und ließ ihre Flechten hinunter und der König kletterte daran hinauf. Sie konnte ihn aber kaum ziehen, denn der heilige Franziskus hatte sich immer so leicht gemacht, daß sie sein Gewicht kaum gespürt hatte. Als der König nun in das Zimmer sprang und das wunderschöne Mädchen sah, stand er zuerst ganz sprachlos da. Sie aber erschrak bei dem Anblick des fremden Mannes und floh entsetzt durch alle Zimmer. Der König eilte ihr jedoch nach und suchte sie mit sanften Worten zu beruhigen: „Edles Fräulein," sprach er, „erschreckt nicht so vor mir. Ich will euch ja kein Leid thun. Kommt mit mir auf mein Schloß, meine Mutter wird euch freundlich empfangen und ihr sollt meine Gemahlin sein." Nach und nach beruhigte sie sich und hörte ihn an, aber sie sagte, sie könne nicht mit ihm gehen, sie müsse auf ihren Onkel warten. Der Heilige aber kam nicht zurück, denn er wünschte, daß Pauline mit dem König gehe. Als nun der Heilige immer nicht kam, bewog der König das schöne Mädchen ihm zu folgen. Da brachte er sie zu seiner Mutter und sprach: „Liebe Mutter, dies Mäd-

*) Pira e cutugnu,
cala sti beddi trizzi cu.

chen soll meine Gemahlin sein." Die Mutter aber wollte es nicht, da Niemand wußte, wo Pauline her war. Aber weil sie ihren Sohn so lieb hatte, so nahm sie Pauline doch freundlich auf und ließ es geschehen, daß sie bei dem König wohnte.

Nach einem Jahr gebar Pauline ihren ersten Sohn. In der Nacht aber kam der heilige Franziskus, nahm das Kindlein weg, bestrich Paulinens Mund mit Blut und beraubte sie der Sprache. Als nun am Morgen die alte Königin in das Zimmer kam war das Kindchen weg, die junge Mutter aber konnte nicht sagen, was aus ihm geworden war. Da erhob die alte Königin ein großes Geschrei und rief den König und sprach: „Eine Wehrwölfin*) hast du dir aus dem Walde mitgebracht, die ihre Kleinen frißt. Sieh, wie ihr Mund noch vom Blut befleckt ist." Der König wollte es nicht glauben, als er aber zu Pauline kam, konnte sie ihm nicht antworten wo das Kind geblieben sei. Da ward der König tief betrübt, weil er sie aber so lieb hatte, so wollte er sie nicht verstoßen. Die arme Pauline aber weinte den ganzen Tag und betete in einem fort zum heiligen Franziskus.

Nach einem Jahr gebar sie ihren zweiten Sohn, und in der Nacht erschien wieder der Heilige und gab ihr die Sprache zurück. „Ach, heiliger Franziskus," flehte sie, „laßt mir meine Kindlein, sehet wie viel ich leiden muß." „Ja, Kind," sprach der Heilige, „erinnerst du dich nicht, wie deine Mutter sagte, es sei besser in der Jugend zu leiden, so ruhe man im Alter? Leide also in deiner Jugend, so wirst du nachher dein Alter genießen." Da nahm er auch das zweite Kindlein weg, bestrich ihren Mund mit Blut und beraubte sie der Sprache. Als nun am Morgen das Kind wieder fort war, war die alte Königin außer sich vor Zorn, und wollte die arme Pauline verstoßen und wegjagen. Der König aber wollte dennoch nicht, denn er hatte sie zu lieb.

Als nun wieder ein Jahr vergangen war, gebar Pauline ein kleines Mädchen, in der Nacht aber erschien der Heilige und Pauline flehte ihn

---

*) Lupa di voscu. Bedeutet auch Geißblatt, madreselva.

20. Von dem Pathenkinde des heiligen Franz von Paula.

an: „O, heiliger Franziskus, laßt mir doch wenigstens dies eine Kindlein." Er aber erwiderte: „Ich muß das Kindlein nehmen, aber sei getrost, deine Leiden haben nun bald ein Ende." Damit nahm er das Kind, bestrich ihren Mund mit Blut und verschloß ihr denselben. Am andern Morgen ward die alte Königin aber so wüthend, daß sie die arme Pauline in ein abgelegenes Zimmer einschloß, Wachen davor stellte und ihrem Sohn verbot zu ihr zu gehen. „Diese Wehrwölfin muß sterben," sprach sie, „und du sollst nun eine ebenbürtige Prinzessin heirathen." Der König war tief betrübt, und weil er nicht selbst zu Paulinen kommen konnte, so schickte er seinen Diener hin, der mußte durchs Schlüsselloch schauen und ihm berichten, was sie thue. „Sie kniet am Boden," antwortete er immer, „und fleht zum heiligen Franziskus." Sie aber bat immer den Heiligen, er möge sie doch von ihren Leiden erlösen.

Unterdessen ließ die alte Königin eine benachbarte Prinzessin an den Hof kommen und sprach zu ihrem Sohn: „Diese Prinzessin wirst du heute heirathen." Der König war tief betrübt und wollte nicht, aber seine Mutter bestand darauf. Nun sollte ein schönes Hochzeitsmahl gehalten werden und nach dem Mahl sollte die Hochzeit sein. Da erschien der heilige Franziskus bei der armen Pauline in ihrem Gefängniß und brachte die drei Kinder mit, die waren Eines schöner als das Andere. Dann brachte er ihr auch kostbare Kleider und einen königlichen Mantel und für die Kindlein brachte er drei goldene Sesselchen und sprach zu Pauline: „Kleide dich königlich an und setze dich mit den Kindern hin; wenn es Zeit ist, werde ich dich rufen." Der König aber sprach zu seinem treuen Diener: „Gehe noch einmal hin, und schaue, was meine arme Pauline macht." Der Diener ging hin, kam aber ganz entsetzt zurück: „Ach, Majestät, was habe ich gesehen!" „Nun, was hast du gesehen?" frug der König. „Denkt euch nur, sie sitzt da in einem herrlichen königlichen Mantel, mit einer Krone auf dem Kopf und neben ihr sitzen drei Kinder auf goldenen Sesselchen, die sind so schön wie drei Engelchen." Der König wollte gern selbst durch das Schlüsselloch schauen, aber die Wachen ließen ihn nicht durch und er mußte zum Mahle gehen.

20. Von dem Pathenkinde des heiligen Franz von Paula.

Während sie nun bei Tische saßen, kam der heilige Franziskus und rief Pauline und ihre Kinder und führte sie aus dem Gefängniß, und die Wachen ließen sie durch, denn sie merkten wohl, daß das Mönchlein ein Heiliger war. Da ließ der heilige Franziskus die Kindlein vorausgehen in den Eßsaal und die beiden Aeltesten mußten zum König und zur alten Königin treten, und ihnen die Hand küssen und sprechen: „Guten Tag Papa, Guten Tag Großmama, ich will auch essen, wo ist mein Platz?" Als aber der König die Kinder sah, war er sehr erfreut und sprach: „Ihr seid gewiß meine lieben Kinder," und umarmte sie. Da kam auch Pauline herein und sie war noch viel schöner als früher und konnte auch wieder sprechen, und mit ihr kam der heilige Franziskus, der sprach zum König: „Ich bin der heilige Franziskus und ich hatte deine Kindlein fortgenommen, jetzt aber sind eure Leiden zu Ende, und wir wollen fröhlich zusammen essen, und nachher traue ich euch." Als das die fremde Braut hörte, wurde sie ohnmächtig und mußte fortgetragen werden, und als sie wieder zu sich kam, kehrte sie zu ihrem Vater zurück. Der heilige Franziskus aber traute den König und Pauline, gab ihnen seinen Segen und verschwand. Da lebten sie glücklich und zufrieden mit ihren Kindlein, wir aber haben das Nachsehen.

21. Die Geschichte von Caterina und ihrem Schicksal.

Es war einmal ein Kaufmann, der war über alle Maaßen reich, und hatte solche Schätze, wie sie nicht einmal der König hatte. In seinem Zimmer, wo er Audienz gab, standen drei wunderschöne Stühle, der eine war von Silber, der zweite von Gold, der dritte von Diamanten. Dieser Kaufmann hatte eine einzige Tochter, die hieß Caterina und war schöner als die Sonne.

Eines Tages saß Caterina in ihrem Zimmer. Auf einmal sprang die Thüre ganz von selbst auf, und es trat eine schöne, hohe Frau herein,

21. Die Geschichte von Caterina und ihrem Schicksal.

die hielt in ihren Händen ein Rad. „Caterina," sprach sie, „wann willst du lieber dein Leben genießen, in der Jugend oder im Alter?" Caterina schaute sie ganz verwundert an, und wußte sich nicht zu fassen, und die schöne Frau frug noch einmal: „Caterina, wann willst du lieber dein Leben genießen, in der Jugend oder im Alter?" Da dachte Caterina: Wenn ich sage: in der Jugend, so werde ich dafür im Alter leiden müssen. Deshalb will ich lieber im Alter mein Leben genießen, und in der Jugend gehe es mir nach dem Willen Gottes. Also antwortete sie: „Im Alter!" „Dir geschehe, wie du gewünscht hast," sprach die schöne Frau, drehte einmal ihr Rad, und verschwand. Diese hohe, schöne Frau aber war das Schicksal*) der armen Caterina.

Nach einigen Tagen bekam ihr Vater plötzlich die Nachricht, einige von seinen Schiffen seien in einem Sturme gescheitert; wieder nach einigen Tagen erfuhr er, noch mehrere von seinen Schiffen seien untergegangen, und um es kurz zu fassen, es war kaum ein Monat verflossen, so sah er sich aller seiner Reichthümer beraubt. Er mußte Alles verkaufen, was er hatte, aber auch das verlor er, bis er endlich ganz arm und elend blieb. Aus Kummer darüber erkrankte er und starb.

So blieb denn die arme Caterina ganz allein in der Welt zurück, ohne einen Grano, ohne Jemanden zu haben, der sie hätte zu sich nehmen wollen. Da dachte sie: „Ich will in eine andere Stadt gehen, und mir dort einen Dienst suchen," machte sich auf, und wanderte, bis sie in eine andere Stadt kam. Wie sie durch die Straßen ging, stand eben eine vornehme Frau am Fenster, die frug sie: „Wohin gehest du so allein, du schönes Mädchen?" „Ach, edle Frau, ich bin ein armes Mädchen, und möchte gern in Dienst treten, um mir mein Brod zu verdienen. Könnet ihr mich nicht brauchen?" Da nahm die vornehme Frau sie zu sich, und Caterina diente ihr treu.

Nach einigen Tagen sprach eines Abends die Frau: „Caterina, ich muß einen Ausgang machen, und werde die Hausthüre zuschließen." „Gut,"

---

*) Sorte.

sprach Caterina, und als ihre Herrin fort war, nahm sie ihre Arbeit, setzte sich hin und nähte. Plötzlich ging die Thüre auf, und ihr Schicksal trat herein. „So?" rief dasselbe, „hier bist du, Caterina? und meinst nun wohl, ich solle dich in Ruhe lassen?" Mit diesen Worten lief das Schicksal an alle Schränke, riß die Wäsche und die Kleider von Caterinas Herrin heraus, und riß Alles in tausend Stücke. Caterina aber dachte: „Ach, weh mir, wenn meine Herrin wiederkommt, und Alles in diesem Zustand findet, so bringt sie mich gewiß um." Und in ihrer Angst brach sie die Thüre auf und entfloh. Das Schicksal aber sammelte alle die zerrissenen und zerstörten Sachen, machte sie ganz und legte Alles an seinen Platz. Als nun die Herrin nach Hause kam, rief sie nach Caterina, aber Caterina war nirgends zu sehen: „Sollte sie mich wohl bestohlen haben?" dachte sie, aber als sie nachsah, fehlte von ihren Sachen nichts. Sie verwunderte sich sehr, aber Caterina kam nicht zurück, sondern lief immer weiter, bis sie endlich in eine andere Stadt kam. Als sie nun durch die Straßen ging, stand wieder eine Frau am Fenster, und frug sie: „Wohin gehest du so allein, du hübsches Mädchen?" „Ach, edle Frau, ich bin ein armes Mädchen, und möchte gern einen Dienst annehmen, um mein Brod zu verdienen; könnet ihr mich nicht brauchen?" Da nahm sie die Frau in ihren Dienst, und Caterina diente ihr, und meinte nun in Ruhe bleiben zu können. Es währte aber nur einige Tage; als eines Abends ihre Herrin ausgegangen war, erschien das Schicksal wieder, und fuhr sie mit harten Worten an: „So, hier bist du jetzt? Und meinst du wohl, du könntest mir entgehen?" Damit zerriß und zerstörte das Schicksal Alles, was es fand, also daß die arme Caterina in ihrer Herzensangst wieder entfloh. Um es kurz zu sagen, dieses schreckliche Leben führte die arme Caterina sieben Jahre lang, lief aus einer Stadt in die andere, und versuchte es überall, einen Dienst anzunehmen. Nach wenigen Tagen aber erschien immer das Schicksal, zerriß und zerstörte die Sachen ihrer Herrschaft, und das arme Mädchen mußte fliehen. Wenn sie jedoch das Haus verlassen hatte, machte das Schicksal Alles wieder ganz und legte es an seinen Platz.

21. Die Geschichte von Caterina und ihrem Schicksal.

Nach sieben Jahren endlich schien das Schicksal müde zu werden, die unglückliche Caterina immer zu verfolgen. Eines Tages kam Caterina wieder in eine Stadt, und sah eine Frau am Fenster stehen, die frug sie: „Wohin gehest du so allein, du schönes Mädchen?" „Ach, edle Frau, ich bin ein armes Mädchen und möchte gerne einen Dienst annehmen, um mein Brod zu verdienen. Könnet ihr mich nicht brauchen?" Da antwortete die Frau: „Ich will dich gern zu mir nehmen, du mußt mir aber täglich einen Dienst leisten, und ich weiß nicht, ob du die Kraft dazu hast." „Sagt mir, was es ist," sprach Caterina, „und wenn ich es kann, will ich es thun." „Siehst du jenen hohen Berg?" sprach die Frau. „Auf den mußt du jeden Morgen ein großes Bret mit frischgebackenem Brod tragen, und mußt oben mit lauter Stimme rufen: „O Schicksal meiner Herrin! o Schicksal meiner Herrin! o Schicksal meiner Herrin! dreimal. Dann wird mein Schicksal erscheinen, und das Brod in Empfang nehmen." „Das will ich gerne thun," sprach Caterina, und die Frau nahm sie zu sich.

Nun blieb Caterina lange Jahre bei dieser Frau, und jeden Morgen nahm sie ein Tragbret mit frischgebackenem Brode, und trug es den Berg hinauf, und wenn sie dreimal gerufen hatte: „O Schicksal meiner Herrin!" erschien eine schöne, hohe Frau und nahm das Brod in Empfang. Caterina aber weinte oft, wenn sie dachte, daß sie, die so reich gewesen war, nun wie eine arme Magd dienen mußte. Da sprach eines Tages ihre Herrin zu ihr: „Caterina, warum weinest du so viel?" Da erzählte Caterina, wie schlecht es ihr ergangen sei, und ihre Herrin sprach: „Weißt du was, Caterina? Wenn du morgen das Brod auf den Berg trägst, so bitte mein Schicksal, daß es dein Schicksal zu bewegen suche, dich nun in Ruhe zu lassen. Vielleicht hilft das." Dieser Rath gefiel der armen Caterina, und am nächsten Morgen, als sie dem Schicksal ihrer Herrin das Brod gebracht hatte, klagte sie demselben ihre Noth, und sprach: „O Schicksal meiner Herrin! bittet doch mein Schicksal, daß es mich nun nicht mehr verfolge." Da antwortete das Schicksal: „Ach, du armes Mädchen, dein Schicksal ist eben mit sieben Decken bedeckt, deßhalb kann es dich nicht hören. Wenn du aber morgen kommst, so will ich dich zu ihm hinführen." Als nun Caterina nach Hause gegangen war, ging das Schicksal ihrer Herrin zu dem Schicksal des Mädchens, und sprach: „Liebe Schwester, warum wirst du nicht milde, die arme Caterina leiden zu lassen? Lasse sie nun auch wieder glückliche Tage sehen." Da antwortete das Schicksal: „Führe sie morgen zu mir, so will ich ihr etwas schenken, das soll ihr aus aller Noth helfen."

Als nun Caterina am nächsten Morgen das Brod brachte, führte das Schicksal ihrer Herrin sie zu ihrem eigenen Schicksal, das war mit sieben Decken bedeckt. Das Schicksal aber gab ihr ein Stränglein Seide, und sprach zu ihr: „Verwahre es wohl, es wird dir nützen." Da ging Caterina nach Hause, und sprach zu ihrer Herrin: „Da hat mir mein Schicksal ein Stränglein Seide geschenkt, was ich wohl damit thun soll? Es ist ja keine drei Grani werth." „Nun," sagte die Herrin, „verwahre es nur, wer weiß wozu es nützen kann."

Nun begab es sich nach einiger Zeit, daß der junge König heirathen sollte, und sich deßhalb königliche Kleider anfertigen ließ. Als der Schneider nun ein schönes Gewand nähen sollte, war nirgends Seide von derselben Farbe zu finden. Da ließ der König im ganzen Land verkünden, wer solche Seide habe, solle sie an den Hof bringen; sie werde ihm gut bezahlt werden. „Caterina," sprach ihre Herrin, „dein Stränglein Seide ist ja von dieser Farbe; bringe es doch zum König, daß er dir ein schönes Geschenk mache." Da legte Caterina ihre besten Kleider an, und ging an den Hof, und als sie vor den König trat, war sie so schön, daß er seine Augen nicht von ihr wenden konnte. „Königliche Majestät," sprach sie, „ich habe euch ein Stränglein Seide gebracht, von jener Farbe, die ihr nicht finden konntet." „Wißt ihr was, königliche Majestät," rief einer der Minister, „wir wollen dem Mädchen die Seide mit Gold aufwiegen." Der König war es zufrieden, und es wurde eine Wage gebracht; auf die eine Seite legte der König die Seide, auf die andere ein Goldstück. Nun denkt euch aber, was geschah; so viele Goldstücke der König auch auf die Wage legen mochte, die Seide war doch immer schwerer. Da ließ der König eine größere Wage holen, und alle seine Schätze auf die eine Schale legen, aber die Seide wog immer noch schwerer. Da nahm der König endlich seine goldene Krone vom Haupt, und legte sie zu all den anderen Schätzen, und siehe da, nun ging die Wagschale mit dem Golde hinunter, und wog genau eben so viel wie die Seide. „Woher hast du diese Seide?" frug der König. „Königliche Majestät, ich habe sie von meiner Herrin geschenkt bekommen," antwortete Caterina. „Nein, das ist nicht möglich," rief der König, „und wenn du mir nicht die Wahrheit sagst, so lasse ich dir den Kopf abschneiden." Da erzählte Caterina Alles, wie es ihr ergangen, seit sie ein reiches Mädchen gewesen war.

Am Hofe aber lebte seine weise Frau, die sprach: „Caterina, du hast viel gelitten, doch nun wirst du auch glückliche Zeiten sehen, und daß erst die goldne Krone die Wage ins Gleichgewicht brachte, ist ein Zeichen, daß du eine Königin sein wirst." „Soll sie eine Königin sein," rief der König, „so will ich sie dazu machen, denn Caterina und keine andere soll meine Gemahlin sein." Und so geschah es auch; der König ließ seiner Braut sagen, nun wolle er sie nicht mehr, und heirathete die schöne Caterina. Und nachdem Caterina in ihrer Jugend so viel gelitten hatte, genoß sie nun ihr Alter in lauter Glückseligkeit, und blieb glücklich und zufrieden, wir aber haben das Nachsehen.

22. Vom Räuber, der einen Hexenkopf hatte.

Es war einmal ein König, der hatte drei schöne Töchter, die Jüngste aber war die Schönste und Klügste. Eines Tages rief er sie und sprach zu ihr: „Komm mein Kind und lause mich ein wenig." Das that die jüngste Tochter und fand eine Laus. Da setzte der König die Laus in einen großen Topf mit Fett und ließ sie viele Jahre darinnen. Als er aber eines Tages den Topf zerschlagen ließ, war die Laus zu einem solchen Ungethüm angewachsen, daß alle Leute davor erschraken und der König sie umbringen ließ. Dann ließ er ihr die Haut abziehen, nagelte

22. Vom Räuber, der einen Hexenkopf hatte.

sie über die Thür fest und sprach: „Derjenige, der errathen kann, von welchem Thier dieses Fell ist, der soll meine älteste Tochter zur Frau bekommen. Wer es aber nicht erräth, der muß seinen Kopf dabei verlieren." Da kamen von nah und fern Prinzen und vornehme Herren und wollten die schöne Königstochter freien, aber Keiner konnte das Räthsel errathen, und so mußten sie jämmerlich sterben.

Nun war auch ein Räuber, der lebte in einer wilden Gegend ganz allein. Der hatte einen Hexenkopf*) in einem kleinen Körbchen, bei dem holte er sich immer guten Rath, wenn er irgend etwas unternehmen wollte. Dieser Räuber hörte nun davon, wie so viele Freier das Leben ließen und Keiner das schwere Räthsel herausbringen konnte. Da trat er vor seinen Hexenkopf und frug: „Sage mir, Kopf, von welchem Thier ist das Fell, das der König über seiner Thür angenagelt hat?" „Von einer Laus," antwortete der Kopf. Nun war der Räuber guter Dinge und machte sich auf den Weg nach der Stadt. Unterwegs frugen ihn die Leute, wo er hinginge. „Ich gehe nach der Stadt und will die älteste Königstochter freien," antwortete er. „So geht ihr eurem gewissen Tode entgegen," meinten die Leute. Als er nun in die Stadt kam, ließ er sich bei dem König melden, er hätte auch Lust, das Räthsel zu errathen. Da ließ ihn der König hereinkommen, zeigte ihm die Haut und frug: „Kannst du mir sagen, von welchem Thier dieses Fell ist?" „Von einem Hasen?" sagte der Räuber. — „Falsch!" — „Vielleicht von einem Hund?" „Falsch!" „Ist es vielleicht das Fell einer Laus?" Da hatte er es errathen und der König gab ihm seine älteste Tochter zur Frau. Als nun die Hochzeitsfeierlichkeiten vorbei waren, sprach er zum König: „Ich will nun mit meiner Frau nach Haus zurückkehren." Da umarmte die Königstochter ihren Vater und ihre Schwestern, und ging mit ihrem Manne fort.

Nachdem sie lange, lange Zeit gewandert waren, kamen sie in eine wilde, einsame Gegend. „Ach," sprach die Königstochter, „wohin führest

---

*) Testa di mavara.

22. Vom Räuber, der einen Hexenkopf hatte.

du mich denn? Wie häßlich es hier ist!" „Komm du nur mit!" antwortete der Räuber. Da kamen sie endlich an sein Haus, das war so finster und häßlich, daß die Königstochter wieder sagte: „Wohnst du denn hier? Ach, wie unfreundlich es hier ist!" „Komm nur herein," antwortete der Räuber. Nun mußte die arme Königstochter in der Wildniß wohnen und hart arbeiten. Am zweiten Morgen sprach der Räuber: „Ich muß nun meinen Geschäften nachgehen, besorge unterdessen das Haus." Zu seinem Hexenkopf aber sprach er ganz leise: „Gieb Acht, was sie über mich sagt." Als nun der Räuber weg war, konnte es die Königstochter nicht mehr aushalten, und fing an über ihren Mann zu schimpfen, denn sie hatte ihn nicht gern geheirathet und konnte ihn nun vollends nicht leiden. „Dieser Bösewicht!" sagte sie, „ich wollte doch, er bräche den Hals! Möge das Unglück ihn verfolgen!" und dergleichen mehr. Der Hexenkopf aber hörte Alles mit an und erzählte es dem Räuber, als er nach Hause kam. Da ergriff der Räuber die Königstochter, schnitt ihr den Kopf ab und warf sie in ein Kämmerlein, darin waren noch viele andere Leichen von Mädchen, die er auf dieselbe Weise umgebracht hatte. Den nächsten Tag aber wanderte er wieder an den Hof des Königs. Als er nun zum König kam, frug ihn dieser: „Wie geht es meiner Tochter?" „Meine Frau ist wohl und munter," antwortete der Räuber, „sie langweilt sich aber und möchte ihre zweite Schwester zur Gesellschaft haben." Da gab ihm der König die zweite Tochter mit und er führte sie in jene wilde Gegend. „Ach, Schwager," sprach sie, „wie unheimlich ist diese Gegend! Wohin führet ihr mich denn?" „Komm du nur mit," antwortete der Räuber. Als sie nun an das Haus des Räubers kamen, frug die Königstochter wieder: „Ach, Schwager, ist das eure Wohnung? dieses häßliche Haus?" „Komm nur herein," sprach der Räuber. „Wo ist denn meine Schwester?" frug sie. „Um deine Schwester brauchst du dich nicht zu bekümmern, thu nur deine Arbeit." Also mußte die Königstochter harte Arbeit thun und ihr Herz ward immer mehr von Zorn und Haß gegen ihren Schwager erfüllt. Eines Tages nun sprach er zu ihr: „Ich muß meinen Geschäften nachgehen und komme erst heute Abend zurück." Dann ging er auch zum Hexenkopf und sprach: „Gib Acht, was sie über mich sagt." Damit ging er. Die Königstochter aber machte ihrem Hasse Luft, schimpfte über ihn, und nannte ihn einen Bösewicht und wünschte ihm alles Unglück. Als nun der Räuber nach Hause kam, sagte es ihm der Hexenkopf und der armen Königstochter erging es nicht besser als ihrer Schwester.

Nun wanderte der Räuber wieder zum König, der frug ihn, wie es seinen zwei Töchtern gehe. „O sehr gut," antwortete der Räuber, „sie hätten aber gern ihre jüngste Schwester, um bei einander zu sein." Da gab ihm der König auch die Jüngste mit. Die war aber sehr klug, und als sie in die Wildniß kamen, sprach sie: „Nein, Schwager, wie schön ist diese Gegend! Wohnt ihr hier?" Und als sie an das Haus kamen, sprach sie wieder: „Ei, was ist das Haus so schön!" Als sie aber hineingingen, hütete sie sich wohl, nach ihren Schwestern zu fragen, sondern ging fröhlich an ihre Arbeit. Nun ging der Räuber wieder seinen Geschäften nach und der Hexenkopf mußte auf Alles achten, was die Königstochter sagen würde. Als sie nun ihre Arbeit fertig hatte, kniete sie nieder und betete laut für den Räuber, dem sie alles Gute wünschte, in ihrem Herzen aber wünschte sie, es möchte ihm ein Unglück begegnen. Am Abend kam der Räuber und frug gleich den Hexenkopf: „Nun, was hat sie von mir gesagt?" Da antwortete der Kopf: „Ach, so Eine haben wir noch nicht hier gehabt! Sie hat den ganzen Tag gebetet und fromme Wünsche für dich gethan!" Da war der Räuber sehr erfreut und sprach zur Königstochter: „Weil du vernünftiger gewesen bist, als deine Schwestern, so sollst du es gut bei mir haben und ich will dir auch zeigen, wo deine Schwestern sind." Da führte er sie in das Kämmerlein und zeigte ihr die todten Schwestern. „Ihr habt wohl daran gethan, sie zu tödten, Schwager, wenn sie euch nicht geehrt haben," sprach die kluge Königstochter. Nun hatte sie es gut bei dem Räuber und war Herrin im Haus.

Eines Tages aber, da der Räuber wieder einmal auf mehrere Tage fortgegangen war, kam sie von ungefähr in sein Zimmer, und als sie die Augen aufhob, erblickte sie den Hexenkopf. Der war in seinem

22. Vom Räuber, der einen Hexenkopf hatte.

Körbchen oberhalb des Fensters angenagelt. Weil sie aber so klug war, so rief sie dem Kopf zu: „Was machst du da oben? Komm doch herunter zu mir, hier kannst du es viel besser haben." „Nein," antwortete der Kopf, „ich befinde mich hier oben ganz gut, und habe keine Lust, hinunter zu gehen." Die Königstochter aber schmeichelte dem Hexenkopf, also daß er sich bethören ließ und endlich herunterstieg. „Was hast du für struppiges Haar," sprach die Königstochter, „komm mit mir, ich will dich fein machen." Da folgte ihr der Hexenkopf in die Küche, und die Königstochter nahm einen Kamm und begann den Kopf zu kämmen. Sie hatte aber gerade den Ofen geheizt, um das Brod zu backen. Während sie nun das Haar kämmte, wand sie sich leise den langen Zopf um den Arm, und mit einem Male schleuderte sie den Kopf in den Ofen, machte die Ofenthür zu und ließ ihn ruhig verbrennen.

An den Kopf aber knüpfte sich das Leben des Räubers und während er nun verbrannte, fühlte der Räuber auch seine Gesundheit und sein Leben schwinden und starb. Die Königstochter aber war an dem Fenster hinaufgestiegen, wo noch das Körbchen hing, in welchem der Kopf gehaust hatte. Dort fand sie ein kleines Töpfchen mit Salbe und als sie damit ihre Schwestern bestrich, wurden sie wieder lebendig. Da bestrich sie auch alle die anderen Mädchen und Jede nahm sich von den Schätzen des Räubers, so viel sie tragen konnte; dann kehrten sie Alle zu ihren Eltern zurück. Die drei Schwestern aber kamen zu ihrem Vater und lebten mit ihm glücklich und zufrieden, bis sie drei schöne Prinzen heiratheten.

23. Die Geschichte vom Ohimè. (Ach!)

Es war einmal ein armer alter Holzhacker, der hatte drei schöne Enkeltöchter. Von ihnen war die jüngste auch die schönste und klügste, und hieß Maruzza*). Der arme Mann hatte keinen Verdienst, Geld hatte

---

*) Diminutiv von Maria.

er auch nicht, so daß er gar nicht wußte, was er mit seinen Enkelinnen machen sollte.

Als er nun eines Tages im Walde Holz sammelte, ward er so müde und matt, daß er sich auf einen großen Stein setzte, und laut seufzte: „Ach, (Ohimè)." Sogleich erschien ein großer Mann, der frug ihn: „Warum rufst du mich?" „Ich habe euch nicht gerufen," sagte der Holzhacker ganz erschrocken. „Hast du nicht Ohimè gerufen? Daß ist mein Name," sprach der große Mann. „Du siehst aber aus, wie ein armer Schlucker, darum will ich dir helfen. Bringe deine älteste Enkelin zu mir, daß sie meiner Frau diene, so will ich dich reich beschenken. Führe sie an diese Stelle, und rufe mich bei meinem Namen, so werde ich erscheinen." Bei diesen Worten gab er ihm etwas Geld, und der alte Mann lief voll Freude nach Haus zu seinen Enkeltöchtern. „Denke dir," sprach er zur Aeltesten, „dir ist ein großes Glück bescheert; ein vornehmer Herr will dich in seinen Dienst nehmen, damit du seiner Frau dienest; nun bist du versorgt." Als seine Enkelin das hörte, küßte sie den Boden und sprach: „Ich danke euch, mein Gott!" Nach einigen Tagen machte sich sich bereit, und ihr Großvater brachte sie in den Wald, und rief laut: Ohimè! Da erschien Ohimè, und als er das schöne Mädchen sah, sprach er: „Du hast dein Wort gehalten, und nun soll deine Enkelin es auch gut haben, und einmal jede Woche kannst du kommen, und dich nach ihr erkundigen." Da machte er dem Großvater ein schönes Geschenk, nahm das Mädchen an die Hand, und führte sie vor einen Felsen. Alsobald öffnete sich dieser, daß sie hineintreten konnten. Drinnen aber waren prachtvolle Säle, mit den herrlichsten Schätzen und Kostbarkeiten. „Wo ist die Patrona?" frug das Mädchen. „Die Patrona bist du," antwortete Ohimè, „und wenn du mir gehorchst, und Alles thust, was ich dir gebiete; sollst du auch meine Frau werden." Mit diesen Worten führte er sie durch das ganze Schloß, und zeigte ihr die schönen Sachen. Zuletzt aber kamen sie in einen Saal, darin lagen viele ermordete Mädchen. „Siehst du," sprach Ohimè, „alle diese haben mir nicht gehorcht, und haben ihre Pflicht nicht erfüllt, deßhalb haben sie ihre Strafe be-

23. Die Geschichte vom Ohimè.

kommen. Darum laß dich warnen." „Wenn sie euch nicht gehorcht haben, so ist es ihnen recht geschehen," sagte sie, „ich aber will schon meine Pflicht thun." Also blieb das Mädchen bei Ohimè und hatte es gut bei ihm.

Nach einigen Tagen sprach Ohimè zu ihr: „Ich muß auf drei Tage verreisen, und lasse dir ein Gebot zurück; wenn du das nicht erfüllst, so geht es dir schlimm." „Was soll ich denn thun?" frug sie. Da gab er ihr ein Todtenbein, und sprach: „Das mußt du essen, und wenn ich wiederkomme, so will ich es nicht mehr sehen." Mit diesen Worten verließ er sie; sie aber blieb in schweren Sorgen zurück. „Wie kann ich denn ein Todtenbein essen? dachte sie, „so ein schmutziges, ekliges Ding. Da kann Ohimè lange warten, bis ich das esse." Weil sie es nun nicht essen wollte, warf sie es zum Fenster hinaus, und meinte, Ohimè werde es nicht merken. Als er aber nach Hause kam, war seine erste Frage: „Hast du deine Pflicht gethan?" „Ja wohl, Patron." Da rief Ohimè mit lauter Stimme: „Wo bist du, Bein? „Hier bin ich!" Komm doch einmal her zu mir." Da kam das Bein hervor, und Ohimè sprach zu dem Mädchen: „Weil du mich belogen hast, und deine Pflicht nicht gethan, so sollst du nun auch deine Strafe haben." Damit ergriff er sie, schleppte sie in den Saal, wo die vielen todten Mädchen lagen, und ermordete sie.

Nach einigen Tagen kam der alte Holzhacker wieder in den Wald, und rief den Ohimè, und als er erschien, frug er ihn: „Wie geht es meiner Enkelin?" „Ei, der geht es sehr gut," antwortete Ohimè, „und meine Frau hält sie wie ihre eigene Tochter. Sie möchte auch gerne die zweite Schwester in ihren Dienst nehmen. Bringe sie mir her, so will ich dir ein schönes Geschenk machen." Da lief der alte Holzhacker voll Freude nach Hause, und erzählte seiner zweiten Enkelin, sie solle auch zu dem vornehmen Herrn in Dienst kommen. Die war es denn auch zufrieden, und der Großvater führte sie in den Wald. „O, Ohimè!" rief er, und alsbald erschien Ohimè, und nahm die Enkelin in Empfang. Da führte er sie durch den Felsen in seinen Palast, und zeigte ihr die herrlichen Säle mit den vielen Schätzen. „Wo ist denn meine Schwester?" frug sie. „Deine Schwester will ich dir gleich zeigen," antwortete er, und führte sie in den Saal, wo sie ihre todte Schwester mitten unter den anderen Leichen sah. „Siehst du, deine Schwester hat meinen Geboten nicht gehorcht, darum ist sie so bestraft worden; und wenn du mir nicht gehorchst, so wird es dir auch so ergehen." „O, ich will schon meine Pflicht thun," sagte sie, aber in ihrem Herzen zitterte sie und dachte: „Wer weiß, welch schreckliches Gebot er meiner armen Schwester gegeben hat."

So vergingen einige Tage, und eines Morgens kam Ohimè zu ihr, und sprach: „Ich muß nun auf drei Tage verreisen; während dieser Zeit mußt du das Gebot erfüllen, das ich dir geben werde; sonst geht es dir schlimm." Mit diesen Worten gab er ihr einen Fuß von einem Todten, den sollte sie essen. Als nun Ohimè fort war, blieb das arme Mädchen in schweren Sorgen zurück, und dachte: „Wie kann ich diesen garstigen, schmutzigen Fuß essen? Ich will ihn aufs Dach werfen, und dem Bösewicht von Ohimè sagen, ich habe ihn gegessen." Das that sie denn, und meinte er solle es nicht merken, als er aber nach Hause kam, war seine erste Frage: „Hast du mein Gebot erfüllt?" „Ja wohl, Herr!" „Fuß! wo bist du? komm doch einmal her zu mir!" Da erschien der Fuß, und Ohimè rief: „Meinst du, du könnest mich belügen? Weil du deine Pflicht nicht gethan hast, so werde ich dich ermorden." Da schleppte er sie in den Saal, wo die anderen Todten waren, und ermordete auch sie.

Nach einigen Tagen kam wieder der Holzhacker, um nach seinen Enkelinnen zu fragen. „O, denen geht es sehr gut," antwortete Ohimè, „und meine Frau hat sie Beide so lieb, als ob sie ihre Töchter wären. Sie möchte jetzt aber auch die dritte Schwester haben." Der arme Holzhacker wußte sich gar nicht zu fassen vor Freude, daß alle seine Enkelinnen so wohl versorgt werden sollten, und eilte nach Hause zu seiner jüngsten Enkeltochter. „Maruzza, mache dich schnell bereit; denn der vornehme Herr will auch dich in seinen Dienst nehmen," rief er, und brachte sie in den Wald, wo Ohimè sie freundlich aufnahm, und in den Felsen hinein-

23. Die Geschichte vom Ohimè.

führte. „Wo sind denn meine Schwestern?" frug Maruzza. „Die will ich dir gleich zeigen," sprach er, und schloß den Saal auf, in dem die Leichen lagen. „Siehst du, da sind deine Schwestern, weil sie ihre Pflicht nicht erfüllt haben." Die arme Maruzza erschrak in ihrem Herzen, aber sie sagte nur: „Da habt ihr recht gethan, daß ihr sie gestraft habt, als sie ihre Pflicht nicht erfüllt haben. Mir könnt ihr befehlen, was ihr wollt; ich werde es Alles thun."

Nach einigen Tagen sprach Ohimè zu Maruzza „Ich muß auf drei Tage verreisen, und nun ist der Augenblick gekommen, wo du mir deinen Gehorsam beweisen kannst. Sieh hier diesen Todtenarm, den mußt du aufessen, während ich nicht da bin, und es darf auch kein Bröcklein davon übrig bleiben." Mit diesen Worten ging er fort, und ließ die arme Maruzza in schweren Gedanken zurück. „Ach," dachte sie, „was soll ich nun thun! ach! ich Unglückliche! wie kann ich diesen Todtenarm essen! O, heilige Seele meiner Mutter, gebt mir einen guten Rath und helft mir!" Auf einmal hörte sie eine Stimme, die rief: „Maruzza, weine nicht, denn ich will dir helfen. Heize den Backofen so heiß wie möglich, und laß den Arm so lange darin, bis er zu Kohle gebrannt ist. Dann zerstoße ihn zu feinem Pulver, und binde dir dieses in einem feinen Läppchen fest um den Leib, so wird Ohimè nichts merken, und dich verschonen." Diese Stimme aber war die heilige Seele ihrer Mutter, die der armen Maruzza half. Da that sie Alles, wie die Stimme sie geheißen hatte, heizte den Backofen und ließ den Arm darin, bis er ganz zu Kohle gebrannt war; dann zerstieß sie ihn im Mörser, wickelte das Pulver in ein feines Läppchen, und band es sich fest um den Leib.

Als nun Ohimè nach Hause kam, frug er gleich: „Hast du mein Gebot erfüllt?" „Ja wohl, Herr!" „Arm, wo bist du? komm doch einmal her zu mir!" „Ich kann nicht kommen!" antwortete der Arm. „Wo bist du denn?" „Ich bin in Maruzzas Leib." Als Ohimè das hörte, ward er sehr froh, und rief: „Nun, Maruzza, sollst du auch meine Gemahlin sein, denn jetzt weiß ich, daß du ein aufrichtiges und gehorsames Gemüth hast." Von nun an hatte Maruzza es gut bei ihm;

Ohimè hatte sie lieb, und brachte ihr Alles, was sie sich wünschte. Eines Tages zeigte er ihr auch alle seine Schränke, in denen viele Flaschen mit Tränken und Salben standen. „Siehst du," sprach er, „hier ist eine Salbe, wenn man damit die Todten bestreicht, so werden sie wieder lebendig. Ich zeige sie dir, weil ich weiß, daß du mir treu ergeben bist." Als er ihr nun Alles gezeigt hatte, führte er sie auch vor eine verschlossene Thür, und sprach: „Sieh, Maruzza, Alles was hier ist, gehört dir, und du darfst thun und lassen, was du willst. Diese Thüre aber darfst du nicht aufmachen, denn wenn ich es merke, so ermorde ich dich." Kaum war Ohimè das nächstemal verreist, so nahm Maruzza ihren Schlüsselbund, ging und machte die Thüre auf. Als sie hineintrat, sah sie einen wunderschönen Jüngling, der lag am Boden als ob er todt wäre, und in seinem Herzen stak ein Dolch. „Ach!" dachte Maruzza voll Mitleid, „armer, unglücklicher Jüngling! Darum also wollte der böse Ohimè nicht, daß ich die Thüre aufmachen solle." Da lief sie hin, und holte ein wenig von der Salbe; zog den Dolch aus dem Herzen, und bestrich die Wunde mit der Salbe, und alsbald schlug der Jüngling die Augen auf und war gesund. „Schönes Mädchen," rief er, „du hast mich erlöst; denn ich bin ein Königssohn, und der böse Ohimè hat mich hier gefangen gehalten." „Ach," antwortete sie, „was hilft es, daß ihr nun gesund seid? Bald wird Ohimè wiederkommen, und wenn er euch dann gesund und am Leben findet, wird er euch und mich umbringen. Darum müsset ihr euch wieder hinlegen, und ich will euch den Dolch ins Herz stoßen; und dann will ich sehen, was wir thun können, um den bösen Ohimè zu ermorden." Und so thaten sie denn auch; der Königssohn legte sich wieder hin, und Maruzza stieß ihm mit vielen Thränen den Dolch ins Herz. Denn sie war in heftiger Liebe zu ihm entbrannt.

Als aber Ohimè nach Hause kam, ging sie mit ihm in den Garten, und schmeichelte ihm mit vielen süßen Worten: „Sagt mir doch, lieber Herr, wenn je das Unglück wollte, daß euch einer nach dem Leben trachtete, wie müßte er es anfangen, um euch umzubringen?" „Warum frägst du mich das?" sprach Ohimè, „willst du mich vielleicht verrathen?" „Ach,

23. Die Geschichte vom Ohimè.

was denkt ihr auch! Bin ich nicht eure gehorsame, treue Maruzza? Es war nur ein Gedanke, der mir eben durch den Kopf ging." "Nun, weil du es bist, will ich es dir sagen," sprach Ohimè. "Sieh, ermorden kann man mich nicht; wenn mir aber Jemand einen Zweig von diesem Kraut in die Ohren stopft, so schlafe ich ein, und kann nicht wieder aufwachen." "Nun, nun, sagt mir nichts mehr, ich will gar nichts davon wissen," sagte Maruzza; heimlich aber bückte sie sich, brach ein Zweiglein ab, und steckte es in die Tasche. "Nun setzt euch ein wenig hin, so will ich euch lausen," sprach sie zu Ohimè, und setzte sich; er aber legte seinen Kopf in ihren Schoß, und sie lauste ihn, bis er einschlief. Dann nahm sie schnell das Kraut, und stopfte es ihm in beide Ohren, daß er in einen tiefen Schlaf verfiel. So ließ sie ihn im Garten liegen, und eilte wieder ins Haus, nahm die Salbe, und bestrich zuerst den Königssohn, daß er wieder lebendig wurde; dann lief sie auch in den Saal, wo die todten Mädchen lagen, und bestrich sie Alle mit der Salbe; zuerst ihre Schwestern, dann auch die anderen Mädchen, die der böse Ohimè nach und nach umgebracht hatte. Als sie nun Alle wieder lebendig waren, beschenkte Maruzza sie reichlich, und ließ sie in ihre Heimath zurückkehren, sie selbst aber und der Königssohn nahmen die übrigen Schätze, und gingen fort nach der Heimath des Königssohnes. Denkt euch nun die Freude des Königs und der Königin als ihr Sohn wiederkam, den sie seit so vielen Jahren für todt beweint hatten, und nun kam er wieder und brachte erst noch ein so schönes, kluges Mädchen mit. Da wurde eine prächtige Hochzeit gefeiert, und der Königssohn heirathete die schöne Maruzza, und lebte mit ihr glücklich und zufrieden.

Unterdessen lag Ohimè im Garten, und schlief, und schlief, mehrere Jahre lang. Endlich aber verfaulte das Kraut durch den Wind und Regen, und eines Tages fiel es heraus, und Ohimè fuhr aus dem Schlaf empor. "Wo bin ich?" dachte er, sprang auf und lief in das Haus. Als er aber dort nur die nackten Wände sah, gerieth er in einen großen Zorn, und rief: "Diese Nichtswürdige! Sie hat mich verrathen, nachdem ich mich so auf sie verlassen hatte! Aber warte nur, ich will mich schon an dir rächen!" Da machte er sich auf, und zog durch alle Länder, um Maruzza zu suchen, und wanderte so lange, bis er endlich eines Tages in die Stadt kam, wo Maruzza wohnte.

Als er nun durch die Straßen ging, hob er zufällig die Augen auf und sah an einem Fenster die schöne Maruzza stehen." „Ei!" dachte er „bist du hier, und lebst gar prächtig in einem königlichen Schloß? Nun warte nur, ich will dich schon kriegen." Da ging er hin, und machte eine Statue aus Silber, die war eben so groß, wie er selbst, und inwendig hohl. In das Innere aber steckte er mehre Instrumente, um Musik zu machen, rief dann einen Burschen herbei, und sprach zu ihm: „Ich mache dir ein schönes Geschenk, wenn du diese Statue auf deinen Rücken nimmst, und damit in der ganzen Stadt herumziehst, um sie für Geld sehen zu lassen. Zuletzt mußt du sie zum Könige bringen, und sie einige Tage bei ihm lassen." Der Bursche versprach Alles zu besorgen, und Ohimè schloß sich in die Statue ein. Da nahm der Bursche ihn auf den Rücken, und trug ihn in der ganzen Stadt herum, und rief mit lauter Stimme: „Ei, was habe ich für einen schönen heiligen Nikolaus, und was der für schöne Musik machen kann." Als die Leute das hörten, riefen Manche ihn herbei und baten: „Laß uns doch deinen heiligen Nikolaus einige Tage hier, daß wir uns an der schönen Musik erfreuen, wir wollen dir auch ein schönes Geschenk dafür machen." Da ließ der Bursche die Statue in den Häusern, und Ohimè spielte dann so wunderschön, daß man bald in der ganzen Stadt von nichts anderm sprach, als von der wunderbaren Statue, und Jeder sie sehen und hören wollte. So gelangte denn endlich auch das Gerücht davon zum Könige, und zu Maruzza, die sprach: „Ach, ruft mir doch auch einmal den Burschen her, ich möchte so gerne die Statue einige Tage hier behalten." Da ließ der König den Burschen aufs Schloß kommen und machte ihm ein schönes Geschenk, damit er seinen heiligen Nikolaus da lassen sollte, und ließ die Statue in sein Schlafzimmer tragen, und ergötzte sich mit Maruzza an der schönen Musik. Am Abend aber, als sie Beide zu Bette lagen, hörte Maruzza auf einmal ein leises Geräusch, und schrie laut: „Zu Hülfe!"

23. Die Geschichte vom Ohimè.

„Was gibt es?" frug der König, und alle Leute im Schloß liefen erschrocken zusammen. „Dort bei der Statue habe ich ein Geräusch gehört," sagte Maruzza; als aber die Diener die ganze Kammer durchsuchten, fanden sie nichts, und der König dachte, Maruzza habe wohl geträumt. Als alles wieder ruhig war, ließ sich dasselbe Geräusch wieder vernehmen; Maruzza schrie laut auf, die Diener liefen zusammen; sie konnten aber nichts entdecken, und der König sagte: „Maruzza, du träumst; wenn du noch einmal schreist, so soll Niemand mehr kommen." Das hörte Ohimè in der Statue, denn das hatte er ja eben gewollt; und als der König schlief, machte er leise die Statue auf und kam heraus. Maruzza schrie laut auf, aber es kam Niemand, denn Ohimè legte schnell ein Fläschchen aufs Bett, und alsbald verfielen der König und alle die Leute im Schlosse in einen tiefen Schlaf; Keiner konnte aufwachen, nur Maruzza blieb wach, und sah, wie Ohimè auf sie zutrat, und sie am Arme ergriff. „Du hast mich verrathen!" rief er, „und meinst nun, du seiest hier sicher. Jetzt aber bist du in meiner Macht, und wirst deiner Strafe nicht entgehen." Dann ging er in die Küche, machte ein großes Feuer an, und stellte einen Kessel mit Oel darüber, und als das Oel recht am Sieden war, eilte er in die Kammer zurück, ergriff die arme Maruzza, und wollte sie in die Küche schleppen, um sie in den Kessel mit siedendem Oel zu werfen. Sie weinte und schrie, aber Niemand hörte sie, denn ein tiefer Schlaf lag auf dem König und dem ganzen Schloß. Wie sie sich aber so wehrte, fiel auf einmal das Fläschchen auf den Boden, und in demselben Augenblick erwachte der König, und die Diener kamen in das Zimmer gestürzt. Maruzza aber schrie! „Zu Hülfe! zu Hülfe! der Bösewicht will mich ermorden!" Da ergriffen die Diener den bösen Ohimè, und der König erkannte ihn nun auch, und befahl, man solle ihn in denselben Kessel mit siedendem Oel werfen, in dem er die schöne Maruzza hatte umbringen wollen. Und so geschah es; der böse Ohimè wurde in das siedende Oel geworfen, und mußte elendiglich verbrennen; der König und Maruzza aber lebten noch lange reich und getröstet, und wir sind hier sitzen geblieben.

24. Von der schönen Wirthstochter.

Es war einmal eine Frau, die hielt ein Wirthshaus, in dem sie Reisende beherbergte. Sie hatte auch eine Tochter, die war so schön, daß man nichts Schöneres sehen konnte. Die Mutter aber konnte sie gar nicht leiden, eben weil sie so schön war, und hielt sie immer in einem Zimmer eingesperrt, also daß sie noch kein Mensch erblickt hatte. Nur eine Magd wußte darum, die ihr jeden Tag das Essen brachte.

Nun begab es sich eines Tages, daß der König in dem Wirthshaus übernachten wollte. Als er aber angefahren kam, brachte die Magd dem Mädchen gerade das Essen. Da sie nun eilig abgerufen wurde, vergaß sie die Thüre hinter sich zu schließen, und als die Tochter der Wirthin das bemerkte, ward sie neugierig und wollte auch einmal den König sehen. Da trat sie unter die Thüre, und als der König durch den Gang kam, zog sie sich schnell zurück. Er hatte sie aber doch gesehen und war ganz geblendet von ihrer Schönheit. „Wo ist das schöne Mädchen, das ich auf dem Gang gesehen habe?" frug er die Magd, die ihn bediente. „Ach, Herr König," antwortete sie, „das ist die Tochter der Wirthin, die ist so gut, als sie schön ist. Die Mutter aber hält sie immer eingeschlossen also daß noch Niemand sie erblickt hat." Der König war aber so entzückt von ihrer großen Schönheit, daß er sie zu seiner Gemahlin machen wollte. Weil er nun nicht bei der Mutter um sie anhalten konnte, rief er die Magd zu sich und sprach: „Ich werde einige Tage lang hier bleiben, sprich du mit ihr und frage sie, ob sie meine Gemahlin werden will." Da ging die Magd zur Tochter der Wirthin und sprach: „Denkt euch nur, Fräulein, der König will euch heirathen, und läßt euch fragen, ob ihr mit ihm fliehen wollt aus diesem Haus, wo ihr es doch so schlecht habt." „Ach," antwortete die Arme, „wie könnte ich entfliehen? Meine Mutter hält so strenge Wache!" „Dafür laßt mich nur sorgen," sprach die gute Magd, ging zum König und sagte: „Ich weiß nur ein Mittel. Ihr müßt morgen verreisen, als ob ihr nach Hause zurückkehrtet. Haltet euch aber in der Nähe auf. Das Fräulein aber muß sich krank stellen,

24. Von der schönen Wirthstochter.

dann werde ich der Wirthin sagen, das käme davon, daß sie immer eingesperrt sei. Läßt sie sie nun mit mir ausgehen, so werde ich sie zu euch bringen. Nehmt mich dann aber auch mit, denn ohne das Fräulein kann ich nicht zurückkehren." Das versprach der König und am nächsten Morgen that er, als ob er verreisen wollte. Er ging aber nur eine Strecke weit, und blieb dann in einem andern Wirthshaus, ohne sich jedoch als König zu erkennen zu geben. Nun stellte sich die Tochter der Wirthin krank, wollte nicht mehr essen, und nahm immer mehr ab. „Was hat denn nur die Dirne, daß sie krank ist?" frug die Mutter die Magd. „Das arme Kind kann ja nicht anders als krank sein." sprach die Magd, „wenn man auch immer eingesperrt ist und niemals an die Luft kommt. Laßt sie morgen mit mir in die Messe gehen; die paar Schritte werden sie wieder gesund machen." Die Wirthin gab es zu, und am nächsten Morgen ging die Magd mit der Tochter in die Messe. Kaum aber waren sie der Mutter aus den Augen, so eilten sie zum König, der hatte den Wagen schon bereit, hob das schöne Mädchen hinein, und fuhr auf und davon. Der treuen Magd aber schenkte er so viel Geld, daß sie mit ihrer ganzen Familie in ein anderes Land ziehen konnte.

Nun kam der König in sein Schloß und führte seine Braut zu seiner Mutter. „Dies ist meine liebe Braut," sprach er, „und nun wollen wir eine glänzende Hochzeit feiern." Das Mädchen war aber so schön, daß die alte Königin sie gleich von Herzen lieb gewann. Da wurde ein glänzendes Hochzeitsfest gefeiert und der König und seine junge Gemahlin lebten glücklich und zufrieden zusammen.

Als nun beinahe ein Jahr vergangen war, brach ein Krieg aus und der König mußte auch in den Krieg ziehen. Da sprach er zur alten Königin: „Liebe Mutter, ich muß nun fortziehen; euch empfehle ich meine liebe Frau an. Wenn sie nun ein Kindlein gebären wird, so laßt es mich sogleich wissen und pflegt sie wohl." Darauf umarmte er seine Mutter und seine Frau und zog von dannen.

Nicht lange, so gebar die Königin ihren ersten Sohn und die alte

Königin pflegte sie wohl und schrieb auch gleich dem König einen Brief, um ihm die Geburt seines Sohnes zu melden. Der Bote aber, der den Brief zum König hintragen sollte, mußte in dem Wirthshaus ausruhen, welches die Mutter der jungen Königin hielt. Da er nun hinkam, ließ er sich zu essen geben und während er aß, frug ihn die Wirthin, woher er komme und wohin er gehe. Da erzählte er, wie er gesandt sei, dem König die glückliche Geburt seines ersten Sohnes zu melden. Als die Wirthin das hörte, beschloß sie sich an der Tochter zu rächen, dafür daß sie entflohen war. Als nun der Bote sich ein wenig hinlegte um zu schlafen, zog sie ihm leise den Brief aus der Tasche und steckte ihm einen andern Brief hinein, darin stand, die Königin habe sich schwerer Untreue schuldig gemacht und verdiene die härteste Strafe. Diesen Brief brachte der Bote zum König.

Als nun der König ihn las, ward er über die Maßen traurig, weil er aber seine Frau so lieb hatte, so schrieb er dennoch, die alte Königin solle sie gut pflegen und Nichts thun, so lange er nicht zurück sei. Mit diesem Brief zog der Bote ab. Als er aber an das Wirthshaus kam, kehrte er wieder ein um zu essen. Da frug ihn die Wirthin, ob ihm der König eine Antwort gegeben habe. „Ja wohl," antwortete er, „der Brief ist in meiner Tasche." Als nun der Bote nach dem Essen wieder schlief, zog ihm die Wirthin leise den Brief aus der Tasche und steckte ihm einen andern hinein, darin stand, man solle der Königin die Hände abhauen, ihr das Kind auf die verstümmelten Arme binden und sie so in die weite Welt hinausstoßen.

Als die alte Königin den Brief erhielt, fing sie bitterlich an zu weinen, denn sie hatte ihre Schwiegertochter sehr lieb. Die junge Königin aber sprach mit Demuth: „Was mein Herr und Gemahl befiehlt, werde ich thun!" Da ließ sie sich die Hände abhauen, ließ sich das Kind auf den Armen festbinden, daß sie es säugen konnte, umarmte die alte Königin und wanderte weg, weit weg in einen finstern Wald hinein.

Als sie lange Zeit gewandert war, kam sie an ein Bächlein, und weil sie so müde war, setzte sie sich hin. „Ach," dachte sie, „hätte ich doch

24. Von der schönen Wirthstochter.

wenigstens meine Hände, so wäre ich nicht so hülflos. Ich würde dann meinem Kinde die Windeln waschen und es säuberlich kleiden. So aber wird mein unschuldiges Kindlein wohl bald sterben."

Während sie so sprach und weinte, stand auf einmal ein alter ehrwürdiger Mann vor ihr, der frug sie, warum sie weine. Da klagte sie ihm ihr Leid und wie sie so unschuldig so schwere Strafe dulden müsse. „Weine nicht," sagte der Alte, „und komm mit mir, du sollst es gut haben." Da führte er sie ein Stück weit in den Wald, dann schlug er mit seinem Stock in die Erde und alsbald erschien da ein Schloß, das war noch viel schöner, als das königliche Schloß, und ein Garten war dabei, wie ihn der König nicht besser hatte. Der Alte aber war der heilige Joseph und war gekommen, der armen, unschuldigen Königin beizustehen.

Nun lebte die Königin mit dem heiligen Joseph und mit ihrem Kinde in dem schönen Schloß und weil sie so gut war, ließ ihr der heilige Joseph ihre Hände wieder wachsen. Das Kind aber wurde groß und stark und wurde mit jedem Tage schöner. — Lassen wir nun die Königin und sehen wir uns nach dem König um.

Als der Krieg zu Ende war, kehrte er traurig in sein Schloß zurück, denn die Untreue seiner Frau brach ihm schier das Herz. „Wo habt ihr meine Frau hingethan?" frug er seine Mutter. „Ach, du böser Mann," antwortete weinend die alte Königin, „wie konntest du deiner unschuldigen Gemahlin so schweres Leid anthun?" „Wie!" rief er, „habt ihr mir denn nicht geschrieben, sie hätte sich schwerer Untreue schuldig gemacht?" „Ich hätte dir das geschrieben?" sagte die Königin, „ich meldete dir die glückliche Geburt deines Sohnes und du antwortetest mir, ich solle ihr die Hände abhauen lassen und sie mit ihrem Kinde in die weite Welt hinausstoßen." „Das habe ich nie geschrieben," rief der König. Da holten sie Beide ihre Briefe herbei und Beide sagten, diesen Brief hätten sie nicht geschrieben. „Ach, mein armes, unschuldiges Kind," jammerte die alte Königin, „jetzt bist du gewiß schon lange todt!" Da war große Trauer im Schloß und der König wurde so schwermüthig, daß er in eine schwere Krankheit verfiel, und als er endlich wieder genas, blieb er dennoch immer traurig.

Eines Tages nun sprach die alte Königin zu ihm: „Mein Sohn, das Wetter ist so schön, willst du nicht ein wenig auf die Jagd gehen? Vielleicht zerstreut es dich." Da bestieg der König sein Pferd und zog traurig in den Wald hinein, ohne zu jagen, und weil er so traurig war, achtete er nicht auf seinen Weg und verirrte sich bald in dem dichten Wald. Sein Gefolge aber wagte nicht, ihn anzusprechen. Als es schon fast dunkel war, wollte der König umkehren, aber Niemand wußte mehr den richtigen Weg und so geriethen sie immer tiefer in den Wald. Endlich sahen sie von weitem ein Licht brennen und da sie darauf losgingen, kamen sie endlich an das schöne Schloß, in welchem die junge Königin wohnte. Da klopften sie an, und der heilige Joseph machte ihnen die Thür auf und frug nach ihrem Begehr. „Ach, guter Alter," antwortete der König, „könnt ihr uns für diese Nacht ein Obdach geben? Wir haben uns verirrt und finden nicht mehr den Weg nach Haus." Da hieß sie der heilige Joseph eintreten, bewirthete sie und wies ihnen gute Betten an. Die Königin aber und ihr Sohn ließen sich nicht sehen.

Am nächsten Morgen, während der König frühstückte, ging der heilige Joseph zur Königin und sprach: „Der König hat hier übernachtet; jetzt ist der Augenblick gekommen, wo deine Leiden enden werden." Da zog die Königin ihren Sohn fein säuberlich an, und der heilige Joseph hieß ihn hineingehen zum König und ihm die Hand küssen und sprechen: „Guten Morgen, Papa, ich möchte auch mit euch frühstücken." Als der König nun das schöne Kind erblickte, ward er sehr gerührt und wußte doch nicht warum. Da ging die Thür auf und die junge Königin trat mit dem heiligen Joseph herein und verneigte sich vor ihm. Da erkannte der König seine liebe Gemahlin und schloß sie voll Freude in seine Arme und umarmte auch seinen kleinen Sohn. Der heilige Joseph aber trat zu ihnen und sprach: „Alle eure Leiden sind nun zu Ende. Lebt glücklich und zufrieden, und wenn ihr einen Wunsch habt, so ruft mich an, denn ich bin der heilige Joseph." Damit segnete er sie und verschwand.

Zugleich verschwand auch das Schloß und der König und die Königin mit ihrem Sohn und ihrem Gefolge standen im Wald. Vor sich aber sahen sie den Weg, der sie aus dem Walde hinaus und in ihr Schloß zurück führte. Da kamen sie zur alten Königin, die freute sich von Herzen, ihre liebe Schwiegertochter und ihren kleinen Enkel wiederzusehen. Da lebten sie glücklich und zufrieden, Alle zusammen, wir aber gehen leer aus.

25. Von dem Kinde der Mutter Gottes.

Es war einmal ein Geistlicher, der war seinen Nachbarn immer eine Quelle des Aergers, denn er ließ Niemanden in sein Haus kommen, wusch und kochte Alles selbst, und wohnte ganz allein. „Dieser Pfaffe," sagten die Leute, „da lebt er nun ganz allein und giebt Niemanden etwas zu verdienen." So sannen sie denn darauf, wie sie ihm einen Streich spielen könnten.

Nun begab es sich, daß in dem Dorf eine arme, junge Frau wohnte, der war ihr Mann vor kurzem gestorben. Die genas nun eines wunderhübschen Töchterchens und starb bei der Geburt. Da nahmen die Nachbarn das arme, kleine Kindlein und legten es am frühen Morgen auf die Schwelle des Hauses, wo der Geistliche wohnte, denn sie dachten: „Dieses kleine Kind kann er doch nicht allein versorgen, auf irgend eine Weise wird er den Nachbarn etwas zu verdienen geben müssen." Als nun der Geistliche aus seiner Thüre trat und das unschuldige Kindlein erblickte, das jämmerlich schrie, empfand er Mitleid mit ihm, hob es auf und brachte es zu einer Nachbarin, die mußte es säugen, und er gab ihr dafür jeden Monat eine gewisse Summe Geld. Als aber das Kind vier Jahre alt geworden war, nahm es der Geistliche wieder zu sich und die Nachbarn bekamen nach wie vor kein Geld mehr von ihm zu sehen. Das Kind aber schlief am Fuß einer Nische, darin stand eine Mutter Gottes *), die

---

*) Eigentlich die „schöne Mutter," la bedda madre.

wachte über das Kind, daß es gedieh und mit jedem Tage größer und schöner wurde. Das Kind aber nannte sie „Mutter" und sprach mit ihr, wie mit einer Mutter. Die Mutter Gottes lehrte das Kind lesen und nähen und stricken. Wenn nun der Geistliche nach Hause kam und das Kind an der Arbeit fand, frug er sie: „Wer hat dich das gelehrt?" Dann antwortete das Kind: „Die Mutter," und der Geistliche verwunderte sich sehr darüber.

Als das Kind nun vierzehn Jahre alt geworden war, sah es der Geistliche eines Tages an und bemerkte wie schön es geworden war, und er wurde von einer bösen Lust ergriffen. Da stieg er auf die Kanzel und sprach: „Meine Freunde, rathet mir was ich thun soll. Ich habe vor mehreren Jahren eine junge Henne gefunden. Soll ich sie nun euch verkaufen oder selbst genießen?" Da antworteten die Leute: „Da ihr sie doch einmal gefunden habt, so genießt sie selber." Als er nun nach Hause kam, sprach er zum Kinde: „Ich fürchte mich allein des Nachts, komm und schlafe diesen Abend bei mir." Das Mädchen ging hin und erzählte es der Mutter Gottes, die sprach: „Willst du denn deine arme Mutter verlassen? Bleibe doch lieber bei mir und wenn er dich ruft, so gieb ihm diesen Trank, da wird er gleich einschlafen und du kannst wieder zu mir kommen." Da gab die Mutter Gottes dem Kind einen Schlaftrunk, den reichte das Kind dem Geistlichen, als er es rief. Als nun der Geistliche fest schlief, stieg die Mutter Gottes aus ihrer Nische heraus, nahm das Kind in ihre Arme und entfloh mit ihm. In einer einsamen Gegend stand ein Häuschen, dort hielt sie an und wohnte mit dem jungen Mädchen, das wurde mit jedem Tage schöner.

Nun begab es sich eines Tages, daß der König auf die Jagd ging und dabei auch in die einsame Gegend kam. Mit einem Male sah er das wunderschöne Mädchen vor sich und fand es so schön, daß er zu ihm sprach: „Du sollst meine Gemahlin sein." Da nahm er das Mädchen auf sein Pferd und brachte es in sein Schloß und die Mutter Gottes folgte ihnen.

Als aber die Hochzeit gefeiert worden war, trat die Mutter Gottes

25. Von dem Kinde der Mutter Gottes.

zur jungen Königin und sprach: „Ich kann nun nicht länger bei dir bleiben. Wenn du aber in Noth bist, so rufe mich nur." Damit verschwand sie. Nun lebten der König und seine junge Frau glücklich miteinander und nach einem Jahr gebar die Königin zwei wunderschöne Knaben. — Doch lassen wir nun die Königin und sehen uns nach dem Geistlichen um.

Als er am Morgen erwachte und im ganzen Haus das junge Mädchen nicht mehr fand, ward er von Grimm erfüllt und schwur sich zu rächen. Da machte er sich auf und wanderte durch das ganze Land, durch jedes Dorf und durch jede Stadt, um das Mädchen zu suchen. Endlich kam er auch in die Stadt, wo die junge Königin wohnte. Da wurde gerade das große Fest der St. Agatha gefeiert, und alle Leute waren auf den Straßen oder auf den Balkonen. „Gut," dachte der Geistliche, „ich will durch alle Straßen gehen und an jedem Fenster hinaufschauen, so werde ich sie finden." Als er nun am königlichen Schloß vorbeikam, hob er seine Augen auf und sah neben dem König die junge Königin stehen und erkannte sie sogleich. Da ließ er dem König sagen, er sei ein geistlicher Herr und bitte um die Vergünstigung, dem Zug von seinem Balkon aus sehen zu dürfen. Der König nahm ihn mit großem Respekt auf und führte ihn auch zur Königin, die erkannte ihn aber nicht. Als nun der Zug vorbeiging und Alle mit der Heiligen beschäftigt waren, und selbst die Amme der Kindlein auf den Balkon getreten war, schlüpfte der Geistliche unbemerkt in das Schlafgemach, wo die beiden Kindlein in einer schönen Wiege schliefen und schnitt ihnen mit einem scharfen Messer die Kehle ab. Das blutige Messer aber steckte er unbemerkt in die Tasche der Königin. Als die Amme den Zug betrachtet hatte, eilte sie zu den Kindlein zurück. Da fand sie sie todt, in ihrem Blute schwimmend, und erhob ein großes Geschrei. Der König und die Königin kamen herbeigestürzt, und bedenket den Kummer, den sie fühlen mußten, als sie ihre Kinder in diesem Zustande sahen. „Wer hat das gethan?" rief der König außer sich vor Wuth. „Majestät," murmelte der Geistliche, „seht doch das Kleid der Königin an, es hat ja Blutflecken. Ich bin überzeugt, daß sie ein blutiges Messer in der Tasche hat." Da stürzte sich der König auf seine Frau, und fuhr ihr mit der Hand in die Tasche und fand das Messer. „Sieh," rief er, „wenn ich dich nicht ermorde, so ist es nur, weil ich dich dennoch so lieb habe, ich will dich aber nicht mehr sehen. Nimm deine beiden Kinder und verlasse augenblicklich das Schloß." Da nahm die Königin ihre beiden todten Kindlein auf den Arm und verließ weinend das Schloß.

Als sie sich nun so allein auf der Straße sah, überkam sie der Schmerz und sie schrie laut auf: „O Mutter, wo bist du nun? Hast du mich denn ganz verlassen?" In demselben Augenblick stand die Mutter Gottes neben ihr und sprach: „Weine nicht und gib mir deine Kindlein." Da benetzte die Mutter Gottes ihre Finger mit Speichel und bestrich damit die Kehlen der Kinder und alsbald wurden sie wieder lebendig und lächelten ihre Mutter an. Die Mutter Gottes nahm nun das eine Kind auf den Arm und die junge Königin das andere, und so wanderten sie miteinander weiter. Da sprach die Mutter Gottes: „Um zu leben, müssen wir irgend etwas unternehmen. Wir wollen am Wege ein Wirthshaus errichten und so unser Brod verdienen." Also richteten sie am Wege ein Wirthshaus ein, und die Königin mußte arbeiten vom Morgen bis zum Abend. Die Kinder aber wuchsen und gediehen, und wurden schöner als die Sonne und der Mond. — Lassen wir nun die Königin mit ihren Kindern und sehen wir, was aus dem König geworden ist.

Der grämte sich so über den Verlust seiner lieben Frau und seiner hübschen Kinder, daß er ganz traurig wurde und sich nicht trösten lassen wollte. Der Geistliche aber war bei ihm geblieben und begleitete ihn stets. So verflossen mehrere Jahre, da begab es sich, daß der König eine Reise machen mußte und auch den Geistlichen mitnahm.

Auf ihrer Reise kamen sie auch an dem Wirthshaus vorbei, wo die Mutter Gottes und die Königin wohnten, und weil ein hübscher Garten mit Bäumen dabei war, so sprach der König: „Hier ist so schöner Schatten, wir wollen hier ein wenig ruhen." Da traten sie in den Garten und die Königin empfing sie; er erkannte seine Frau aber nicht. Sie aber hatte ihn wohl erkannt, eilte hin und erzählte es der Mutter Gottes, die sprach: „Laß deine Kinder im Garten spielen mit den goldenen Aepfeln, die ich ihnen geschenkt habe." Als nun die Kinder in den Garten kamen und mit den goldenen Aepfeln spielten, sah sie der König an, und sein Herz war gerührt und er wußte doch selbst nicht warum. Da fing er an mit ihnen zu spielen und erfreute sich an ihrem kindlichen Gespräch. Die Mutter Gottes aber nahm heimlich die goldenen Aepfel und steckte sie in des Königs Tasche, ohne daß er es merkte.

Als nun die Kinder mit ihren Aepfeln spielen wollten, fanden sie sie nicht und fingen an zu weinen. Da sprach die Mutter Gottes: „Warum habt ihr den unschuldigen Kindern das gethan? Wir haben euch freundlich aufgenommen und zum Dank nehmt ihr ihnen die goldnen Aepfel weg." „Wie sollte ich dazu kommen, den armen Kindern etwas zu nehmen?" rief der König. „Ueberzeugt euch doch selbst, daß meine Taschen leer sind." Die Mutter Gottes aber griff in seine Tasche, und zog die goldnen Aepfel heraus.

Als nun der König da stand und kein Wort mehr sagen konnte, sprach sie: „Wie in eurer Tasche die Aepfel sich vorgefunden haben, die ihr doch nicht hineingelegt hattet, so fandet ihr einst in der Tasche eurer Gemahlin das blutige Messer, von dem sie nichts wußte." Da erkannte der König seine Frau und seine lieben Kinder, und umarmte sie voll Freuden. Die Mutter Gottes aber wies auf den Pfaffen, und sprach: „Dort steht der Mörder; bindet ihn und strafet ihn, wie sein Verbrechen es verdient." Da ließ der König den Geistlichen ergreifen, mit einem Pechhemde bekleiden und so verbrennen, und die Asche wurde in die Lüfte gestreut. Die Mutter Gottes aber segnete den König und die Königin und ihre Kinder, und verschwand. Da kehrten sie auf ihr Schloß zurück, und lebten glücklich und zufrieden.

26. Vom tapfern Königssohn.

Es war einmal ein König und eine Königin, die hatten keine Kinder und hätten doch so gerne einen Sohn oder eine Tochter gehabt. Da ließ der König einen Sterndeuter kommen, der sollte ihm wahrsagen, ob die Königin wohl ein Kind gebären würde. Der Sterndeuter antwortete: „Die Königin wird einen Sohn gebären; wenn er aber erwachsen ist, wird er euch den Kopf abschneiden." Da erschrak der König und ließ in einer einsamen Gegend einen hohen Thurm bauen ohne Fenster. Als nun die Königin einen Sohn gebar, ließ er ihn mit seiner Amme in den Thurm einsperren. Nun lebte das Kind in dem Thurm und wuchs einen Tag für zwei, und wurde immer stärker und schöner. Er kannte aber nur die Amme und hielt sie für seine Mutter.

Nun begab es sich eines Tages, daß er ein Stück Zicklein aß und darin einen spitzen Knochen fand. Den verwahrte er und fing an damit zum Spaß die Mauer aufzukratzen. Das Spiel gefiel ihm und er setzte es fort, bis er ein kleines Loch gebohrt hatte, durch das ein Sonnenstrahl in sein Zimmer fiel. Ganz verwundert grub er weiter und bald war das Loch so groß, daß er den Kopf hinausstecken konnte. Als er nun das schöne Feld mit den tausend Blumen sah und den blauen Himmel und das weite Meer, rief er seine Amme und frug sie, was denn das Alles sei. Da erzählte sie ihm von den großen Ländern, die es gebe und von den schönen Städten, also daß er eine unwiderstehliche Sehnsucht bekam, in das Weite zu ziehen und alle diese Wunder selbst zu sehen. „Liebe Mutter," sprach er, „ich halte es in dem finstern Thurm nicht mehr aus, wir wollen fort und die Welt besehen." „Ach mein Sohn," sprach die Amme, „was willst du in die weite Welt ziehen? Hier haben wir es ja gut, wir wollen lieber hier bleiben." Er bat sie aber inständigst, sie möchte doch mit ihm gehen, und weil sie ihn so lieb hatte und ihm Nichts abschlagen konnte, so gab sie denn endlich nach, schnürte ihr Bündelchen und zog mit ihm in die weite Welt. Als sie viele Tage lang gewandert waren, kamen sie eines Tages in eine ganz einsame Gegend, wo sie Nichts zu essen

26. Vom tapfern Königssohn.

fanden. Da sie nun dem Verschmachten nahe waren, sahen sie in der Ferne ein schönes Schloß stehen und gingen darauf zu, um sich etwas Speise zu erbitten.

Als sie aber an das Schloß kamen, war weit und breit kein Mensch zu sehen. Sie stiegen die Treppe hinauf und schritten durch alle Zimmer, es war aber Niemand da. In einem Zimmer war ein Tisch mit köstlichen Speisen gedeckt. „Mutter," sprach der Königssohn, „es ist ja doch Niemand hier. Wir wollen uns hinsetzen und essen." Also setzten sie sich hin und nahmen von den Speisen, dann betrachteten sie die Zimmer und alle die Reichthümer, die sie enthielten.

Auf einmal sah die Amme von Weitem eine Schaar Räuber kommen. „Ach, mein Sohn," rief sie, „das sind gewiß die Besitzer dieses Schlosses, wenn sie uns hier finden, so schlagen sie uns gewiß todt." Da nahm der Königssohn schnell eine vollkommene Rüstung, und legte sie an, nahm das beste Schwert von der Wand, wählte im Stall das beste Pferd und erwartete so bewaffnet die Ankunft der Räuber. Als diese nun näher kamen, begann er zu kämpfen und weil er so stark war, so machte er sie Alle todt, bis auf den Räuberhauptmann. „Laß mich leben," rief ihm dieser zu, „so will ich deine Mutter heirathen und du sollst mein lieber Sohn sein." Da ließ der Königssohn den Räuberhauptmann leben, und der heirathete die Amme. Er konnte es aber nicht vergessen, daß ihm der Königssohn alle seine Gefährten umgebracht hatte und da er sich vor seiner riesenmäßigen Kraft fürchtete, so sann er darauf, wie er ihn durch eine List verderben könnte. Da rief er seine Frau und sprach: „Dein Sohn ist mir zuwider und ich will ihn mir aus den Augen schaffen. Stelle dich krank und sage ihm, es könnte dich Nichts heilen als einige Citronen, so will ich ihn schon in einen Garten schicken, aus dem er nicht zurückkehren soll." Die Amme weinte bitterlich und sprach: „Wie könnte ich meinen Sohn ins Verderben bringen? Laßt ihn doch leben, er hat euch ja Nichts gethan." Der Mann aber drohte ihr: „Wenn du es nicht thust, so schlage ich euch Beiden den Kopf ab." Da mußte sie wohl gehorchen und stellte sich krank. „Liebe Mutter, was fehlt euch?" frug der Königssohn. „Sagt mir doch, ob ihr nach irgend etwas ein Gelüste habt, so will ich es euch verschaffen." „Ach, lieber Sohn," antwortete sie, „wenn ich nur ein paar Citronen hätte, so würde ich gewiß genesen." „Ich will sie euch holen, liebe Mutter!" rief der Jüngling. „Weißt du, wo du schöne Citronen findest?" sprach nun der Stiefvater. „Du mußt in den und den Garten gehen," und wies ihm einen Garten an, der lag weit weg in einer einsamen Gegend und wurde von wilden Thieren bewacht. Als nun der Königssohn hineindringen wollte, stürzten sich die Thiere auf ihn und wollten ihn zerreißen. Er aber zog sein Schwert und machte sie Alle todt. Dann pflückte er ruhig einige Citronen und kehrte wohlgemuth nach Hause zurück. Als ihn sein Stiefvater kommen sah, erschrak er sehr und frug ihn, wie es ihm ergangen sei. „O," antwortete der Jüngling, „in dem Garten war eine große Schaar wilder Thiere, ich habe sie aber Alle umgebracht."

Der Räuberhauptmann erschrak noch mehr und konnte den Königssohn immer weniger leiden. Da sprach er wieder zu seiner Frau: „Dein Sohn ist mir zuwider und ich will ihn mir aus den Augen schaffen. Stelle dich krank und bitte ihn, dir einige Orangen zu holen." „Nein, nein," sprach die Amme, „das thue ich nicht wieder. Laßt den armen Jungen doch leben." Da drohte ihr der Mann, daß sie endlich doch gehorchen mußte und sich krank stellte. „Liebe Mutter, seid ihr wieder krank?" frug sie der Königssohn. „Ihr wünscht euch gewiß irgend etwas. Sagt mir nur was, so will ich es euch holen." „Ach mein Sohn," antwortete sie, „hätte ich doch nur einige Orangen, um meinen brennenden Durst zu löschen." „Ist das Alles," rief er, „die will ich euch schon holen." Da wies ihn der Stiefvater in einen andern Garten, der war von noch wilderen Thieren bewacht, die wollten sich auf ihn werfen und ihn zerreißen. Er aber zog sein Schwert und brachte sie Alle um, dann brach er ruhig einige der schönsten Orangen ab und brachte sie seiner Mutter.

Der Räuberhauptmann erschrak über die Maßen, als er ihn kommen sah und er ihm erzählte, wie er die Thiere Alle umgebracht habe, und

26. Vom tapfern Königssohn.

weil er sich vor ihm fürchtete, so wuchs auch sein Haß und er trachtete nur, wie er ihn los werden könnte. Da befahl er wieder seiner Frau sich krank zu stellen und dann sollte sie dem Königssohne sagen, es könne ihr Nichts helfen, als ein Fläschchen vom Schweiß der Zauberin Parcemina. Die Amme weinte und wollte es durchaus nicht thun, aber ihr Mann drohte ihr und sie mußte wohl gehorchen. Da stellte sie sich krank und als der Königssohn zu ihr kam, stöhnte sie: „Ach, was bin ich so krank, was bin ich so krank." „Mutter," sprach der Jüngling, „gibt es denn Nichts, das euch Genesung verschaffen kann? Sagt es mir doch, so will ich die ganze, weite Welt durchwandern und es suchen." „Ach, mein Sohn," antwortete die Amme, „wohl gibt es ein Mittel. Hätte ich ein Fläschchen von dem Schweiß der Zauberin Parcemina, so würde ich wohl genesen." „Mutter," rief er, „ich will ausziehen und das Mittel suchen, und wenn es irgendwo in der Welt zu finden ist, so will ich es euch bringen."

Da zog er fort, und weil er den Weg nicht wußte, so wanderte er aufs Gerathewohl viele Tage lang, bis er in einen finstern Wald kam. Dort verirrte er sich und als es Abend wurde, fand er keinen Ausweg mehr. Auf einmal erblickte er in der Ferne ein Licht, und als er sich näherte, sah er eine kleine Hütte, darin wohnte ein Einsiedler. Er klopfte an und ein ganz alter Mann öffnete ihm, und frug nach seinem Begehr. „Ach, Vater," antwortete er, „ich habe mich verirrt und bitte euch nun, laßt mich die Nacht hier zubringen." „O, mein Sohn," antwortete der Alte, „wie kommst du denn in diese Wildniß zu dieser Stunde?" „Meine Mutter ist krank," erwiderte er, „und nichts kann ihr helfen, als ein Fläschchen von dem Schweiß der Zauberin Parcemina. So bin ich denn ausgezogen, es ihr zu holen." „O mein Sohn, laß ab von deinem thörichten Vorhaben," sagte der Alte. „So viele Prinzen haben es schon versucht, und Keiner ist zurückgekehrt." Der Königssohn aber ließ sich nicht überreden, und als der Morgen graute, wollte er wieder von dannen ziehen. Da gab ihm der Einsiedler eine Kastanie und ein Fläschchen, und sprach zu ihm: „Ich kann dir nicht rathen und helfen, eine

Tagereise weiter im Walde wohnt aber mein älterer Bruder; der kann dir vielleicht etwas sagen. Diese Kastanie aber verwahre wohl, sie wird dir einst nützen. Wenn es dir nun gelingt, den Schweiß zu finden, so bringe auch mir ein Fläschchen davon mit." Dann gab er ihm seinen Segen und ließ ihn ziehen.

Nachdem er den ganzen Tag gewandert war, sah er am Abend wieder in der Ferne ein Licht, und als er näher ging, sah er die Hütte, in welcher der zweite Einsiedler wohnte. Da klopfte er an, und der Einsiedler öffnete ihm, der war noch älter als der erste. Da erzählte ihm der Königssohn, warum er in dem finstern Walde umherwandere, und auf alle Weise versuchte ihn der Einsiedler von seinem Vorhaben abzubringen, aber vergebens. Am nächsten Morgen sprach nun der Einsiedler: „Ich kann dir nicht helfen; eine Tagereise tiefer im Wald wohnt aber mein Bruder, der ist noch viel älter als ich, der kann dir vielleicht rathen. Nimm diese Kastanie und verwahre sie wohl, sie wird dir einst nützen. Und wenn es dir gelingt, den Schweiß der Zauberin Parcemina zu erlangen, so bringe auch mir ein Fläschchen voll mit." Damit gab er ihm eine Kastanie, ein Fläschchen und seinen Segen und ließ ihn ziehen.

Spät am Abend kam der Königssohn wiederum zu einem Einsiedler, der war noch viel älter als seine Brüder, und hatte einen großen weißen Bart. Als er nun hörte, wohin der Jüngling gehen wolle, versuchte auch er es, ihn von seinem Vorhaben abzubringen, aber vergebens; der Königssohn wollte nicht ohne den Schweiß der Zauberin Parcemina nach Hause zurückkehren.

Als ihn nun der Einsiedler am nächsten Morgen wieder entließ, gab auch er ihm eine Kastanie und ein Fläschchen, und wies ihn an seinen vierten Bruder, der wohnte noch eine Tagereise tiefer im Wald.

Da wanderte der Königssohn wieder einen ganzen Tag in den Wald hinein, und als es Abend wurde, kam er zum vierten Einsiedler. Der wohnte nicht einmal in einer Hütte, sondern in einem Korbe, der zwischen den Zweigen eines hohen Baumes hing, und er war so steinalt, daß sein langer weißer Bart über den Korb hinaushing und fast bis an die Erde

26. Vom tapfern Königssohn.

reichte. Auch er fragte den Königssohn nach seinem Begehr, und der Jüngling erzählte ihm warum er so weit her gewandert sei. „Lagere dich unter den Baum," sprach der Einsiedler, „morgen früh will ich dir sagen, was du zu thun hast."

Am nächsten Morgen weckte der Einsiedler den Königssohn und sprach zu ihm: „Willst du denn durchaus dein Glück versuchen, so gehe mit Gott. Sieh jenen steilen Berg, den mußt du ersteigen. Auf dem Gipfel steht ein Garten mit einem Brunnen und dahinter ein wunderschönes Schloß, dessen Thüre verschlossen ist. Die Schlüssel aber liegen auf dem Rande des Brunnens. Hole sie und schließe leise die Thüre auf, steige die Treppe hinauf und schreite durch alle die Zimmer. Hüte dich aber wohl, irgend etwas anzurühren von alle den Schätzen, die da umherliegen. Im letzten Zimmer wirst du eine wunderschöne Frau finden, die auf einem Ruhebett liegt und schläft. Das ist die Zauberin Parcemina, und der Schweiß fließt in Strömen von ihrem Gesicht. Kniee neben ihr nieder, sammle mit einem Schwämmchen den Schweiß, und drücke ihn in deine Fläschchen aus. Sobald sie voll sind, so entfliehe so schnell du kannst. Sei vorsichtig und flink, und Gott sei mit dir." Damit segnete er ihn, und der Königssohn zog von dannen, dem steilen Berg zu. Je weiter er hinaufstieg, desto steiler wurde der Berg, aber er dachte an seine Mutter, und schritt muthig weiter.

Endlich gelangte er auf den Gipfel, und fand da Alles, wie der Einsiedler ihm vorhergesagt hatte. Also nahm er schnell die Schlüssel von dem Rand des Brunnens, schloß das Thor auf, stieg die Treppe hinauf und schritt eilends durch alle Zimmer. Im letzten Saal fand er die Zauberin Parcemina, die auf einem Ruhebett lag und schlief, und der Schweiß floß in Strömen von ihrem Gesicht. Da kniete er nieder, nahm das Schwämmchen, sammelte damit den Schweiß, der herniederfloß, und drückte ihn schnell in seine Fläschchen aus. Sobald sie voll waren, entfloh er so schnell er konnte. Als er nun das Thor verschloß, erwachte die Zauberin Parcemina und stieß einen durchdringenden Schrei aus, um die anderen Zauberinnen zu wecken. Aber obgleich sie erwachten, konnten sie doch dem Königssohn nichts anhaben, denn er war mit einigen großen Sätzen den Berg hinuntergesprungen. Zuerst ging er nun wieder zum ältesten Einsiedler und dankte ihm für seine Hülfe. „Höre mein Sohn," sprach der Greis, „du kehrst nun zu deinen Eltern zurück, und damit du schneller reisen kannst, gebe ich dir diesen Esel und diesen Quersack. Wenn du nun zu deinem Stiefvater kommst, so wird er in große Wuth gerathen, daß dir dein Wagestück gelungen ist, und wird dich angreifen. Laß Alles ruhig geschehen, und bitte ihn nur, wenn er dich umgebracht habe, möge er dich in den Quersack stecken, und auf den Esel laden." Nun setzte sich der Königssohn auf den Esel und ritt nach Hause; im Vorbeireiten aber überbrachte er den drei Einsiedlern ihre Fläschchen.

Als er nun in die Nähe seines Hauses kam, sah ihn der Stiefvater schon von Weitem kommen, und ein grimmiger Zorn erfüllte ihn. Drohend näherte er sich ihm, und fing an, ihm Vorwürfe zu machen, daß er zu lange ausgeblieben sei. „Vater," antwortete der Königssohn, „ich sehe es wohl, ihr könnt mich nicht leiden, und wollt euren Zorn an mir auslassen. So thut denn mit mir, was ihr wollt, erfüllet mir nur eine Bitte: wenn ich todt bin, so stecket mich in diesen Quersack und bindet mich auf meinem Esel fest, daß er mich in die weite Welt hinaustrage." Dann ergab er sich wehrlos seinem Stiefvater, der ihn im Zorn trat und stieß, endlich ihm den Kopf abschnitt, und den Körper in lauter kleine Stücke hackte. Als er aber seine Wuth gekühlt hatte, dachte er, er könnte wohl den letzten Willen des armen Jünglings erfüllen. Also steckte er alle die Stücke in den Quersack, und band ihn auf dem Esel fest. Kaum aber fühlte der Esel seine Last, so rannte er spornstreichs davon und lief ohne Aufhören, bis er zu dem alten Einsiedler kam, der ihn dem Königssohn geschenkt hatte. Der nahm die Stücke aus dem Quersack, legte sie sorgfältig zusammen, und machte den Jüngling wieder lebendig. Dann sprach er zu ihm: „Höre, mein Sohn, zu deinen Eltern kannst du nun nicht zurückkehren. Sie sind aber ohnehin nicht deine Eltern. Denn du bist ein Königssohn, und dein Vater herrscht noch in dem und dem Reich. So ziehe nun hin, und kehre zu deinen Eltern zurück." Da machte sich

26. Vom tapfern Königsjohn.

der Königsjohn auf, und wanderte, bis er in das Reich seines Vaters kam. Ehe er aber in die Stadt trat, vertauschte er seine Rüstung mit armseligen Lumpen, und band sich den Kopf in ein Tuch ein. Dann sagte er zu den Leuten, „ich habe einen bösen Grind." Da nannten ihn bald alle Leute den „Grindkopf." *).

Als er nun in die Stadt kam, sah er, daß alle Häuser festlich geschmückt waren, und viel Volks zog vor das königliche Schloß. Da frug er einen Mann auf der Straße, was denn los sei. „Heute ist ein großer Festtag," antwortete der, „denn in einer Stunde wird der König von der Spitze des Thurmes ein weißes Tuch herabflattern lassen, und auf wen das Tuch sich legen wird, der soll die Königstochter heirathen." Da erfuhr der Königsjohn erst, daß er eine Schwester habe er ließ sich aber nichts merken, sondern sagte nur: „So? da will ich auch hingehen, und sehen, ob das Tuch vielleicht auf mich herniederschweben wird." Die Leute lachten ihn aus, und riefen: „Nein, seht doch, da will der Grindkopf die schöne Königstochter heirathen;" er aber kehrte sich nicht daran, sondern mischte sich unter das Volk, und siehe da, als der König das weiße Tuch herabwarf, blieb es auf dem schmutzigen Grindkopf liegen. Da wurde er vor den König gebracht, und ob die Königstochter auch weinte, so mußte sie ihn doch zum Manne nehmen, und das Hochzeitsfest sollte am Abend gefeiert werden. Der Königsjohn aber ging zum Geistlichen und sprach: „Ehrwürdiger Herr, ihr sollt mich heut Abend mit der Königstochter trauen, sprecht aber die bindende Formel nicht aus; denn im Vertrauen will ich es euch sagen, daß sie meine Schwester ist. Verrathet mich aber nicht, denn der Augenblick ist noch nicht gekommen, wo ich mich zu erkennen geben kann."

Am Abend wurde die Hochzeit gefeiert, der Königsjohn aber blieb in seinen schmutzigen Lumpen, und wollte sich weder waschen noch sauber anziehen. Als nun das junge Paar in die Kammer geführt wurde, brummte er: „Auf einem so feinen Bett kann ich nicht schlafen; werft mir

*) Tignusu.

hier an den Boden eine Matratze hin." Da thaten sie ihm den Willen, und er schlief immer in seinem Winkel auf der Matratze.

Nun begab es sich eines Tages, daß ein Krieg ausbrach, und vor den Thoren der Stadt lagen die Feinde, und es sollte eine Schlacht geschlagen werden. Da zog der alte König auch in die Schlacht, und die Königstochter sprach zum Königssohn: „Meine Mutter und ich wollen der Schlacht von den Mauern aus zusehen; willst du mitkommen?" „Laß mich doch in Ruhe," brummte er, „es ist mir ohnehin einerlei, wer den Sieg erringt." Kaum aber waren sie fort, so biß der Königssohn eine der Kastanien auf, welche ihm die Einsiedler gegeben hatten, und fand darin eine vollständige Rüstung, wie man sie nicht schöner sehen konnte, und ein Pferd, wie es der König nicht besser hatte. Da wusch er sich, legte die Rüstung an, und stürmte hinaus in die Schlacht, wo die Truppen des Königs schon anfingen zu weichen. Doch sein Erscheinen erfüllte die Ritter mit neuem Muth und die Feinde wurden geschlagen. Als aber der König den fremden Ritter zu sich beschied, um ihm für seine Hülfe zu danken, war derselbe verschwunden; und der Königssohn saß wieder in seinem Winkel, in seine schmutzigen Lumpen gehüllt.

Am andern Tage kamen die Feinde mit neuen Kräften wieder, und der König mußte ihnen nochmals eine Schlacht liefern. Die Königstochter ging mit ihrer Mutter wieder auf die Mauer, und kaum waren sie Alle fort, so biß der Königssohn seine zweite Kastanie auf, und fand darin eine Rüstung und ein Pferd, die waren noch schöner als die vom Tage zuvor. Nun stürmte er wieder in die Schlacht und auch heute entschied erst sein Erscheinen den Sieg zu Gunsten des Königs. Nach der Schlacht verschwand er eben so spurlos wie am ersten Tage. Es hatte ihn aber eine Lanze am Bein verwundet. Am Abend nun bemerkte die Königstochter, daß der Grindkopf sein Bein verband, und frug ihn, was er da habe. „Nichts," antwortete er, „ich habe mich gestoßen." Sie erzählte es aber am andern Tage ihren Eltern, und sprach: „Sollte das nicht der unbekannte Ritter sein, der uns so treulich geholfen hat?" Der König und die Königin aber lachten sie aus.

26. Vom tapfern Königssohn.

Nun mußte der König zum drittenmal seinen Feinden eine Schlacht liefern, und als Alle fort waren, biß der Königssohn schnell die dritte Kastanie auf, und fand darin eine Rüstung und ein Pferd, die waren noch die allerschönsten. Als er in der Schlacht erschien, wurde wieder das Glück dem Könige günstig, und er schlug die Feinde so gut, daß sie nicht wiederkamen. Der fremde Ritter jedoch verschwand eben so schnell, als an den beiden ersten Tagen. Am Abend war ein großes Fest am Hofe, um die herrlichen Siege zu feiern, und die Königstochter schmückte sich auch, und sprach zum Grindkopf: „Da sind königliche Kleider für dich; willst du dich nicht schmücken und auch zum Fest kommen?" „Laß mich in Ruhe," brummte er, „was soll ich auf euren Festen?" Kaum aber war sie fort, so wusch er sich, legte die königlichen Kleider an, und trat in den erleuchteten Saal, und da war er ein so schöner Jüngling, daß ihn Alle ganz verwundert anschauten. Da trat er zum König und sprach: „Ich bin der schmutzige Grindkopf; ich bin aber auch der unbekannte Ritter, der dreimal in der Schlacht erschienen ist." Da umarmte ihn der König und dankte ihm, er aber sprach: „Ich bin auch zugleich euer Sohn, lieber Vater." Da erschrak der König und sprach: „Wie konntest du dann die Sünde begehen, deine Schwester zu heirathen?" Er aber antwortete: „Beruhigt euch, lieber Vater, ich bin mit meiner Schwester nicht verheirathet, der Pater kann es euch bezeugen." Als nun der Geistliche es bezeugt hatte, war die Freude erst recht groß, und der König und die Königin freuten sich sehr über ihren schönen Sohn. Da lebten sie glücklich und zufrieden, wir aber gehen leer aus.

27. Vom grünen Vogel.

Es war einmal ein König, der hatte ein einziges Töchterlein, das er über alle Maßen liebte. Eines Tages, als er oben auf der Terrasse mit der kleinen Maruzza spielte, ging ein Wahrsager vorbei und schüttelte den Kopf, als er die kleine Königstochter ansah. Da ward der König sehr zornig, und befahl, den Wahrsager zu ergreifen und vor ihn zu führen. „Warum hast du den Kopf geschüttelt, als du meine Tochter ansahest?" frug er ihn. „Ach, Majestät, ich habe es nur in Gedanken gethan," antwortete der Wahrsager. „Wenn du mir nicht sogleich antwortest," sprach der König, „so lasse ich dich in den tiefsten Keller*) werfen." Da mußte der arme Wahrsager wohl gehorchen, und sprach: „Wenn die Königstochter elf Jahre alt sein wird, so wird ein schweres Schicksal sie erreichen." Da ward der König tief betrübt und ließ in einer einsamen Gegend einen Thurm ohne Fenster bauen, und sperrte sein Töchterlein mit seiner Amme hinein. Er kam aber und besuchte sie oft.

Maruzza wuchs heran, und wurde mit jedem Tage größer und schöner. Sie gaben ihr aber beim Essen das Fleisch immer ohne Knochen, damit sie sich kein Leid anthun könne, und nahmen ihr auch Alles weg, womit sie sich verletzen konnte.

Als sie nun beinahe elf Jahre alt war, brachte ihr die Amme eines Tages einen Braten von einem Zicklein, in dem war ein spitzer Knochen zurückgeblieben. Als Maruzza den spitzen Knochen fand, wollte sie gerne damit spielen, und weil sie wußte, daß die Amme ihn ihr wegnehmen würde, so versteckte sie ihn hinter einer Kiste. Als sie nun allein war, nahm sie den Knochen wieder hervor, und fing an, die Mauer ein wenig aufzukratzen. Es war aber gerade eine hohle Stelle in der Mauer, so daß sie schnell ein kleines Loch gebohrt hatte; da bohrte sie immer weiter, bis das Loch so groß war, daß sie den Kopf hinausstecken konnte. Da sah sie alle die schönen Blumen und den blauen Himmel mit der Sonne, und freute sich darüber so sehr, daß sie den ganzen Tag dort hinausschaute. Wenn aber die Amme ins Zimmer kam, so zog sie einen kleinen Vorhang vor das Loch. So trieb sie es mehre Tage, an dem Tage aber, wo sie elf Jahre alt wurde, in demselben Augenblick, als sie in ihr elftes Jahr trat, rauschte es in den Lüften, und durch das Loch kam ein wunderschöner, leuchtend grüner Vogel hereingeflogen, der sprach: „Ich bin ein

---

*) Burgverließ, trabano, fr. oubliette.

27. Vom grünen Vogel.

Vogel und werde ein Mensch," und alsobald ward er in einen schönen Jüngling verwandelt. Als Maruzza ihn sah, erschrak sie heftig, und wollte anfangen zu schreien, er bat sie aber mit freundlichen Worten, und sprach: „Edles Fräulein, fürchtet euch nicht vor mir, ich will euch ja kein Leid zufügen. Ich bin ein verwunschener Prinz und muß noch manches Jahr verzaubert bleiben. Aber wenn ihr auf mich warten wollt, so sollt ihr einst meine Gemahlin werden." Mit solchen Worten beruhigte er sie; nach einer Stunde wurde er wieder zum Vogel, und verließ sie mit dem Versprechen, am andern Tage wiederzukommen. Von da an kam er jeden Tag um Mittag, und wenn es Ein Uhr schlug, so verließ er sie wieder.

Als nun ein Jahr vergangen war, dachte der König: „Nun wird auch die Gefahr für meine kleine Maruzza vorüber sein," und kam in einem schönen Wagen, und holte sie ab in sein Schloß. Als aber Maruzza in dem prächtigen Schlosse ihres Vaters wohnte, ward sie sehr traurig, denn der schöne, grüne Vogel kam nicht wieder zu ihr, und sie ward so schwermüthig, daß sie gar nicht mehr lachen konnte, und immer in ihrem Zimmer blieb. Da ließ der König im ganzen Lande verkündigen: „Wer die Königstochter zum Lachen bringen könnte, den wolle er reich beschenken. Das hörte auch ein altes Mütterchen, das auf einem Berge wohnte, und machte sich auf, um zum König zu gehen. Wie die alte Frau nun ihres Weges zog, begegnete sie einem Maulthiertreiber, der trieb sein Maulthier vor sich her, das war mit Geldsäcken beladen. „Gieb mir eine Handvoll von deinem Geld," bat sie ihn. Der Maulthiertreiber antwortete: „Hier kann ich dir nichts geben, wenn du aber mit mir kommst bis zu dem Schloß, wo ich die Säcke abliefern muß, so will ich dir einiges geben." Da ging die alte Frau mit ihm, und er führte sie in ein wunderschönes Schloß, in welchem zwölf Feen wohnten. Als sie nun die Treppe hinaufgestiegen waren, öffnete der Maulthiertreiber seine Säcke, und ließ die Münzen auf dem Boden herumrollen. Da waren es aber so viele, daß die alte Frau am bloßen Ansehen genug hatte, und weiter nicht danach verlangte. Nun ging sie durch die Zimmer, um sie zu betrachten, und sah alle die kostbaren Schätze, die da angesammelt waren. Alle die Stühle, die Tische, die Betten waren von lauterm Golde. Da kam sie in ein Zimmer wo ein gedeckter Tisch stand mit zwölf goldnen Tellern und zwölf goldnen Bechern, und dabei standen auch zwölf goldne Stühle. Da ging sie weiter, und kam in die Küche, da standen die zwölf Feen in einer Reihe, und jede hatte einen goldnen Heerd, auf dem sie in einem goldnen Kessel kochte. Als die Suppe fertig war, nahmen die Feen ihre Kessel vom Feuer und stellten sie auf den Tisch. Weil sie nun die alte Frau unbeachtet gelassen hatten, wurde sie vorwitzig und sprach: „Edle Frauen, ihr sagt mir nichts*), so werdet ihr es mir auch nicht übel nehmen, wenn ich mich selbst bediene." Da nahm sie einen goldnen Löffel, und schöpfte sich etwas Suppe. Als sie aber den Löffel zum Munde führen wollte, fuhr ihr die Suppe ins Gesicht, daß sie sich jämmerlich verbrannte. In demselben Augenblick rauschte es in den Lüften, und der grüne Vogel flog in den Saal. „Ich bin ein Vogel und werde ein Mensch!" sprach er, und wurde sogleich zum schönen Prinzen. Der jammerte aber laut und rief: „O, Maruzza, meine Maruzza, habe ich dich denn ganz verloren? Kann ich dich nirgends wiederfinden?" Die Feen umringten ihn, um ihn zu trösten, die alte Frau aber verließ leise und unbeachtet das Schloß, und dachte: „Diese Geschichte muß ich der jungen Königstochter erzählen; wenn das sie nicht zum Lachen bringt, so ist wohl alles vergeblich."

Als sie nun in das königliche Schloß kam, ließ sie sich beim Könige melden, und sagte ihm, sie sei gekommen, die Königstochter zum Lachen zu bringen. Der König führte sie hinein und ließ sie mit seiner Tochter allein. Nun begann die Alte zu erzählen, wie sie von dem Maulthiertreiber in das schöne Schloß geführt worden sei, und wie sie sich den Mund verbrannt habe, als sie die Suppe versuchen wollte. Maruzza aber fing an laut zu lachen, als sie diese Geschichte hörte. Das hörte der König

---

*) D. h. „Ihr fordert mich nicht auf, zuzugreifen." — Es gilt in Sicilien als ein arger Verstoß gegen die Höflichkeit, Jemanden nicht zum Essen aufzufordern, wenn man selbst zu Tische ist.

27. Vom grünen Vogel.

draußen, und freute sich, daß es endlich jemanden gelungen, sein liebes Kind zum Lachen zu bringen. Die Alte aber sprach: „Hört mich nun noch zu Ende, Fräulein!" und erzählte ihr von dem grünen Vogel, der ein schöner Prinz geworden war, und immer nach seiner lieben Maruzza gefragt hatte.

Da wurde Maruzza noch froher, und sprach: „Mein Vater wird dir ein schönes Geschenk machen, von mir aber sollst du eben so viel bekommen, wenn du mich morgen um dieselbe Stunde abholst, und heimlich in das Schloß der zwölf Feen führst." Die Alte versprach es, und den nächsten Tag kam sie, und führte die Königstochter über Berg und Thal, einen weiten Weg, bis sie an das Schloß der zwölf Feen kamen. Da saßen die zwölf Feen wieder vor ihren goldnen Heerden, und die Suppe war eben fertig, und wurde in den goldnen Kesseln vom Feuer genommen. „Seht einmal, Fräulein," sprach die Alte, „so wollte ich neulich die Suppe versuchen," und nahm mit einem goldnen Löffel ein wenig Suppe. Wie sie ihn aber zum Munde führen wollte, fuhr ihr die Suppe ins Gesicht. Da sprach Maruzza: „Laß es mich einmal versuchen," nahm den goldnen Löffel, und schöpfte etwas Suppe, und siehe da, sie konnte die Suppe ruhig zum Munde führen.

Mit einem Male rauschte es in den Lüften, und der grüne Vogel flog herein, und verwandelte sich in den schönen Prinzen. Als er nun anfing zu jammern: „O, Maruzza, meine Maruzza!" Da stürzte ihm die Königstochter in die Arme, und rief: „Hier bin ich!" Aber der Prinz wurde ganz traurig, und sprach: „Ach, Maruzza, was hast du gethan? Warum bist du hergekommen? Nun muß ich fort, und muß herumfliegen ohne Ruh und ohne Rast sieben Jahre, sieben Tage, sieben Stunden und sieben Minuten." „Wie?" rief die arme Maruzza, „willst du mich nun verlassen, nachdem ich deinethalben so traurig gewesen bin, und nun diesen weiten Weg gemacht habe, um dich zu sehen?" Da antwortete der Prinz: „Ich kann dir nicht helfen; wenn du mich aber erlösen willst, so will ich dir sagen, was du thun mußt." Da führte er sie auf eine Teraffe und sprach: „Wenn du sieben Jahre, sieben Tage, sieben Stunden und sieben Minuten hier auf mich wartest, dem Sturm und Sonnenschein ausgesetzt, nicht issest, nicht trinkst und nicht sprichst, so kann ich erlöst werden, und dann sollst du meine Gemahlin sein." Damit wurde er wieder ein Vogel, und flog davon. Nun saß die arme Maruzza auf der Terrasse, und als die Feen kamen, und sie baten, nun in das Schloß zu kommen, schüttelte sie nur mit dem Kopf, und blieb in einer Ecke sitzen, aß nicht und trank nicht, und es kam auch kein Wort über ihre Lippen. So blieb sie sieben Jahre, sieben Tage, sieben Stunden und sieben Minuten, im Sturm und Regen, und an der glühenden Sonnenhitze, und ihre feine weiße Haut wurde schwarz, und ihr Gesicht wurde häßlich und entstellt, und ihre zarten Glieder wurden steif.

Da nun die lange Zeit herum war, rauschte es in den Lüften, und der grüne Vogel kam geflogen, und wurde ein schöner Prinz. Da stürzte sie in seine Arme, und weinte, und rief: „Nun bist du erlöst, und nun sind auch meine Leiden zu Ende." Als er aber sah, wie häßlich sie geworden war, und wie schwarz, da mochte er sie nicht mehr, denn alle Männer sind so, und stieß sie hart von sich, und sprach: „Was willst du von mir? ich kenne dich nicht." Da weinte sie, und sprach: „Du kennst mich nicht? Habe ich nicht um deinetwillen meinen alten Vater verlassen? Bin ich nicht um deinetwillen sieben Jahre, sieben Tage, sieben Stunden und sieben Minuten hier oben geblieben, dem Regen und Sonnenschein ausgesetzt, habe nicht gegessen und nicht getrunken, und ist auch kein Wort über meine Lippen gekommen?" Er aber sprach: „Und um eines irdischen Mannes willen hast du hier oben gelegen wie ein Hund, und hast alles dies über dich ergehen lassen?" und spuckte ihr zweimal ins Gesicht, drehte ihr den Rücken und verließ sie. Da fiel die arme Maruzza zu Boden und weinte bitterlich, die Feen aber kamen und trösteten sie, und sprachen: „Habe nur guten Muth, Maruzza, du sollst noch schöner werden, als du bisher warst, und dich an dem bösen Mann rächen." Da brachten sie sie in das Schloß, und wuschen sie mit Rosenwasser viele Tage lang, bis sie wieder ganz weiß wurde, und so schön, daß sie niemand mehr erkennen konnte. Dann zog

27. Vom grünen Vogel.

Maruzza in das Land, wo der Prinz mit seiner Mutter der alten Königin wohnte, und die Feen begleiteten sie mit allen ihren Kostbarkeiten, und bauten ihr in einer Nacht ein wunderschönes Schloß, dem königlichen Schlosse gerade gegenüber.

Als der Prinz am Morgen zum Fenster hinausschaute, sah er verwundert auf den schönen Palast, der viel schöner war, als sein eignes Schloß, und während er sich noch darüber verwunderte, erschien Maruzza am Fenster gegenüber, mit prächtigen Kleidern und so schön, daß der Prinz kein Auge von ihr verwenden konnte. Er erkannte sie aber nicht, und machte eine tiefe Verbeugung, und wollte sie anreden. Maruzza aber schlug ihm heftig das Fenster vor der Nase zu. „O!" dachte er, „wer ist denn diese Dame, die sich gar besser dünkt als ich?" und rief seine Mutter herbei, um sie zu fragen. Sie wußte es aber nicht, und wen er auch fragen mochte, niemand konnte ihm Auskunft geben.

Nun stellte er sich jeden Morgen auf seinen Balkon, wenn er sie drüben an ihrem Fenster erblickte. Wenn er aber versuchte, sie zu begrüßen und anzureden, so drehte sie ihm stolz den Rücken und schlug das Fenster zu. Da ward der Prinz traurig, denn er hätte gern das schöne Mädchen zu seiner Gemahlin gemacht. „Mutter," sprach er eines Tages zur alten Königin, „thut mir den Gefallen und geht einmal zur schönen Dame, die gegenüber wohnt, und bringt ihr in meinem Namen euer schönstes Stirnband, und fragt sie, ob sie meine Gemahlin sein wolle." Da machte sich die alte Königin auf, und ging in das Schloß zur schönen Maruzza, und ein Diener trug auf einem silbernen Präsentirteller das goldne Stirnband, das glänzte von Perlen und edlen Steinen. Als nun Maruzza hörte, die Königin sei da, und wünsche mit ihr zu sprechen, eilte sie ihr entgegen, und sprach: „O, Frau Königin, warum habt ihr mich nicht zu euch rufen lassen, und habet euch zu mir bemüht? An mir war es, zu euern Füßen zu kommen." Da führte sie sie mit vielen schönen Worten in ihren besten Saal, der strahlte von Gold und Edelsteinen, und sprach: „Womit kann ich euch dienen, edle Königin?" Da antwortete die Königin: „Mein Sohn hat mich hierher gesandt, er ist in heftiger Liebe zu euch entbrannt, und bietet euch seine Hand an, und als Zeichen seiner Liebe, sendet er euch dieses köstliche Stirnband." "O, welche Ehre!" erwiderte Maruzza, "euerem Sohn gebührt die reichste, vornehmste Königin, nicht aber ein armes Mädchen, wie ich es bin. Ich bin dieser Ehre nicht würdig." Während sie aber so sprach, hatte sie das kostbare Stirnband genommen, und ganz in kleine Stücke zerpflückt, und rief nun "kur, kur, kur, kur," da kamen die zwölf Feen herein, die hatten sich in zwölf kleine Gänschen verwandelt, und schluckten begierig die Goldkörner und die edlen Steine auf. Die alte Königin aber war sprachlos vor Erstaunen und Zorn. "Frau Königin," sagte Maruzza, "was seht ihr so zornig aus? Ich pflege meine Gänschen immer mit lauterm Golde zu füttern." Dabei winkte sie einem Diener, der brachte ihr auf einem Präsentirteller den kostbarsten Schmuck, Stirnbänder und Armbänder, und sie zerpflückte Alles in tausend Stückchen und streute sie den Gänschen vor.

Also mußte die Königin gekränkt und beschämt nach Hause zurückkehren. Der Prinz aber stand wieder am Balkon und schaute nach dem schönen Mädchen aus. Als nun Maruzza die Königin bis zur Thür begleitet hatte, kehrte sie eilends zurück und trat auf ihren Balkon. Als aber der Prinz sie begrüßen wollte, wandte sie ihm den Rücken zu und schloß heftig das Fenster. Da merkte der Prinz, daß sie ihn zurückgewiesen hatte, noch ehe seine Mutter ihm ihre Antwort überbringen konnte, und ward von Herzen traurig. Er konnte es aber doch nicht lassen, sich jeden Morgen auf den Balkon zu stellen und nach der schönen Maruzza zu schauen. Sie aber wandte ihm immer stolz den Rücken zu und schloß heftig das Fenster.

Nach einiger Zeit sprach der Prinz wieder zur alten Königin: "Mutter, thut mir den Gefallen und geht noch einmal zu der schönen Dame hier gegenüber und fraget sie, ob sie meine Gemahlin werden will." "Ach, mein Sohn," antwortete die Mutter, "bedenke doch nur wie grausam sie mich beleidigt hat, ich kann doch nicht zu ihr zurückkehren." Der Prinz aber sprach: "Mutter, wenn ihr mich lieb habt, so erfüllt

27. Vom grünen Vogel.

meine Bitte und bringet ihr in meinem Namen meine Krone." Da nahm er die Krone vom Kopf und gab sie seiner Mutter, und die alte Königin ließ sich überreden der schönen Maruzza einen Besuch zu machen.

Als nun Maruzza sie kommen sah, eilte sie ihr entgegen und empfing sie mit großer Höflichkeit und als sie bei einander saßen, frug sie wieder: „Womit kann ich euch dienen, edle Königin?" Da antwortete die Königin: „Mein Sohn ist in heftiger Liebe zu euch entbrannt, und hat mich hiergeschickt, euch zu fragen, ob er nicht die Ehre haben kann, euer Gemahl zu werden. Als Zeichen seiner Liebe sendet er euch seine goldne Krone, die er von seinem Haupte genommen hat." „Ach, edle Königin," sprach Maruzza, „wie könnte ich diese Ehre annehmen? Ein so armes Mädchen, wie ich bin, kann euer Sohn nicht zu seiner Gemahlin machen." Wie sie das gesagt hatte, rief Maruzza ihren Koch und sprach: „Hier, Koch, nimm diese goldne Krone, sie paßt gerade als Reif um meinen Kessel." Als sie aber wieder sah, daß die Königin ganz entstellt wurde vor Zorn, fuhr sie fort: „Edle Königin, was entstellt ihr euch so? Ich pflege immer um meine Kessel einen goldnen Reif zu legen." Da winkte sie dem Koch, der brachte ihr eine ganze Menge Kessel, die waren alle von reinem Gold und hatten einen goldnen Reif. Da kehrte die Königin beschämt und gekränkt nach Hause zurück. Maruzza aber eilte an das Fenster, um dem Prinzen die gewohnte Beleidigung zuzufügen.

Nun wurde der Prinz vor Zorn und Kummer krank und lag einen ganzen Monat schwer krank darnieder. Kaum war er besser, so schlich er auch gleich zu seinem Balkon und als er Maruzza gegenüber stehen sah, versuchte er es wieder sie zu begrüßen. Sie aber drehte ihm den Rücken, schlug ihm das Fenster von der Nase zu. Da sprach der Prinz zu seiner Mutter: „Mutter, wenn ihr mich lieb habt, so geht noch einmal zu der schönen Dame, und fraget sie, ob sie meine Gemahlin werden will." Die Königin wollte nicht, er bat aber so lange, bis sie „ja" sagte. Da nahm er seine schwere, goldne Kette vom Hals und gab sie seiner Mutter, sie solle sie der schönen Dame bringen. Die Königin wurde von Maruzza wieder mit aller Höflichkeit empfangen und Maruzza frug

27. Vom grünen Vogel.

sie: „Womit kann ich euch dienen, edle Königin?" Da sagte ihr die Königin wieder, der Prinz wolle sie zu seiner Gemahlin und schickte ihr seine goldne Kette. Maruzza aber erklärte wieder, sie sei zu arm und niedrig für den Prinzen. Dann winkte sie ihrem Diener, gab ihm die Kette und sprach: „Lege sie dem Hund an." Als nun die Königin wieder sprachlos da stand über diese neue Beleidigung, sprach Maruzza: „Frau Königin, was seid ihr so erzürnt? Meine Hunde haben immer Ketten von lauterem Golde." Da winkte sie ihrem Diener, der brachte ihr auf einem Präsentirteller eine Menge Hundeketten, die waren Alle von schwerem Gold und dick und lang. Die Königin mußte wieder unverrichteter Sache nach Hause zurückkehren. Maruzza aber eilte auf den Balkon und als sie den Prinzen sah, der mit traurigem Gesicht nach ihr ausschaute, drehte sie ihm den Rücken und schloß das Fenster.

Da wurde der Prinz so krank, daß alle Leute glaubten er müsse sterben; aber als er nach langer Zeit wieder etwas besser war, sprach er gleich zu seiner Mutter: „Mutter, ich bitte euch, geht noch einmal zur schönen Dame und fleht sie an, doch meine Gemahlin zu werden und saget ihr, daß wenn sie mich zurückweist und noch einmal das Fenster so verächtlich zuschlägt, so werde ich vor ihren Augen todt niedersinken." Die Königin wollte durchaus nicht gehen, da sie aber sah, wie schwach und krank ihr Sohn war, ging sie dennoch zur schönen Maruzza. Da wurde sie freundlich empfangen und sprach: „Edles Fräulein, ich komme mit einer Bitte zu euch, die ihr mir nicht abschlagen müßt. Mein Sohn ist mehr denn je in Liebe für euch entbrannt und fleht euch an, daß ihr seine Gemahlin werden wollet. Wenn ihr ihn aber zurückweiset und ihm das Fenster vor der Nase zuschlaget, so wird er vor euren Augen todt niedersinken, denn ohne euch kann er nicht leben." Da antwortete Maruzza: „Saget eurem Sohn: wenn er aus Liebe zu mir sich entschließet, in einem Sarge, unter dem Geläute der Todtenglocken, begleitet von den Priestern, die Grabgesänge singen, aus seinem Hause sich in das meinige tragen zu lassen, so wird uns hier der Geistliche erwarten, der uns trauen soll."

Mit dieser Antwort kehrte die Königin zu ihrem Sohn zurück, der ließ gleich einen schönen Sarg herrichten und legte sich hinein. Da wurden in der ganzen Stadt die Todtenglocken geläutet, und der Prinz ward in dem Sarge aus seinem Schloß herausgetragen und die Priester begleiteten ihn mit brennenden Kerzen und sangen Grabgesänge. Maruzza aber stand königlich geschmückt auf ihrem Balkon und betrachtete stolz den traurigen Zug.

Als aber der Sarg unter ihrem Fenster angekommen war, beugte sie sich heraus und rief mit lauter Stimme: "Und aus Liebe zu einem irdischen Weib hast du dich dazu hergegeben, bei lebendigem Leib als Todter im Sarge zu liegen?" und spuckte ihm zweimal ins Gesicht. Da erkannte er sie und rief laut: "Maruzza, meine Maruzza." Als er aber so rief, da eilte sie zu ihm hinunter und sprach: "Ja, ich bin deine Maruzza, den Kummer, den du mir zugefügt hast, habe ich dich auch fühlen lassen wollen; doch nun ist Alles gut, und der Geistliche, der uns trauen soll, wartet schon." Da wurde ein glänzendes Hochzeitsfest gefeiert und der Prinz wurde König und Maruzza wurde Königin.

28. Von der Tochter der Sonne.

Es waren einmal ein König und eine Königin, die hatten keine Kinder, und hätten doch so gerne ein Söhnchen oder ein Töchterchen gehabt. Da ließ der König einen Wahrsager kommen, der mußte ihm wahrsagen, ob sie Kinder bekommen würden. Der Wahrsager antwortete: "Die Königin wird eine Tochter gebären, die wird in ihrem vierzehnten Jahre durch die Sonne guter Hoffnung werden. Als der König das hörte, erschrak er, und sprach zum Wahrsager: "Wenn du mir richtig prophezeit hast, so will ich dich reich beschenken." Nicht lange, so merkte die Königin, daß sie Aussicht habe ein Kind zu bekommen. Da dachte der König: "Der Wahrsager hat richtig prophezeit, denn hat das Eine

28. Von der Tochter der Sonne.

sich erfüllt, so wird das Andere auch in Erfüllung gehen." Er beschenkte also den Wahrsager reichlich nach seinem Versprechen, und ließ in einer einsamen Gegend einen Thurm bauen, ohne Fenster, daß auch kein Sonnenstrahl hineindringen konnte.

Als nun die Königin ein schönes Töchterchen gebar, ließ er es mit der Amme in den Thurm sperren, und da wuchs das Kind auf, gedieh, und wurde mit jedem Tage schöner. Da es nun beinah vierzehn Jahr alt geworden war, schickten ihm eines Tages die Eltern einen Zicklein-Braten, und da die Königstochter den aß, fand sie darin einen spitzen Knochen. Den nahm sie und fing an zum Zeitvertreib die Mauer abzukratzen, und da ein kleines Löchlein entstand, grub sie immer weiter. Auf einmal fiel ein Sonnenstrahl in das Gemach und auf sie, und da sie gerade in ihrem vierzehnten Jahre war, so erfüllte sich auch alsbald die Prophezeiung des Wahrsagers. Die Amme konnte sich nicht genug darüber verwundern, und als eines Tages der König zum Besuch kam, so erzählte sie ihm mit Furcht und Zittern, was mit der Königstochter vorgefallen sei. Der König aber sprach: „Es war ihr Schicksal und sie konnte ihm nicht entgehen."

Als nun ihre Stunde kam, gebar die Königstochter ein Töchterchen, das war so schön, so schön, daß man nichts schöneres sehen konnte; wie konnte es auch anders sein, da es die Tochter der Sonne war. Da wickelten sie das Kind in Windeln, und setzten es in dem Garten aus, der neben dem Thurm war; seine Tochter aber nahm der König auf sein Schloß. Da lag nun das arme Kindlein im Garten, und wäre gewiß bald verschmachtet.

Es begab sich aber glücklicherweise, daß der Königssohn eines benachbarten Landes eben an dem Tage auf die Jagd gegangen war, und dabei in diese einsame Gegend gerieth. Da er nun an dem Garten vorbeikam, schaute er hinein, und sah, daß wunderschöner Lattich darin wuchs, und bekam Lust ein wenig davon zu nehmen. Also ging er in den Garten hinein, aber als er an den Lattich kam, sah er ein wunderschönes Kind dazwischen liegen. Da nahm er es mitleidig auf, und rief

28. Von der Tochter der Sonne.

sein Gefolge herbei, und sprach zu ihnen: „Seht doch dieses wunderschöne Kind. O die niederträchtige Mutter, die es hat dahin werfen können!" Da nahm er es in seine Arme, und brachte es zu seiner Mutter in das königliche Schloß, und bat sie, es aufziehen zu lassen, und weil es im Lattich gelegen hatte, so nannte er es Lattughina.

Lattughina wurde mit jedem Tage schöner, und war bald so schön, daß ihr niemand gram sein konnte; als sie aber älter wurde, entbrannte der Königssohn in heftiger Liebe zu ihr, und wollte sie gerne zu seiner Gemahlin haben. Da frug er sie: „Lattughina, wessen Kind bist du eigentlich?" Lattughina antwortete:

„Ich bin die Tochter von Hund und Katze,
Wenn du mich nicht willst, so stirb und zerplatze." *)

„Willst du mich denn heirathen?" frug er weiter. „Nein," antwortete Lattughina. „Aber warum nicht?" „Weil ich nicht will." Da ging der Königssohn betrübt zu seiner Mutter, und klagte: „Ach, liebe Mutter, ich habe die Lattughina gefragt, ob sie meine Gemahlin werden will, und sie hat mir mit nein geantwortet. Wenn ich sie aber frage, wessen Kind sie denn sei, so antwortet sie mir immer: Ich bin die Tochter von Hund und Katze, und wenn du mich nicht willst, so stirb und zerplatze." „Was kann ich denn dafür, mein Sohn," antwortete die Mutter, „warte noch ein wenig und frage sie zum zweitenmal." Das that der Königssohn, aber Lattughina antwortete immer kurzweg: „Nein." „So sage mir doch wenigstens, wessen Kind du bist," bat der Königssohn. „Ich bin die Tochter von Hund und Katze, und wenn du mich nicht willst, so stirb und zerplatze." **)

Da nun die Königin sah, daß ihr Sohn ganz krank wurde aus Liebe zu der schönen Lattughina, so sprach sie: „Das Mädchen muß mir aus dem Haus, sonst hat mein Sohn keine Ruhe mehr." Also ließ sie dem königlichen Palast gegenüber ein schönes Haus bauen, darin mußte

---

*) »Sugnu figghia di cani e di jatta,
   Si non mi voi, mori e scatta.«
**) D. h. so stirb meinetwegen, es ist mir gleich.

Lattughina wohnen. Der Königssohn kam aber dennoch immer zu ihr, und frug sie: „Lattughina, willst du mich zu deinem Gemahl?" Sie aber antwortete immer: „Nein," und der Königssohn ging traurig zu seiner Mutter, und klagte ihr sein Leid. Endlich verlor die Königin die Geduld und rief: „Wenn sie dich nicht will, so laß sie doch laufen; es gibt noch andre hübsche Mädchen in der Welt." Da schickte sie an alle Höfe und Fürstenhäuser, und ließ Bilder kommen von den schönsten Königstöchtern, aber so viele sie auch dem Königssohn zeigen mochte, es wollte ihm keine gefallen.

Endlich, weil er sah daß seine Mutter ganz traurig war, und weil ihn Lattughina doch nicht haben wollte, wählte er eine schöne Königstochter, und sprach: „Lasset diese kommen, so will ich sie heirathen." Also wurde eine glänzende Hochzeit veranstaltet, und die Königstochter kam an den Hof, und wurde mit dem Königssohn getraut. Da sie nun aus der Kirche kamen, sah die junge Braut, daß der Königssohn verstimmt war, und gar nicht vergnügt aussah. „Was fehlt euch?" frug sie ihn. „Ach," antwortete er, „ich habe eine Schwester, die ist schöner als die Sonne. Ich habe mich aber mit ihr überworfen, und deßhalb hat sie nicht bei meiner Hochzeit erscheinen wollen, und das betrübt mich." „O wenn es weiter nichts ist," sprach die Braut, „so gebt euch zufrieden, Morgen schicken wir ihr einen großen Teller voll Süßigkeiten, so wird diese Artigkeit sie wieder versöhnen." Das thaten sie denn auch, und schickten am nächsten Morgen einen Bedienten zur schönen Lattughina, mit einem großen Präsentirteller voll Süßigkeiten.*) „Wartet einen Augenblick," antwortete Lattughina, „und kommet mit in die Küche." In der Küche aber fing sie an zu rufen: „Feuer, zünde dich an," und alsobald brannte ein helles Feuer auf dem Heerd. „Pfanne, komm herbei," und eine goldne Pfanne kam, und stellte sich von selbst auf das Feuer; „Oel, komm herbei," und auch das Oel kam und goß sich von selbst in

---

*) Bei der Hochzeit schickt man allen Verwandten einen Präsentirteller voll Süßigkeiten; das Unterlassen dieser Höflichkeit wird sehr übel genommen. Den Hauptbestandtheil bilden immer kandirte Zimmtstengelchen, canellini.

28. Von der Tochter der Sonne.

die Pfanne. Als es nun recht heiß aufbrodelte, legte Lattughina ihre schönen, weißen Hände in die Pfanne, und hielt sie ein wenig darinnen, und als sie sie wieder herausnahm, lagen da zwei schöne goldne Fische, ihre Hände aber waren ganz unversehrt. Da legte sie die Fische auf den Präsentirteller, gab sie dem Diener und sprach: „Bringet diese Fische dem Königssohn, und saget ihm, er möge sie annehmen, seiner Schwester Lattughina zu Liebe." Der Diener kam in das Schloß zurück, sprachlos vor Erstaunen, und mit offnem Munde. „Nun, was ist denn geschehen?" frug der Königssohn. „Ach, Majestät, was habe ich gesehen!" und erzählte, wie Lattughina die goldnen Fische bereitet habe. „Ach, ist das Alles?" rief die junge Königin, „das kann ich auch." „Nun, wenn du es kannst, so führe es auch aus," antwortete ihr Mann. Da ging sie in die Küche, und rief: „Feuer, zünde dich an!" aber es entzündete sich kein Feuer auf dem Heerd. „Es will mir heute nicht folgen," sprach sie, und rief dem Koch zu: „Nun, zünde du mir das Feuer an." Als nun das Feuer brannte, rief sie die Pfanne, aber die Pfanne kam nicht. „Sie sind heute alle eigensinnig," meinte die junge Königin, „reiche mir einmal die Pfanne her." Eben so erging es mit dem Oel, ob sie es gleich rief, wollte es doch nicht kommen, und der Koch mußte es in die Pfanne gießen. Als es nun recht brodelte, wollte sie auch ihre Hände hinein stecken, aber sie verbrannte sich so jämmerlich, daß sie daran starb. Da ging der Königssohn zu Lattughina und sprach zu ihr: „Lattughina, warum hast du meine Frau ermordet?" „Was habe ich ihr denn gethan?" frug Lattughina. „Sie hat gehört, wie du die schönen goldnen Fische bereitet hast." antwortete der Königssohn, „und wollte es auch so machen; sie hat sich aber so verbrannt, daß sie gestorben ist. „Wer heißt sie denn etwas versuchen, was sie nicht kann?" sprach Lattughina, „ich habe ihr nichts gesagt." „Ach, Lattughina," bat er, „willst du mich nun zu deinem Gemahl haben?" „Nein," antwortete sie. „So sage mir wenigstens, wessen Kind du bist." „Ich bin die Tochter von Hund und Katze, wenn du mich nicht willst, so stirb und zerplatze." Eine andere Antwort wollte sie ihm nicht geben, und er kehrte wieder betrübt zu seiner Mutter zurück, und klagte ihr sein Leid. „Wenn sie dich nicht will, so laß sie laufen," sprach die Königin, und redete ihm so lange zu, bis er sich wieder eine Braut auswählte, und Hochzeit mit ihr hielt.

Als sie nun aus der Kirche kamen, war der Königssohn wieder so verstimmt, und die Braut frug ihn, was ihm fehle. „Ich habe eine Schwester Lattughina," sprach er, „die ist schöner als die Sonne, und ich habe mich mit ihr gestritten, darum hat sie nicht zu meiner Hochzeit kommen wollen, und das betrübt mich. „O," antwortete die Braut, „morgen wollen wir ihr einen Teller voll Süßigkeiten und Canellini schicken, das wird sie schon versöhnen." Den nächsten Morgen also schickten sie wieder einen Diener zu Lattughina, mit einem Teller voll Süßigkeiten. Lattughina aber hieß den Diener in die Küche kommen und dort warten, und sprach: „Feuer, zünde dich an, und heize den Ofen." Alsobald brannte ein helles Feuer im Ofen, und als er ganz heiß war, kroch sie hinein, und blieb ein wenig drinnen. Als sie aber wieder heraus kam, war sie noch viel schöner geworden, und da sie ihre schönen Flechten aufmachte, fielen Perlen und Edelsteine auf den Boden. Damit füllte sie den Präsentirteller, und hieß den Diener ihn zum Königssohn tragen: „Er möge diese Perlen annehmen, seiner Schwester Lattughina zur Liebe." Der Diener kam wieder mit offnem Mund in das Schloß. „Nun, wie ist es heute ergangen?" sprach der Königssohn.

Als aber der Diener erzählte, was Lattughina gethan habe, rief die junge Braut: „O, das ist gar nichts, das kann ich auch." „Wenn du es kannst, so zeige uns deine Kunst," sprach der Königssohn. Da ging sie in die Küche und rief: „Feuer, zünde dich an, und heize mir den Ofen." Aber es entzündete sich kein Feuer. „Wie eigensinnig das Feuer heute ist," sprach sie, „Koch, heize du mir den Ofen." Als nun der Ofen ordentlich durchgeheizt war, kroch sie hinein, aber sie verbrannte sich jämmerlich, und als sie sie herauszogen, war sie todt. Da ging der Königssohn zu Lattughina, und klagte sie an, daß sie ihm seine Frauen tödte, indem sie diese Künste ausübe, die die andern nachmachen wollten. Lattughina aber antwortete: „Ich habe es ihnen nicht gesagt; sie sind

28. Von der Tochter der Sonne.

selbst schuld daran, wenn sie etwas nachmachen wollen, was sie nicht können." „Ach, Lattughina," bat der Königssohn, „willst du mich denn nun noch immer nicht zu deinem Gemahl?" „Nein," antwortete sie. „So sage mir doch wenigstens, wessen Kind du bist!" „Ich bin die Tochter von Hund und Katze, wenn du mich nicht willst, so stirb und zerplatze." So gab sie ihm immer dieselbe Antwort, und der Königssohn ging traurig zu seiner Mutter und klagte ihr sein Leid. Da beredete ihn die alte Königin, daß er sich wieder eine Braut auswähle, und ließ eine schöne Königstochter kommen, mit der wurde er getraut.

Da sie nun aus der Kirche kamen, sah die Braut, daß er ein trauriges Gesicht machte, und frug ihn, was ihm fehle. Da antwortete er wieder, er habe sich mit seiner Schwester gezankt, also daß sie nicht habe zur Hochzeit kommen wollen. „Laß es gut sein," sagte die Braut, „morgen schicken wir ihr einen großen Teller voll Süßigkeiten, das wird sie versöhnen."

Das thaten sie denn auch, und als der Diener zu Lattughina kam, saß sie auf dem Balkon und wärmte sich an den Sonnenstrahlen. „Wartet nur einen Augenblick," sprach sie, und blieb ruhig sitzen. Als die Sonne nun nicht mehr in das Zimmer schien, sondern nur auf das eiserne Geländer des Balkons, setzte sie ihren Stuhl dort hinauf, und setzte sich drauf, und siehe da, der Stuhl blieb ruhig stehen. Und als die Sonne hinter dem Dach verschwand, setzte sie sich mit ihrem Stuhl gar auf das Ziegeldach hinauf. Der Diener lief ganz entsetzt in das Schloß zurück, und erzählte, was er gesehen habe. „Ach, das kann ich auch," rief die Braut. „So laß uns einmal sehen," sprach ihr Mann. Da sie aber den Stuhl auf das Ballongeländer stellte und sich darauf setzen wollte, fiel sie hinunter und brach den Hals.

Nun ging der Königssohn wieder zur Lattughina, aber so viel er sie auch bitten mochte, ihn zum Gemahl zu nehmen, oder ihm wenigstens zu sagen, wessen Kind sie sei, so hatte sie doch nur immer dieselbe Antwort für ihn. Da ging er traurig zu seiner Mutter, und sprach: „Lattughina will mich nicht heirathen, und eine Andre kann ich doch nicht mehr verlangen, sonst heißen sie mich den Frauenmörder*). Was soll ich thun?" „Ja, mein Sohn," antwortete die Königin, „nun kann ich dir nicht mehr helfen. Nun mußt du herauskriegen, wessen Kind Lattughina ist, dann wird sie dich vielleicht heirathen." Also dachte der Königssohn immer darüber nach, wessen Kind Lattughina wohl sein möchte, und konnte es nicht herausbringen.

Als er nun eines Tages so übers Feld ging, und ganz betrübt seinen Gedanken nachhing, begegnete ihm ein altes Mütterchen, das frug ihn: „Sage mir doch, schöner Jüngling, warum bist du so traurig?" Anfangs wollte er es ihr nicht sagen, endlich aber ließ er sich bewegen, und klagte der Alten sein Leid. Die antwortete „Ich kann dir nur einen Rath geben. Gehe hin zu Lattughina, und sage ihr, du wärest krank, sie möge dir einen kühlenden Trank bereiten. Wenn sie nun ihre Geräthschaften herbeiruft, so nimm ihren goldnen Mörser und halte ihn ganz fest, ohne daß sie es merkt, so wird sie sich vielleicht in ihrem Unmuth verrathen. Dieser Rath gefiel dem Königssohn gar wohl, und er machte sich auf den Weg zu Lattughina.

„Ach, Lattughina," sagte er, „ich bin so unwohl, bereite mir doch einen kühlenden Trank." „Das will ich gern thun," sprach sie, und fing an zu rufen: „Glas, komm herbei; Zucker, komm herbei; Citronen, kommt herbei;" und alles was sie rief, kam von selbst herbei. Der Königssohn aber hatte auf dem Tisch den goldnen Mörser stehen sehen, den nahm er geschwind, ohne daß Lattughina es merkte, und steckte ihn fest zwischen seine Knie. Der Zucker aber war in gar so großen Stücken, deßhalb rief Lattughina: „Mörser, komm herbei!" Der Mörser aber konnte nicht kommen, denn der Königssohn hielt ihn fest. Da sie nun mehremale den Mörser vergeblich gerufen hatte, verlor sie endlich die Geduld, und rief: „Bin ich doch Tochter der Sonne, und so ein elender Mörser will mir nicht gehorchen!" Der Königssohn aber sprang auf, und rief: „Und bist du denn Tochter der Sonne, so sollst du auch meine

---

*) **Ammazza-mugghieri.**

Gemahlin sein." Da sie aber merkte, daß er es herausgebracht hatte, wessen Kind sie sei, sprach sie mit Freuden: „Ja, ich will deine Gemahlin sein." Also wurde ein schönes Hochzeitsfest gefeiert, und Lattughina lud auch ihre Mutter und ihre Großeltern dazu ein, und es war große Freude im ganzen Land. Da blieben sie reich und getröstet, wir aber sind hier sitzen geblieben.

29. Von der schönen Cardia.

Es war einmal ein König, der hatte drei schöne Töchter und einen Sohn. Da er nun fühlte, daß er sterben mußte, rief er seinen Sohn und sprach: „Mein Sohn, ich muß nun sterben und du wirst König sein. Ich empfehle dir deine drei Schwestern, sorge für sie und höre was ich dir zu sagen habe. Auf der Terrasse steht ein Nelkenstrauch, der wird drei Knospen treiben. Wenn die erste Knospe sich öffnet, so gib wohl Acht; den ersten Mann der vorbeigeht, mußt du deiner ältesten Schwester zum Mann geben. Eben so mußt du es bei der zweiten und dritten Knospe thun, um deine jüngeren Schwestern auch zu verheirathen." Der Vater starb und sein Sohn wurde König.

Jeden Morgen ging er auf die Terrasse und betrachtete den Nelkenstrauch. Nicht lange, so trieb der Strauch drei Knospen, die wurden immer größer, und eines schönen Morgens war die erste Knospe zu einer schönen Nelke erblüht. Da pflückte der junge König die Nelke ab und beugte sich über die Terrasse. In demselben Augenblick ging ein schöner, vornehmer Mann vorbei, dem rief er zu: „Mein Herr, nehmet diese Nelke von mir an und erweiset mir die Ehre in mein Schloß heraufzusteigen." Als nun der junge Mann ins Schloß kam, frug er ihn, wer er sei. „Ich bin der König der Raben," antwortete der Fremde. Da trug ihm der junge König seine älteste Schwester zur Gemahlin an und der König der Raben war es zufrieden, und es ward eine schöne Hochzeit gefeiert. Dann nahm der König der Raben seine junge Gemahlin, wanderte mit ihr fort und der König hörte Nichts mehr von seiner Schwester.

Nach einigen Tagen öffnete sich auch die zweite Nelke, und der König pflückte sie und beugte sich über die Terrasse. Eben ging ein junger, schöner Mann vorbei, dem reichte er die Nelke und bat ihn auch in das Schloß zu kommen. Da er ihn nun frug, wer er sei, antwortete der junge Mann: „Ich bin der König der wilden Thiere." Da gab der König ihm die zweite Schwester zur Frau und nach der Hochzeit gingen der König der wilden Thiere und seine Gemahlin fort.

Nun war der König allein mit seiner jüngsten Schwester und wurde sehr traurig, wenn er die Knospe ansah, die nun bald aufblühen sollte, denn er hatte seine Schwester sehr lieb und trennte sich ungern von ihr. Aber er konnte doch nicht gegen den letzten Willen seines Vaters handeln, und als er eines Morgens eine schöne, blühende Nelke am Strauch fand, so pflückte er sie, bot sie einem schönen, vornehmen Mann, der eben vorbeiging, und bat ihn, in sein Schloß zu kommen. Als er ihn frug, wer er sei, antwortete der Fremde: „Ich bin der König der Vögel." Da gab ihm der König seine jüngste Schwester zur Frau und nach der Hochzeit mußte auch sie mit ihrem Mann fortziehen.

Als nun der König ganz allein geblieben war, ward er ganz traurig und dachte nur immer an seine Schwestern. Eines Tages begab es sich aber, daß er traurig auf dem Felde herumirrte. Da begegnete ihm ein altes Mütterchen, das frug ihn, warum er denn so traurig sei. „Ach, laß mich in Ruhe, Alte," antwortete er, „ist es nicht genug, daß ich so tief betrübt bin, muß ich dir noch den Grund erzählen?" Die Alte aber verfolgte ihn mit ihren Bitten und Fragen, bis er endlich ganz erzürnt sie unsanft von sich stieß, daß sie zu Boden fiel. Da gerieth das alte Mütterchen in einen großen Zorn und rief: „So mögest du denn wandern, ohne Ruh und ohne Rast, bis du Cardia*), meine Seele, hilf mir, gefunden hast." Da wurde der König noch trauriger als er bis dahin

---

*) Cardia, anima mia, dammi riparu.

29. Von der schönen Cardia.

gewesen war, und eine große Sehnsucht erwachte in ihm, diese Cardia zu finden, und endlich konnte er es nicht mehr aushalten und begab sich auf die Wanderschaft, um Cardia zu suchen.

Da wanderte er viele, viele Tage lang, immer gerade aus, aber Niemand konnte ihm sagen, wo Cardia zu finden sei. Endlich kam er in einen finstern Wald, und als er ein wenig darin herumgeirrt war, sah er von ferne ein hübsches Haus stehen. Am Fenster aber stand eine Frau und als er näher kam, sah er, daß es seine älteste Schwester war. Sie erkannte ihn auch und lief eilends zu ihm herunter und umarmte ihn voll Freuden. „Mein lieber Bruder," sprach sie, „wie kommst du in diese Wildniß? Ach, wenn nur mein Mann dich nicht sieht!" „Würde denn dein Mann mir etwas zu Leide thun?" frug der König. „Ach," antwortete sie, „wenn er nach Hause kommt, will er jeden Unbekannten, der ihm in den Weg kommt, zerreißen, wenn er sich aber beruhigt hat, so ist er gut und freundlich gegen Alle!" Da versteckte die Schwester ihren Bruder im Keller, und als ihr Mann nach Hause kam, sprach er: „Es ist mir, als ob dein Bruder hier wäre; wenn er sich hier sehen läßt, so werde ich ihn zerreißen." Da redete sie es ihm aus, und als er sich beruhigt hatte, sprach sie: „Was würdest du nun meinem Bruder thun, wenn du ihn sähest?" „Ich würde ihn umarmen und herzlich willkommen heißen." Da rief sie ganz erfreut ihren Bruder und der König der Raben umarmte ihn und frug, warum er so allein umherirre. Da erzählte ihm der König, wie er ausgezogen sei, die Cardia zu suchen, und der König der Raben schenkte ihm eine Mandel und sprach: „Verwahr sie wohl, sie wird dir nützen."

Da wanderte er weiter und nach einigen Tagen kam er wieder an ein hübsches Haus, darin wohnte seine zweite Schwester, die freute sich sehr ihn zu sehen. Sie bat ihn aber, sich zu verstecken, „denn wenn mein Mann dich hier fände, würde er dich zerreißen. Wenn er aber sich beruhigt hat, so will ich dich rufen." Da versteckte sie ihn im Keller, und als ihr Mann kam und frug, ob ihr Bruder nicht dagewesen sei, redete sie es ihm aus. Als er sich aber besänftigt hatte, rief sie ihren Bruder

29. Von der schönen Carbia.

herauf und der König der wilden Thiere umarmte ihn und hieß ihn herzlich willkommen. Da er nun hörte, daß der junge König ausgezogen sei, die schöne Carbia zu suchen, schenkte er ihm eine Kastanie und sprach: „Verwahre sie wohl, sie wird dir nützen."

Da wanderte der König wieder mehrere Tage und endlich kam er an ein Haus, darin wohnte seine jüngste Schwester, die umarmte ihn mit großer Freude. Es ging ihm aber nicht besser, als bei den andern Schwestern; er mußte sich verstecken, um den Zorn des Königs der Vögel nicht zu reizen. Als sich aber ihr Mann beruhigt hatte, rief die Schwester ihren Bruder und der König der Vögel empfing ihn mit großer Freude. Da er nun hörte, warum der König sein Reich verlassen habe, schenkte er ihm eine Nuß und sprach: „Verwahre sie wohl, sie wird dir nützen. Du bist nun nicht mehr weit von Carbia entfernt; wenn du immer weiter in den Wald hineingehst, so wirst du endlich an das Haus der Hexe kommen, bei der Carbia wohnt. Es sind aber noch viele andere junge Mädchen da, und wer die schöne Carbia will, muß sie unter Allen herausfinden. Sie sind zwar Alle verschleiert, aber sei nur getrost, Carbia hat sieben Schleier, die Andern haben Jede nur zwei. Da du das weißt, kannst du nicht irren."

Da wanderte der König wieder fort, immer tiefer hinein in den Wald, bis er endlich in das Haus der Hexe kam, wo Carbia wohnte. Da trat er keck vor die alte Hexe und sprach: „Ich bin gekommen, die schöne Carbia zu erlangen und als meine Frau mitzunehmen." „Schön," sprach die alte Hexe, „wer aber die schöne Carbia erlangen will, muß sie auch verdienen und drei Aufgaben erfüllen." Da antwortete der König: „Saget mir was ich zu thun habe, so will ich es ausführen." Da führte ihn die alte Hexe am Abend in einen großen Keller, der war bis oben angefüllt mit Bohnen. „Diese Bohnen müssen bis morgen früh verschwunden sein," sprach sie, „ob du sie issest, oder was du sonst damit anfängst, ist mir ganz gleichgültig; wenn ich aber eine einzige Bohne erblicke, so fresse ich dich." Damit sperrte sie den jungen König ein und er blieb rathlos vor dem großen Bohnenvorrath stehen. Wie er noch so

29. Von der schönen Carbia.

stand und dachte: „es bleibt dir nun Nichts übrig, als dich auf den Tod vorzubereiten," fiel ihm auf einmal die Mandel ein, die der König der Raben ihm gegeben hatte. Da zerbiß er sie und in demselben Augenblick stand der König der Raben vor ihm und frug ihn, was er wünsche. Da klagte er ihm seine Noth, der König der Raben aber that einen Pfiff und sogleich flog ein großer Schwarm Raben im Keller herum, die frugen: „Was befiehlt unser Gebieter?" „Freßt mir geschwind alle die Bohnen auf und laßt auch nicht eine Einzige liegen." Da fielen die Raben über die Bohnen her und im Nu war der Keller leer und auch nicht eine Bohne übrig geblieben; die Raben aber und ihr König verschwanden eben so schnell, als sie gekommen waren.

Als nun am Morgen die Hexe die Thüre öffnete und sich schon auf den guten Braten freute, stand der König da in dem ganz leeren Keller und die Aufgabe war gelöst. „Wer hat dir denn geholfen?" frug die Hexe. „Wer sollte mir geholfen haben?" antwortete er. „Ihr habt ja selbst die Thüre geschlossen. Ich habe die Bohnen eben gegessen." Am Abend führte ihn die Hexe in einen andern Keller, der war voller Leichen. „Dies ist die zweite Aufgabe," sprach sie. „Siehst du, alle diese Leichen sind von den Prinzen und Königssöhnen, die versucht haben, die schöne Carbia zu gewinnen. Bis morgen früh müssen sie Alle weggeräumt sein, und wenn ich nur ein Knöchelchen oder ein Härchen finde, so werde ich dich fressen." Da schloß sie die Thüre fest zu und der junge König stand wieder rathlos da. Da zerbiß er auch die Kastanie und sogleich erschien der König der wilden Thiere und frug ihn, was er wünsche. Als er ihm nun sein Leid geklagt hatte, that der König der wilden Thiere einen Pfiff und sogleich wimmelte es von wilden Thieren des Waldes, die sprachen: „Was befiehlt unser Gebieter?" „Räumt mir alle diese Leichen aus dem Weg, ohne irgend etwas davon übrig zu lassen." Da stürzten sich die wilden Thiere auf die Leichen und verzehrten sie, und im Nu war Nichts mehr davon zu sehen. Die wilden Thiere aber und ihr König verschwanden wie sie gekommen waren.

Am Morgen öffnete die Hexe die Thür und war nicht wenig

erstaunt, auch die zweite Aufgabe richtig gelöst zu finden. „Nun kommt aber noch das Schwerste," sprach sie, „und wenn du die dritte Aufgabe nicht lösen kannst, so hilft dir Alles Andere nicht." Da führte sie ihn in ein großes Gemach, in dem lagen nun eine Menge leere Matratzen am Boden. „Bis morgen früh mußt du alle diese Matratzen mit den feinsten, weichsten Federn füllen, sonst fresse ich dich." Als sie nun die Thüre geschlossen hatte, griff der König schnell zu seiner Nuß und knackte sie auf. Sogleich erschien der König der Vögel und als er gehört hatte, was sein Schwager wünschte, that er einen Pfiff und es flogen große Schwärme von Vögeln ins Zimmer hinein, die frugen: „Was befiehlt unser Gebieter?" „Schüttelt euren Flaum ab und lasset ihn in diese leeren Matratzen fallen." Da schüttelten sie sich, daß der Flaum nur so herumflog und alle die Matratzen gefüllt wurden. Dann verschwanden sie und ihr König mit ihnen.

Als nun am Morgen die Hexe die Thür öffnete, lagen alle die Federbetten schön gefüllt, eins neben dem andern, und so war auch die dritte Aufgabe richtig gelöst. „Nun mußt du aber noch die schöne Cardia unter all ihren Gefährtinnen herausfinden, sonst hilft dir Alles Andere nicht," sprach die Hexe und führte den König in einen großen Saal, darin standen eine Menge Betten und auf jedem Bett lag ein tief verschleiertes Mädchen. Da berührte der König leise mehrere Mädchen, um die Schleier zu zählen, und jedesmal machte die alte Hexe ein ganz vergnügtes Gesicht, weil sie hoffte, sie könne ihn nun doch noch fressen. Er aber sagte kein Wort, bis er endlich an ein Mädchen kam, das war mit sieben Schleiern bedeckt. Da riß er ihm die sieben Schleier ab und rief: „Diese ist meine Cardia, und sie soll meine Gemahlin sein."

Die alte Hexe aber konnte nicht Anders, als es zugeben, denn er hatte die Richtige getroffen. Sie dachte aber doch noch, wie sie sie verderben könnte und sprach: „Wohl, meine Kinder, ihr sollt euch heute noch heirathen; wenn ihr mir aber morgen nicht ein kleines Enkelchen vorzeigt, das „Großmama" zu mir spricht, so werde ich euch doch noch Beide fressen." Da wurde die Hochzeit gefeiert und die andern jungen

29. Von der schönen Carbia.

Mädchen dienten der schönen Carbia. Als aber die Hexe das junge Paar in das Brautgemach geführt hatte, bereiteten die jungen Mädchen eine kleine Puppe, die nahm Carbia mit ins Bett.

Am Morgen kam die Hexe schon bei Tagesanbruch*) und rief: „Nun, ist mein kleines Enkelchen da?" Da antwortete Carbia mit verstellter Stimme: „Großmama, Großmama", und hielt der Hexe die Puppe hin. Als aber die Hexe sich über das Bett beugte, um das Kind zu sehen, sprang der König hinzu und schnitt ihr mit seinem Schwerte den Kopf ab.

Nun war die Freude erst vollkommen; die jungen Mädchen dankten Alle dem König, der sie von der schlimmen Hexe befreit hatte und kehrten vergnügt in ihre Heimath zurück. Der junge König und Carbia zogen auch durch den Wald in ihr Reich zurück, und unterwegs fanden sie den König der Vögel, den König der wilden Thiere und den König der Raben, die dankten dem König, daß er sie auch erlöst habe. Denn nun brauchten sie nicht mehr in dem finstern Wald zu hausen, sondern zogen mit ihren Frauen an den Hof des Königs und der schönen Carbia und so lebten sie Alle glücklich und zufrieden.

30. Die Geschichte von Ciccu.

Es war einmal ein armer Mann, der hatte drei Söhne; der älteste hieß Peppe**), der zweite Alfin, und der jüngste Ciccu***). Der Mann war sehr arm und eines Tages hatten er und seine Söhne nichts zu essen. Da berief er seine drei Söhne und sprach zu ihnen: „Meine lieben Kinder, ihr wißt wie arm wir sind. Ich sehe nun kein anderes Mittel,

---
*) Pi farei la bon levata. — Am Morgen nach der Hochzeit wird das junge Paar möglichst frühe besucht, und muß die Gäste mit Chocolade bewirthen. Das heißt man fare la buon levata. Die Sitte kommt selbst in den höhern Ständen vor.
**) Giuseppe, Joseph.
***) Francesco, Franz.

als daß ich betteln gehe, denn ich bin alt, und kann nicht mehr ordentlich arbeiten." "Nein, lieber Vater," antworteten die Söhne, "betteln gehen dürft ihr nicht; lieber wollen wir selbst betteln und euch unterhalten. Wenn ihr es aber erlaubt, so wollen wir euch einen Vorschlag machen." "Sprecht nur," sagte der Vater. "Wir wollen euch in den Wald führen, dort könnt ihr mit unserer Axt Holz schneiden, wir binden die Bündel und tragen sie in die Stadt um sie zu verkaufen." Der Vater war es zufrieden und sie machten sich auf den Weg nach dem Wald. Weil aber der Vater schon alt und schwach war, so nahmen ihn die Söhne der Reihe nach auf die Schulter, und trugen ihn bis zum Wald. Dort errichteten sie eine kleine Strohhütte*), wo sie die Nacht zubringen konnten, und nun ging der Vater jeden Morgen in den Wald und hieb Brennholz; die Söhne banden es zu Bündeln und trugen es in die Stadt, wo sie es verkauften, und dem Vater dafür Brod, Wein und andre Lebensmittel brachten. Während ihrer Abwesenheit hieb dann der Vater schon neues Brennholz, und die drei Brüder konnten somit jeden Morgen in die Stadt wandern.

Als sie einige Tage dieses Leben geführt hatten, frugen sie ihren Vater: "Wie fühlt ihr euch jetzt, lieber Vater?" "Recht gut; so können wir ja herrlich leben," antwortete der Alte.

So vergingen mehrere Monate, da wurde der Vater recht krank, und fühlte, daß er sterben müsse. Da sprach er zu seinen Söhnen: "Liebe Kinder, holt mir einen Notar, daß ich mein Testament machen kann." Als nun der Notar kam, sprach der Alte: "Ich besitze ein altes Häuschen im Dorf und den Feigenbaum der daneben steht. Das Haus laß ich meinen drei Söhnen zusammen, daß sie es bewohnen mögen; den Feigenbaum vertheile ich folgendermaßen: meinem Sohn Peppe lasse ich die Zweige; meinem Sohn Alfin lasse ich den Stamm; meinem Sohn Ciccu lasse ich die Früchte. Dann besitze ich eine alte Decke, die lasse ich meinem ältesten Sohn; eine alte Börse, die soll mein zweiter

---

*) Pagliaro.

30. Die Geschichte von Ciccu.

Sohn haben, und ein Horn, das lasse ich meinem jüngsten Sohn." Als der Vater so gesprochen hatte, starb er. Da sprachen die Brüder unter einander: „Was sollen wir nun machen? Sollen wir wie bisher im Wald bleiben, oder sollen wir in das Dorf zurückkehren? Wir wollen lieber hier bleiben, wir haben ja hier unser gutes Auskommen." So blieben denn die Brüder im Wald, hieben Brennholz, und verkauften es nach wie vor in der Stadt.

Eines Abends nun begab es sich, daß es sehr heiß war, und sie sich ins Freie vor die Strohhütte schlafen legten. Da kamen drei Feen vorbei; die sahen sie so liegen und die Eine sprach: „Seht doch, liebe Schwestern, diese hübschen Burschen. Wollen wir nicht Jedem eine Gabe schenken?" „Thun wir das," sagten die Schwestern. Da sprach die Erste: „Der Aelteste hat eine Decke; ich schenke ihm, daß, wenn er sie umhängt, und sich an irgend einen Ort hinwünscht, er sogleich dort sein soll." Da sprach die zweite Fee: „Der zweite Bursche hat eine Börse; ich schenke ihm, daß, so oft er zur Börse spricht: Liebe Börse, gib mir diese oder jene Summe Geldes, er sie darin finden soll." Da sprach die dritte Fee: „Der Jüngste besitzt ein Horn; wenn er auf dem schmalen Ende bläst, so soll das Meer von Schiffen wimmeln; bläst er auf dem breiten Ende, so sollen Alle wieder verschwinden." Damit verschwanden sie. Ciccu aber hatte nicht geschlafen, sondern Alles mit angehört, und dachte: „Ei, da wäre ja allem Mangel abgeholfen."

Als sie nun am nächsten Tage mit einander arbeiteten, sprach er zu seinen Brüdern: „Die alte Decke und die Börse sind ja ganz ohne Werth; ich bitte euch, gebt sie mir." Die Brüder hatten den Ciccu sehr lieb, und weil er sie so freundlich bat, so gaben sie ihm die Decke und die Börse. Da sprach Ciccu: „Hört einmal, liebe Brüder, ich bin das Leben in dem Walde satt, wir wollen in die Stadt ziehen, und dort etwas anfangen." „Ach nein, Ciccu, bleiben wir lieber hier," sagten die Brüder, „hier haben wir es ja gut; wer weiß, wie es uns in der Welt ergeht." „Wir können es ja einmal probiren," meinte Ciccu, „wenn es uns schlecht geht, so kehren wir zum Wald zurück." Da nahmen sie die fertigen Holzbündel und trugen sie zur Stadt, und Ciccu nahm die Decke, die Börse und das Horn mit.

Als sie in die Stadt kamen, fanden sie, daß auf dem Markt Brennholz im Ueberfluß war; sie bekamen also nicht viel Geld für ihr Holz, und als sie es überzählten, langte es nicht einmal zu einem Mittagessen für sie. Ciccu aber sagte: „Kommt nur mit in das Wirthshaus, ich will uns schon etwas zu essen verschaffen." Da gingen sie in das Wirthshaus, und Ciccu sprach zum Wirth: „Bringt uns ein Mittagessen mit drei Gerichten, das Beste, was ihr habt, und einige Flaschen guten Wein dazu. Die Brüder erschraken, und flüsterten ihm zu: „Ciccu, was machst du denn? wie sollen wir bezahlen?" „Laßt mich nur machen," antwortete Ciccu. Als sie nun gut gegessen und getrunken hatten, sprach Ciccu zu seinen Brüdern: „Geht ihr nur fort, ich will jetzt die Rechnung machen." Die Brüder waren froh fortzukommen, denn sie dachten: „da setzt es gewiß Prügel ab." Ciccu aber ließ sich von dem Wirth sagen, wie viel die Zeche betrage, und sprach dann zu seiner Börse: „Liebe Börse, gib mir eine Unze*)," und sogleich fand er in der Börse eine Unze. Da bezahlte er den Wirth, und kehrte vergnügt zu seinen Brüdern zurück. „Wie hast du denn den Wirth bezahlt?" frugen sie ihn. „Was geht euch das an? ich habe ihn schon dazu gekriegt, mich gehen zu lassen." Die Brüder aber wurden ängstlich, und wollten nicht gern länger mit Ciccu zusammenbleiben. Da sprach Ciccu: „Hier schenke ich jedem von euch zwanzig Unzen, wendet sie wohl an; denn ich ziehe nun meine Straße und will mein Glück suchen." Damit umarmte er sie und zog von dannen.

So wanderte er, bis er endlich in die Stadt kam, wo der König wohnte. Dort schaffte er sich schöne Kleider an, und kaufte sich ein schönes Haus, gerade dem königlichen Palaste gegenüber. Dann verschloß er das Thor, und ließ nun aus seiner Börse Gold auf die Treppe regnen, bis die ganze Treppe mit Gold überzogen war; die Zimmer aber ließ er herrlich ausschmücken. Als er nun das Thor wieder öffnete und

---

*) Sechs rheinische Gulden.

30. Die Geschichte von Ciccu.

ein herrliches Leben begann, verwunderten sich alle Leute über die schöne goldne Treppe, und man sprach in der ganzen Stadt von Nichts anderm. Da hörte es der König, und ging hinüber, um das schöne Werk auch zu sehen, und Ciccu empfing ihn mit aller Ehrerbietung und führte ihn im ganzen Hause umher.

Nun hatte der König eine Frau und eine wunderschöne Tochter, die wollten auch gerne das schöne Haus mit der goldnen Treppe sehen. Da ließ der König bei Ciccu anfragen, ob er wohl seine Frau und seine Tochter in sein Haus führen dürfe, und Ciccu antwortete natürlich, es würde eine große Ehre für ihn sein, wenn die Königin und ihre Tochter zu ihm kommen wollten. Als nun Ciccu die schöne Königstochter sah, gewann er sie von Herzen lieb und wollte sie gern zu seiner Frau haben. Die Königstochter aber wollte gern wissen, wie er es angefangen habe die Treppe zu vergolden. Sie stellte sich also, als ob sie Gefallen an ihm hätte, und schmeichelte ihm mit freundlichen Worten, bis er endlich nicht mehr wußte, was er that, und ihr erzählte, wie die drei Feen im Walde den Zauberspruch über die Decke, die Börse und das Horn ausgesprochen hatten. Da bat sie ihn, er möge ihr doch die Börse auf einige Tage leihen, damit sie sich eine eben solche Börse machen könne, und so groß war seine Liebe zu ihr, daß er Alles vergaß und ihr die Börse gab.

Die Königstochter nahm sie mit nach Hause, und dachte nicht mehr daran, sie dem armen Ciccu wiederzugeben. Unterdessen hatte Ciccu alles Geld verbraucht, das er noch hatte, und weil er seine Börse nicht hatte, so wußte er auch nicht, wo er Geld hernehmen sollte. Da ging er zur Königstochter, und bat sie, ihm doch die Börse wiederzugeben, sie aber wußte ihn immer hinzuhalten, bis er endlich eines Tages keinen Grano mehr hatte. Da ging er zu ihr und sprach: „Heute mußt du mir durchaus meine Börse wiedergeben, ich habe sie eilig nöthig." Sie antwortete: „Ach laß sie mir nur noch bis morgen früh, dann sollst du sie gewiß bekommen." Ciccu ließ sich wieder überreden, am nächsten Morgen aber erhielt er die Börse doch nicht. Da gerieth er in einen großen Zorn und schwur, sich an dem Mädchen zu rächen. Als es nun dunkle Nacht geworden war, nahm er einen Stock in die Hand, hing die Decke um, und wünschte sich in das Schlafzimmer der Königstochter. Kaum hatte er den Wunsch ausgesprochen, so war er auch schon dort. In einem schönen Bette lag die Königstochter, Ciccu aber riß sie unsanft heraus, und schlug sie so lange, bis sie ihm die Börse zurückgab; dann wünschte er sich in sein Haus zurück.

Die Königstochter aber eilte voll Zorn zu ihrem Vater und klagte ihm die Beleidigung, die ihr widerfahren war. Da gerieth der König in große Wuth, schickte sogleich in das Haus gegenüber, und ließ den armen Ciccu gebunden herüberführen. „Du hast den Tod verdient," sprach er zu ihm, „ich will dir aber das Leben schenken, wenn du mir sogleich die Decke, die Börse und das Horn auslieferst." Was konnte Ciccu thun? Das Leben war ihm lieb, und so überbrachte er dem König die drei Gegenstände, und war nun wieder so arm als zuvor.

Es war aber gerade die Zeit, als die Feigen reiften, da dachte er denn: „Ich will einmal gehen und nachsehen, ob der Feigenbaum Früchte getragen hat." Als er nun an das Häuschen kam, fand er dort seine Brüder, die hatten ihr Geld durchgebracht, und lebten nun kümmerlich. Der Feigenbaum aber war mit den schönsten Früchten beladen. Da nahm Ciccu ein Körbchen und wollte Feigen pflücken, sein Bruder Peppe aber sprach: „Halt, die Feigen gehören freilich dir, aber die Zweige gehören mir, und wenn du deine Feigen pflückst, so darfst du meine Zweige nicht berühren." Da legte Ciccu eine Leiter an, um die Feigen besser erreichen zu können, aber sein Bruder Alfin rief ihm zu: „Halt, der Stamm gehört mir zu und du darfst ihn nicht berühren." Als sie sich nun darüber stritten, und sich nicht einigen konnten, sagte endlich der Eine: „Wir wollen die Sache dem Richter vortragen." Da gingen sie zum Richter und erzählten ihm den ganzen Hergang, und der Richter sprach zu Ciccu: „Da du die Feigen nicht pflücken kannst, ohne dabei den Stamm und die Zweige zu berühren, so rathe ich dir, den ersten Korb deinem Bruder Peppe zu geben, den zweiten deinem Bruder Alfin

30. Die Geschichte von Ciccu.

und den Rest kannst du behalten." Die Brüder waren es zufrieden, und im Nachhausegehen sprachen sie untereinander: "Wir wollen Jeder einen Korb Feigen dem König bringen, vielleicht schenkt er uns etwas dafür, und was er uns schenkt, das wollen wir redlich theilen." Da pflückte Ciccu einen Korb der schönsten Feigen, und Peppe machte sich damit auf den Weg ins königliche Schloß.

Unterwegs begegnete ihm ein altes Männchen, das frug ihn: "Was trägst du in deinem Korb, schöner Bursche?" "Was geht euch das an," rief Peppe "bekümmert euch um eure eignen Angelegenheiten." Der Alte frug ihn mehremals und endlich antwortete Peppe voll Aerger: "Dreck!" "Gut," sprach das Männchen, "Dreck hast du gesagt und Dreck soll es werden!" Als nun Peppe am Schloß ankam, klopfte er an, und ein Diener frug ihn, was er wünsche. "Ich habe hier ein Körbchen schöner Feigen," antwortete Peppe, "sie sind zwar nicht werth, vor den König zu kommen, aber seine Majestät möge sie doch annehmen, um sie der Dienerschaft zu geben." Der König ließ den Peppe ins Zimmer hineinkommen, und befahl man solle einen Präsentirteller bringen, um die Feigen darauf zu legen. Als Peppe aber den Korb abdeckte, lagen ganz oben einige Feigen, sonst aber war im Korb nichts als Dreck. Der König gerieth in einen heftigen Zorn und ließ dem unglücklichen Burschen funfzig Stockschläge aufzählen. Betrübt schlich Peppe nach Haus, erzählte aber seinen Brüdern nichts davon, sondern als sie ihn frugen, was der König ihm geschenkt habe, antwortete er: "Wenn wir alle dort gewesen sind, will ich es euch sagen."

Als nach einigen Tagen wieder ein Körbchen reifer Feigen auf dem Baume waren, pflückte Ciccu sie ab, und Alfin machte sich damit auf den Weg zum König. Unterwegs begegnete ihm ein altes Männchen, das frug ihn: "Was trägst du in deinem Korb, schöner Bursche?" "Hörner!" antwortete Alfin. "Gut," sprach der Alte, "Hörner hast du gesagt und Hörner sollen es werden." Als nun Alfin am Schloß ankam, klopfte er an, und sprach zum Diener: "Hier ist ein Körbchen schöner Feigen; sie sind freilich nicht werth auf des Königs Tisch zu kommen; Seine Majestät möge sie aber doch annehmen, um sie der Dienerschaft zu geben." Der König ließ ihn hereinkommen, und befahl seinem Diener, einen Präsentirteller zu bringen, und die Feigen darauf zu legen. Als nun Alfin die Blätter abdeckte, lagen nur einige Feigen oben auf im Korb: alle andern waren zu Hörnern geworden. Da wurde der König sehr erzürnt über die zugefügte Beleidigung und rief: „Habt ihr es darauf abgesehen, mich zum Besten zu haben? Gebt ihm sogleich hundertfunfzig Stockschläge!" Betrübt schlich Alfin heim, er wollte aber auch nicht sagen, wie es ihm ergangen war, sondern dachte: „Ciccu kann es auch einmal versuchen."

Nach einigen Tagen pflückte Ciccu die letzten Feigen, die waren aber lange nicht so schön, als die ersten. Er machte sich aber dennoch auf den Weg zum König. Unterwegs begegnete ihm das alte Männchen und frug: „Was trägst du in deinem Korbe, schöner Bursche?" „Ich habe Feigen, die will ich dem König bringen," sagte Ciccu. „Laß sie mich doch einmal sehen," bat der Alte. Da nahm Ciccu den Korb herunter, und zeigte dem alten Männchen die Feigen; da bat das Männchen: „Ach, gib mir doch eine kleine Feige, ich habe ein solches Gelüste danach." „Wenn ich eine Feige herausnehme, so wird man die Lücke bemerken," meinte Ciccu, weil er aber ein gutes Herz hatte, und der Alte ihn so bat, so konnte er es ihm doch nicht abschlagen, und gab ihm eine Feige. Der Alte aß sie, behielt aber den Stumpf in der Hand, und bat sich noch eine aus, dann noch eine und noch eine, bis er einen guten Theil des Korbes ausgegessen hatte. „Wie soll ich nun die Feigen dem König bringen?" sagte Ciccu, „es fehlen ja so viele davon." „Sei nur ruhig," sprach das Männchen, und warf alle die Stümpfe in den Korb, „gehe hin und bringe dem König den Korb, es wird dein Glück sein. Decke aber unterwegs den Korb nicht auf." Da nahm Ciccu den Korb und brachte ihn dem König, wenn auch mit Angst und Zittern. „Hier sind einige Feigen," sprach er zum Diener. „Sie sind freilich nicht werth auf des Königs Tisch zu kommen; Seine Majestät aber möge sie annehmen, und sie der Dienerschaft geben." Als der König hörte, es sei wieder einer da mit Feigen, sprach er: „Will mich der auch zum Besten haben? Nun,

30. Die Geschichte von Ciccu.

laßt ihn einmal hereinkommen." Als nun Ciccu den Korb abdeckte, war derselbe bis oben angefüllt mit den herrlichsten Feigen. Da freute sich der König, und schenkte ihm fünf Thaler und einen großen Teller mit Süßigkeiten, und weil ihm der schmucke Bursche so wohl gefiel, frug er ihn, wie er heiße, und ob er in seine Dienste treten wolle, denn er hatte ihn nicht erkannt. Ciccu sagte ja, er wolle nur zuerst die fünf Thaler seinen Brüdern bringen.

Als sie nun alle drei bei einander waren, sprach Peppe: „Jetzt laßt sehen, was jeder von uns vom König bekommen hat." „Ich bekam funfzig Stockschläge." — „Und ich hundertfunfzig," sprach Alfin. „Ich habe fünf Thaler bekommen, und diese Süßigkeiten," sprach Ciccu. „Ihr könnt es aber unter einander theilen; denn der König hat mich in seinen Dienst genommen." Also kam Ciccu an den Hof, und diente dem König, und der König gewann ihn immer lieber.

Nun waren aber seine beiden Brüder neidisch auf das Glück, das ihrem jüngsten Bruder zu Theil geworden war, und trachteten, wie sie ihm schaden könnten. Da kamen sie zum König und sprachen: „Herr König, euer Schloß ist sehr schön, erst dann aber wird man es mit Recht königlich nennen, wenn ihr den Säbel des Menschenfressers*) habt." „Wie kann ich denn den erlangen?" frug der König. „O, sagt es nur dem Ciccu, der kann den Säbel wohl holen." Da ließ der König seinen treuen Ciccu vor sich kommen, und sprach: „Ciccu, es ist mir einerlei, wie du es anfängst, du mußt mir aber um jeden Preis das Schwert des Menschenfressers verschaffen."

Nun war in dem Marstall des Königs ein verzaubertes Rößlein, das war klein und zierlich, und konnte sprechen. Ciccu aber hatte eine große Liebe zu dem Rößlein. Da ging er in den Stall, streichelte es und sprach: „Ach Rößlein, liebes Rößlein, nun werden wir uns wohl nimmer wieder sehen; denn ich soll dem König um jeden Preis das Schwert des Menschenfressers verschaffen." — „Sei nur ruhig," sagte

---

*) Dravu.

das Rößlein, „und thue was ich dir sage. Laß dir vom König funfzig Unzen geben, und die Erlaubniß auf mir zu reiten, und dann wollen wir uns auf den Weg machen." Da ging Ciccu zum König, erbat sich funfzig Unzen und das Rößlein und ritt davon. Das Rößlein aber wies ihm den Weg, und sagte ihm immer, was er thun sollte.

Als er nun in das Land des Menschenfressers kam, berief Ciccu fünf oder sechs alte Weiber, und sprach: „Ich gebe jeder einen Thaler, wenn ihr mir einen ganzen Sack voll Läuse zusammensucht." Mit den Läusen aber ging Ciccu in das Haus des Menschenfressers, als er gerade nicht da war, und steckte alle die Läuse ins Bett, sich selbst aber versteckte er unter dasselbe. Als nun der Menschenfresser nach Hause kam, und sich zu Bette legen wollte, legte er sein Schwert ab, das verbreitete einen wunderbaren Glanz. Kaum aber war er zu Bette, so fingen die Läuse an, ihn zu quälen, daß er es nicht mehr aushalten konnte. Da stand er auf, brummte und schalt, und fing an, die Läuse zu suchen. Diesen Augenblick benutzte Ciccu, ergriff das Schwert, sprang die Treppe hinunter, und schwang sich auf sein Rößlein, das wie der Wind mit ihm davonlief. Als Ciccu zum König kam, war derselbe hoch erfreut und gewann seinen treuen Ciccu lieber als je.

Die Brüder aber kamen wieder zum König und sprachen: „Das Schwert hat Ciccu wohl gebracht, wenn er aber den Menschenfresser selber holte, so würde dieses Schloß mit Recht ein königliches genannt werden können." Da ließ der König seinen Diener rufen, und sprach: „Ciccu, du mußt mir um jeden Preis den Menschenfresser lebendig herbringen; es ist mir gleichgültig, wie du es anfängst, aber den Menschenfresser mußt du mir herschaffen." Betrübt ging Ciccu zum Rößlein in den Stall und klagte ihm seine Noth, das Rößlein aber sprach: „Sei nur ruhig, und sage dem König, du müßtest funfzig Unzen haben und wollest mich mitnehmen." Das that Ciccu und wanderte nun mit seinem Gelde und dem Rößlein davon. Das Rößlein aber rieth ihm immer, was er thun müsse.

Da sie nun in das Land des Menschenfressers kamen, ließ Ciccu

30. Die Geschichte von Ciccu.

in allen Kirchen die Todtenglocken läuten, und überall verkünbigen: „Ciccu, der Diener des Königs, ist gestorben." Als der Menschenfresser das hörte, ward er sehr erfreut und rief: „Das ist gut, daß dieser Bösewicht gestorben ist, dieser Dieb, der mir mein Schwert gestohlen hat." Ciccu aber nahm eine Axt und eine Säge, und ging in den Wald des Menschenfressers und fing an eine Pinie umzuhauen. Der Menschenfresser aber rief: „Wer untersteht sich, in meinem Walde eine Pinie umzuhauen?" Da antwortete Ciccu: „Ach, edler Herr, es ist mir befohlen, einen Sarg für den Diener des Königs, für den Ciccu, herzurichten, und da wollte ich diese Pinie dazu benutzen." Der Menschenfresser erkannte ihn nicht, und weil er so erfreut war über Ciccus Tod, so rief er: „Warte ein wenig, ich will dir helfen," lief in den Wald, und Beide zusammen hieben die Pinie um; dann zersägten sie den Stamm, fügten die Bretter an einander, und bald war der Sarg fertig. Da kratzte sich Ciccu hinter den Ohren, und sprach: „Nein, was bin ich doch so dumm, ich habe ja kein Maß genommen; wie kann ich wissen, ob die Größe richtig ist? Doch eben fällt mir ein, Ciccu war eben so groß als ihr; thut mir den Gefallen, und legt euch in den Sarg, damit ich eben einmal sehen kann, ob er groß genug ist." Der Menschenfresser ging richtig in die Falle, und legte sich in den Sarg. Ciccu aber schlug den Deckel zu, band einen starken Strick darum, und lud mühsam den Sarg auf sein Rößlein, das lief wie der Wind ins Schloß zurück. Der König aber ließ einen großen eisernen Käfig machen und den Menschenfresser hineinsperren.

Nun begab es sich zu derselben Zeit, daß des Königs Gemahlin starb, und der König sollte sich wieder verheirathen. Er fand aber keine Königstochter die ihm gefallen hätte. Da kamen die neidischen Brüder wieder zu ihm, und sprachen: „Nur Eine ist würdig, eure Gemahlin zu sein, Herr König; das ist die Schönste der ganzen Welt."*) „Wo ist sie denn zu finden?" frug der König. „O, sagt es nur dem Ciccu, der wird

---

*) A bedda di tuttu lu munnu.

30. Die Geschichte von Ciccu.

sie euch schon verschaffen." Da ließ der König seinen treuen Ciccu kommen, und sprach: „Ciccu, wenn du mir binnen acht Tagen nicht die Schönste der ganzen Wet herbringst, so lasse ich dich enthaupten." Weinend ging Ciccu in den Stall zum Rößlein und sprach: „Ach, liebes Rößlein, nun sehen wir uns nicht wieder; denn in acht Tagen muß ich sterben, wenn ich nicht dem König die Schönste der ganzen Welt herbringe." „Sei nur ruhig," sprach das Rößlein, „laß dir vom König etwas Honig und Brod geben, und etwas Geld, und nimm mich mit." Das that Ciccu und machte sich mit seinem Rößlein auf den Weg.

Als er eine Weile geritten war, sah er am Boden einige erschöpfte Bienen liegen, die konnten vor Hunger nicht mehr fliegen. „Steig ab, und gib den armen Thierchen deinen Honig," sprach das Rößlein. Das that er und ritt weiter. Wieder nach einem Weilchen kamen sie an einen Strom, an dessen Ufer lag ein Fisch, der zappelte auf der trocknen Erde. „Steig ab, und wirf den Fisch ins Wasser, er wird dir nützen," sprach das Rößlein. Da stieg Ciccu ab, warf den Fisch ins Wasser und ritt weiter. Wieder nach einem Weilchen sah er einen Adler, der hatte sich mit dem Bein in einer Schlinge gefangen. „Steig ab, und befreie den armen Adler aus der Schlinge, er wird dir nützen," sprach das Rößlein, und Ciccu stieg ab und half dem Adler.

Endlich kamen sie in die Nähe des Schlosses, wo die Schönste der ganzen Welt mit ihren Eltern wohnte. Da sprach das Rößlein: „Steige ab, und stelle dich auf diesen Stein, denn ich muß nun allein in das Schloß. Wenn du mich mit der Königstochter zurückjagen siehest, so springe hinten auf, und halte sie fest, damit sie nicht herunterspringt. Wenn du aber nicht aufpassest, und nicht zu rechter Zeit aufsitzest, so sind wir beide verloren." Ciccu stieg ab, und stellte sich auf den Stein; das Rößlein aber sprang in den Schloßhof hinein, und fing an, gar zierlich darin herum zu traben. Bald versammelten sich alle Leute aus dem Schloß, um das niedliche Thier zu sehen, das sich von Allen streicheln ließ und so zahm war, und auch der König und die Königin kamen mit ihrer Tochter in den Schloßhof. Da sprach die Schönste der

30. Die Geschichte von Ciccu.

ganzen Welt: „Ach, Vater, ich möchte gern ein wenig reiten," und setzte sich auf das Rößlein, das so zahm aussah. Kaum aber saß sie auf dem Rücken des Pferdes, so jagte das Rößlein mit ihr davon, und wenn sie nicht fallen wollte, so mußte sie sich an der Mähne festhalten. Als nun das Rößlein an dem Stein vorbeijagte, wo Ciccu stand, schwang sich dieser mit einem Satz hinter die Königstochter und hielt sie fest. Da nahm die Schönste der ganzen Welt ihren Schleier vom Kopf und warf ihn zu Boden, und als sie an den Strom kamen, zog sie einen Ring vom Finger, und warf ihn ins tiefe Wasser.

Als sie nun in das Schloß kamen, war der König hoch erfreut, eilte ihr entgegen, und sprach zur Schönsten der ganzen Welt: „Edles Fräulein, nun müßt ihr meine Gemahlin werden." Da antwortete sie: „Dann erst werden wir Mann und Frau sein, wenn Ciccu mir den Schleier bringt, der mir unterwegs entfallen ist." Der König rief seinen Diener herbei und sprach: „Ciccu, wenn du mir nicht sogleich den Schleier der Schönsten der ganzen Welt bringst, so lasse ich dich enthaupten." Da schlich Ciccu weinend zu seinem Rößlein in den Stall, und klagte ihm sein Leid; das Rößlein aber sprach: „Sei nur ruhig, laß dir Lebensmittel für einen Tag geben, und setze dich dann auf meinen Rücken."

Als sie nun ritten, kamen sie an den Ort, wo Ciccu den Adler aus der Schlinge befreit hatte, da sprach das Rößlein: „Rufe dreimal den König der Vögel, und wenn er dir antwortet, so sage ihm, er solle dir den Schleier der Schönsten der ganzen Welt verschaffen." Da rief Ciccu dreimal den König der Vögel, und nach dem drittenmal frug eine Stimme: „Was ist dein Begehr?" „Schaffet mir den Schleier der Schönsten der ganzen Welt," rief Ciccu. „Warte einen kleinen Augenblick," rief die Stimme, „ein Adler ergötzt sich damit; der wird ihn dir gleich herbringen." Nicht lange, so rauschte es in den Lüften, ein Adler senkte sich herab, und trug in seinem Schnabel den Schleier. Als Ciccu ihn aber genau ansah, war es derselbe Adler, den er befreit hatte. Da nahm Ciccu den Schleier, und eilte damit zum König, und der König brachte ihn der Schönsten der ganzen Welt, und sprach: „Hier ist der Schleier, nun müßt ihr meine Gemahlin werden." „Das geht nicht so schnell," antwortete die Königstochter, „nicht eher können wir Mann und Frau sein, als bis Ciccu den Ring wiederbringt, der mir in den Strom gefallen ist."

Der König ließ wieder den Ciccu rufen, und sprach: „Bringe mir sogleich den Ring zurück, den die Schönste der ganzen Welt in den Strom hat fallen lassen, sonst lasse ich dir den Kopf abschneiden." Da ging Ciccu wieder in den Stall, und klagte dem Rößlein sein Leid, das Rößlein aber sprach: „Nimm Lebensmittel für einen Tag und setze dich auf meinen Rücken." Das Rößlein aber brachte ihn zu dem Strom und sprach: „Rufe dreimal den König der Fische, und sage ihm, er solle dir den Ring wieder schaffen." Da rief Ciccu dreimal den König der Fische, und eine Stimme antwortete: „Was ist dein Begehr?" „Schaffet mir den Ring herbei, den die Schönste der ganzen Welt hier verloren hat." „Warte einen Augenblick," sprach die Stimme, „ein Fisch ergötzt sich eben damit, er wird ihn dir gleich heraufbringen." Nicht lange, so rauschte es in dem Wasser, und ein Fisch kam an die Oberfläche, der hielt im Maul den verlornen Ring. Als Ciccu ihn aber genau ansah, war es derselbe Fisch, den er damals vom Tode errettet hatte. Da nahm er den Ring und brachte ihn dem König, der gab ihn der Schönsten der ganzen Welt und sprach: „Hier ist der Ring, nun müßt ihr meine Gemahlin werden." Sie aber antwortete: „Damit hat es noch Zeit, erst muß der Ziegelofen drei Tage und drei Nächte geheizt werden, und dann muß Ciccu sich hineinstürzen, dann erst können wir Mann und Frau werden"

Da rief der König seinen treuen Ciccu, und befahl ihm, den Ziegelofen heizen zu lassen, und sich hineinzustürzen, und thust du es nicht, so lasse ich dir den Kopf abschneiden." Da ging Ciccu zum Rößlein, und sprach: „Lebewohl, mein liebes Rößlein, nun bin ich so gut wie todt, denn nun kann mich nichts mehr retten," und erzählte ihm den Befehl des Königs. Das Rößlein aber sprach: „Laß nur nicht den Muth sinken; wenn der Ziegelofen ganz geheizt ist, so setze dich auf meinen Rücken, und jage

30. Die Geschichte von Ciccu.

mich so lange herum, bis der Schweiß in Flocken auf mir liegt; dann springe herunter, wirf deine Kleider ab, und streiche mir den Schweiß mit einem Messer ab. Damit mußt du dich bestreichen, und dann getrost in den Ofen springen" Das that denn Ciccu ganz getreulich, und jagte das Rößlein so lange herum, bis der Schweiß in Flocken auf ihm lag, den strich er mit einem Messer ab, bestrich sich damit, und sprang so vor den Augen des Königs und der Schönsten der ganzen Welt ins Feuer. Das Feuer aber hatte keine Gewalt über ihn, und er kam heraus, schöner als er bis dahin gewesen war.

Als ihn aber die Schönste der gangen Welt so sah, wurde ihr Herz von Liebe zu ihm erfüllt, und sie sprach zum König: „Noch kann ich eure Frau nicht werden; erst müsset ihr ebenso wie Ciccu in den Ziegelofen springen." „Ja, das will ich thun," sprach der König; insgeheim aber rief er seinen treuen Ciccu, und frug ihn: „Sage mir Ciccu, was hast du gethan, daß das Feuer dich nicht verzehrt hat?" Ciccu aber grollte dem König, der ihn in so viele Gefahren geschickt hatte, deßhalb antwortete er: „Ich habe mich mit altem Fette bestrichen, da hat mir das Feuer nichts gethan."

Der König glaubte diesen Worten, bestrich sich mit altem Fett, und sprang in den Ofen; das Fett aber fing an zu brennen, und der ganze König verbrannte. Die Schönste aber der ganzen Welt sprach zu Ciccu: „Nun wollen wir Mann und Frau sein, und der da kann uns das Licht halten" *). Da heirathete Ciccu die Schönste der ganzen Welt und wurde König; und sie wurden Mann und Frau, wir aber halten ihnen die Kerze. **)

*)   Chiddu ui fa di cannileri.
**)   Iddi ristaru maritu e mugghieri,
       E nui comu tanti cannileri.

31. Von dem Schäfer, der die Königstochter zum Lachen brachte.

Es waren einmal ein König und eine Königin, die hatten eine einzige Tochter, und hatten sie von Herzen lieb. Als die Königstochter funfzehn Jahre alt war, wurde sie plötzlich ganz traurig und schwermüthig und wollte gar nicht mehr lachen. Da ließ der König in seinem ganzen Reich verkündigen, wer seine Tochter zum Lachen bringe, er möge sein wer er wolle, ein Prinz, oder ein Fürst, oder ein Bauer, oder ein Bettler, der solle sie zur Frau bekommen. Aber so viele es auch versuchten, es gelang Keinem.

Nun war auch eine arme Frau, die hatte einen einzigen Sohn. Der war aber faul und wollte kein Handwerk lernen, so daß ihn endlich die Mutter zu einem Bauer that, dem mußte er die Schafe hüten. Da er nun eines Tages die Schafe über Land trieb, kam er auch an einen Brunnen und weil er durstig war, so beugte er sich darüber um zu trinken. Dabei sah er einen schönen Ring auf dem Brunnenrad liegen, und weil er ihm so wohl gefiel, so steckte er ihn an den Ringfinger der rechten Hand. Kaum aber hatte er ihn am Finger, so mußte er fürchterlich anfangen zu niesen, und konnte gar nicht mehr aufhören, bis er ihn zufällig abstreifte. Da hörte das Niesen eben so plötzlich wieder auf. „Ei," dachte er, „wenn der Ring diese Eigenschaft hat, so könnte ich ja wohl mein Glück damit versuchen und sehen, ob das die Königstochter nicht zum Lachen bringt." Da steckte er den Ring an die linke Hand und siehe da, nun brauchte er nicht zu niesen. Also brachte er dem Bauer seine Schafe wieder, verlangte seinen Abschied und wanderte fort, der Stadt zu, wo der König wohnte. Er mußte aber durch einen finstern Wald, der war so groß, daß es dunkel wurde, ehe er den Ausweg hatte finden können. „Wenn mich hier Räuber finden," dachte er, „so nehmen sie mir den Ring weg und dann bin ich ein geschlagener Mann. Ich will lieber auf einen Baum klettern und die Nacht dort zubringen." Also kletterte er auf einen Baum, band sich mit seinem Gürtel fest und

31. Von dem Schäfer, der die Königstochter zum Lachen brachte.

schlief auch bald ein. Nicht lange, so kamen dreizehn Räuber und setzten sich unter den Baum, auf dem der Schäfer saß und sprachen so laut, daß er erwachte. „Erzählet, was Jeder von euch heute zu Stande gebracht hat," sagte der Räuberhauptmann, und ein Jeder zeigte vor, was er genommen hatte. Der dreizehnte aber zog ein Tischtuch, eine Börse und ein Pfeifchen hervor und sprach: „Heute habe ich die größten Schätze erworben, denn diese drei Stücke habe ich einem Mönch abgenommen, und Jedes hat seine besondere Tugend. Wenn man das Tischtuch ausbreitet und spricht: „„Tischtüchlein mein, gib Maccaroni heraus, oder Braten, oder welche Speise man eben will,"" *) so steht gleich Alles da. Wenn man zur Börse spricht: „„Börse mein, gib Geld heraus,"" **) so gibt sie Einem so viel Geld als man nur will. Und wenn man auf dem Pfeifchen anfängt zu blasen, so muß Jeder, der es hört, tanzen, er mag wollen oder nicht." „Ja," sagte der Hauptmann, „das sind freilich sehr kostbare Dinge, nun haben wir für unser Lebtag genug." Da breitete er das Tischtuch aus und sprach: „Tischtüchlein mein, gib Maccaroni heraus, und Braten und Salat und guten Wein," und augenblicklich stand Alles da.

Als sie nun gegessen und getrunken hatten, legten sich die Räuber hin zum Schlafen und der Hauptmann legte das Tischtuch, die Börse und das Pfeifchen neben sich. Als sie aber recht schnarchten, kletterte der Schäfer von seinem Baum herunter, nahm die drei Stücke und schlich sich davon. Er entkam auch glücklich, denn die Räuber hatten so viel von dem guten Wein getrunken, daß sie fest schliefen und nichts hörten.

Am andern Tag kam der Schäfer in die Stadt wo der König wohnte und ging auf das Schloß, so wie er ging und stand. „Meldet mich bei dem König," sagte er zu den Dienern, „ich will versuchen, die Königstochter zum Lachen zu bringen." „Ach geh doch," antworteten sie, „es hat es schon so mancher versucht, und es ist noch Keinem gelungen, und nun

---

*) Tuvagghie dda mia, nesci sia maccaruni, o stuffatu o zoccu si voli.
**) Virzottu miu, nesci danari.

sollte es dir gelingen, einem so schmutzigen Schäfer." „Warum nicht?" sprach er. „Der König hat verkündigen lassen, es könne sich Jeder dazu melden, ob es auch ein Bauer oder Bettler sei, deßhalb müßt ihr mich auch melden."

Also führten ihn die Diener vor den König, der sprach: „Wohlan, folge mir zur Königstocher." Da ging er mit dem König und kam in einen großen Saal, darin saß die Königstochter auf einem schönen Thron, und um sie her der ganze Hofstaat. „Wenn ich die Königstochter zum Lachen bringen soll," sprach der Schäfer zum König, „so müßt ihr mir zuerst den Gefallen thun und diesen Ring an den Ringfinger der rechten Hand stecken." Kaum aber hatte der König das gethan, so mußte er fürchterlich niesen, konnte gar nicht mehr aufhören und lief niesend im Saal auf und ab. Der ganze Hof fing an zu lachen und auch die Königstochter konnte nicht ernsthaft bleiben, sondern lief lachend davon.

Da ging der Schäfer auf den König zu und streifte ihm den Ring ab und sprach: „Königliche Majestät, ich habe die Königstochter zum Lachen gebracht, mir gebührt nun auch der Lohn." „Was, du nichtswürdiger Schäfer," schrie der König, „erst hast du mich zum Gelächter des ganzen Hofes gemacht und verlangst noch gar meine Tochter zur Frau? Geschwind, nehmt ihm den Ring ab und werfet ihn ins Gefängniß." Da packten die Diener den armen Schäfer und warfen ihn ins Gefängniß, wo auch viele andere gefangen saßen. Die Gefangenen bekamen jeden Tag nur etwas Brod und einen Schluck Wasser. Der Schäfer aber zog vergnügt sein Tischtuch hervor, wünschte sich ein gutes Mittagessen und theilte auch seinen Gefährten mit. Die Gefängnißwärter gingen hin und sagten es dem König wieder, der kam sogleich mit seinen Dienern ins Gefängniß und ließ dem Schäfer das Tischtuch wegnehmen. „Nun, ich habe ja noch die Börse," dachte der Schäfer, und am andern Morgen zog er sie hervor, sprach: „Börse mein, gib Geld heraus," und sogleich gab ihm die Börse soviel Geld als er wollte. Damit bestach er einen Gefängnißwärter, der brachte ihm und seinen Gefährten gute Speisen und guten Wein.

31. Von dem Schäfer, der die Königstochter zum Lachen brachte.

So ging es einige Tage, bis endlich die andern Gefängnißwärter es entdeckten und dem König hinterbrachten. Der kam wieder mit seinen Dienern und nahm dem Schäfer auch die Börse weg. „Nun," dachte der Schäfer, „wenn wir nicht mehr essen können, so wollen wir doch wenigstens tanzen," zog sein Pfeifchen hervor und kaum fing er an zu blasen, so fingen die Gefangenen Alle an zu tanzen und die Wärter mit ihnen, und es entstand ein großer Lärm. Als der König das hörte, kam er wieder mit seinen Dienern herbeigelaufen, aber die Diener fingen gleich an zu tanzen und auch der König mußte mittanzen, er mochte wollen oder nicht. „Nehmt dem nichtsnutzigen Menschen das Pfeifchen weg," schrie er immer unter dem Tanzen, und endlich gelang es einigen Dienern dem Schäfer das Pfeifchen wegzureißen. Da kamen Alle zur Ruhe und der König nahm auch noch das Pfeifchen mit. Nun hatte der Schäfer gar nichts mehr und blieb noch einige Zeit in dem Gefängniß, bis er eines Tages eine alte Feile in einem Winkel fand. Da feilte er in der Nacht einige Eisenstangen am Fenster durch und entkam glücklich.

Er wanderte den ganzen Tag und kam endlich in denselben Wald, durch den er schon einmal gekommen war. Plötzlich sah er einen großen Feigenbaum vor sich stehen, der trug die wunderschönsten Früchte; auf der einen Seite aber trug er schwarze Feigen, auf der andern weiße. „Das habe ich doch nie gesehen," dachte der Schäfer, „ein Feigenbaum der zugleich schwarze und weiße Früchte trägt, die muß ich doch versuchen!" Da brach er sich einige schöne schwarze Feigen ab und aß sie. Kaum aber hatte er sie gegessen, so fühlte er auf seinem Kopf sich etwas regen und als er mit der Hand hinfuhr, merkte er, daß ihm zwei große Hörner gewachsen waren. „Ach, ich armer Mann," rief er, „was soll ich nun anfangen?" Weil er aber so hungrig war, so pflückte er sich auch einige von den weißen Feigen, und aß sie, und siehe, in demselben Augenblick war das eine Horn wieder verschwunden, und als er noch einige weiße Feigen aß, verschwand auch das andere. „Nun bin ich ein gemachter Mann," dachte er, „und nun muß der König mir alle meine Sachen wiedergeben und seine Tochter dazu!"

31. Von dem Schäfer, der die Königstochter zum Lachen brachte.

Also machte er sich auf, ging zu einem Bauer und ließ sich eine andere Kleidung leihen und zwei Körbe, davon füllte er den einen mit schwarzen Feigen und den anderen mit weißen, kleidete sich als Bauer und ging nun in die Stadt. Auf dem Markte begegnete er dem Koche des Königs, der Obst für des Königs Tisch kaufen wollte, dem zeigte er die schönen schwarzen Feigen und sie gefielen ihm so wohl, daß er gleich den ganzen Korb kaufte.

Als nun der König zu Tische saß und der Diener ihm die schönen Feigen vorsetzte, war er sehr erfreut und gab einige seiner Frau und einige seiner Tochter und den Rest aß er selbst. Kaum aber hatten sie die Feigen gegessen, so sahen sie mit Schrecken die großen Hörner, die auf ihren Köpfen gewachsen waren. Die Königin und die Königstochter fingen an zu weinen, der König aber ließ voll Zorn den Koch vor sich kommen und frug ihn, wer ihm die Feigen verkauft habe. „Ein Bauer auf dem Markt," antwortete der Koch. „So gehe sogleich hin und hole ihn herbei!" schrie der König.

Der Schäfer aber war in der Nähe des königlichen Schlosses geblieben, und als der Koch herauskam ging er ihm gleich entgegen und hielt den Korb mit den weißen Feigen in der Hand. „Was hast du mir heute Morgen für schlechte Feigen verkauft?" schrie ihn der Koch an, „dem König, der Königin und der Königstochter sind große Hörner gewachsen, sobald sie deine Feigen gegessen hatten." „Beruhigt euch nur," sprach der Schäfer, „ich habe hier ein Gegenmittel und kann die Hörner sogleich vertreiben. Führt mich nur vor den König!"

Da wurde er vor den König geführt, der fuhr ihn auch an, was er für schlechte Feigen verkauft habe. „Beruhigt euch, königliche Majestät," sprach der Schäfer und esset diese Feige." Damit reichte er ihm eine weiße Feige und als der König die gegessen hatte, verschwand das eine Horn. „So," sprach der Schäfer, „ehe ich euch aber noch mehr von meinen Feigen gebe, müßt ihr mir mein Pfeifchen wieder geben, sonst könnt ihr euer zweites Horn behalten." Da gab ihm der König in seiner Herzensangst das Pfeifchen, und nun reichte der Schäfer der Königin eine

31. Von dem Schäfer, der die Königstochter zum Lachen brachte.

Feige. Als nun auch das eine Horn von der Königin verschwunden war, sprach er: „Jetzt gebt mir meine Börse heraus, sonst nehme ich meine Feigen wieder mit!" Da gab ihm der König die Börse und darauf vertrieb der Schäfer auch der Königstochter das eine Horn. Dann verlangte er sein Tischtuch und als ihm der König das gegeben hatte, reichte er ihm noch eine Feige, also daß das zweite Horn des Königs verschwand. „Gebt mir jetzt auch meinen Ring," sprach er nun, und der König mußte ihm auch den Ring geben, ehe er der Königin das zweite Horn vertrieb. Nun hatte noch die Königstochter ein Horn und der Schäfer sagte: „Erfüllet jetzt euer Versprechen, und lasset mich mit der Königstochter trauen, sonst kann sie ihr Lebenlang das Horn behalten." Da mußte die Königstochter sich mit ihm trauen lassen, und nach der Trauung gab er ihr noch eine Feige zu essen, daß ihr das letzte Horn auch noch verschwand. Da feierten sie eine vergnügte Hochzeit, und als der alte König starb, wurde der Schäfer König. Und so blieben sie zufrieden und glücklich und wir wie ein Bündel Wurzeln.*)

32. Von Giovannino und Caterina.

Es war einmal ein reicher Bauer, der hatte eine Frau und zwei Kinder, einen Knaben, der hieß Giovannino, und ein Mädchen, das hieß Caterina. Die kleine Caterina schickte er in die Schule zu einer Lehrerin, die that immer sehr freundlich mit ihr, und frug sie oft: „Hättest du mich gerne zu deiner Mutter?" Caterina war klein und unverständig, und antwortete: „Gewiß, denn ihr gebt mir immer Süßigkeiten, aber meine Mutter gibt mir nie welche."

Eines Tages sprach nun die Lehrerin: „Caterina, wenn du mich wirklich zu deiner Mutter willst, so mußt du thun, was ich dir sage. Wenn du heute nach Hause kommst, so verlange von deiner Mutter eine

---

*) Iddi restaro contenti e felici e noi restammo come un mazzo di radici.

32. Von Giovannino und Caterina.

Feige, sage ihr aber, sie solle sie dir aus der großen Kiste holen. Unterdessen halte du den Deckel, und wenn sie sich über die Kiste beugt, so laß den Deckel fallen; dann mache ihn wieder auf, und stecke ihr eine Feige in den Mund, dann wirst du sehen, daß ich deine Mutter werde." Caterina ging nach Haus und bat ihre Mutter um eine Feige aus der Kiste. Als nun die Mutter sich über die Kiste beugte, ließ Caterina den Deckel fallen, daß er der Frau auf den Hals fiel, und ihr das Genick brach. Dann machte Caterina den Deckel auf, steckte der Mutter eine Feige in den Mund und machte den Deckel wieder zu.

Als nun der Vater nach Hause kam, und seine Frau in der Kiste eingeklemmt sah, lief er hinzu und machte die Kiste auf, da sah er sie mit der Feige im Mund, und dachte: „Ihre Gier hat sie ums Leben gebracht." Und alle Nachbarn sagten: „Konnte sie nicht die Feige erst ordentlich mit der Hand herauslangen?" — Die Frau aber war todt und wurde begraben.

Nach einer Weile sprach die Lehrerin wieder zu Caterina: „Wenn du mich zu deiner Mutter haben möchtest, so sage deinem Vater, er solle mich heirathen; du und dein Bruder, ihr würdet es gut bei mir haben." Caterina sagte das ihrem Vater, der aber antwortete: „Ach Kind, glaube doch nicht, was deine Lehrerin dir verspricht, sie würde es machen, wie alle anderen Stiefmütter und dich plagen." Caterina aber bat ihren Vater immer wieder, die Lehrerin doch zu heirathen. Da hing der Vater über seinem Bette ein Paar eiserne Stiefel auf, und sprach: „Wenn diese Stiefel aufgebraucht sein werden, dann will ich deine Lehrerin heirathen." Caterina ging hin und frug die Lehrerin um Rath, die sprach: „Jeden Morgen, wenn dein Vater auf dem Felde ist, mußt du die Stiefel in einer Pfütze reiben, so werden der Rost und Schmutz sie verbrauchen." Caterina that, was die Lehrerin ihr befohlen, und nach einigen Monaten hatten die Stiefel Löcher. Da zeigte sie Caterina ihrem Vater, und sprach: „Jetzt, lieber Vater, müßt ihr meine Lehrerin heirathen." „Gut," antwortete der Vater, „wenn sie dich aber nachher quält und mißhandelt, mußt du nicht zu mir kommen und klagen."

32. Von Giovannino und Caterina.

Da heirathete der Vater die Lehrerin, und einen Monat lang ging Alles gut. Die Lehrerin aber hatte eine Tochter, die war so häßlich und schwarz, daß Niemand sie ansehen mochte. Da Caterina nun jeden Tag schöner wurde, so konnte die Stiefmutter sie bald nicht mehr leiden, und wurde zuerst kalt und gleichgültig gegen sie, bald aber fing sie an sie zu mißhandeln und zu schlagen, gab ihr wenig zu essen, und Caterina mußte alle niedrige und schwere Arbeit thun. Da weinte sie oft, aber ihr Vater sagte ihr nur: „Warum hast du mich nicht hören wollen? jetzt mußt du eben leiden."

Eines Tages sprach die Stiefmutter zu Caterina: „Du faule Dirne, immer legst du die Hände in den Schooß. Hier hast du einen Korb voll Flachs, den mußt du bis heute Abend spinnen, und wenn er nicht fertig ist, so bekommst du Schläge und nichts zu essen. Du kannst aber zugleich die Schafe hüten, denn den ganzen Tag sitzen und spinnen, das ist ja eine Kinderarbeit." Damit gab sie ihr einen großen Korb voll Flachs, den sie nimmer in einem Tag spinnen konnte. Caterina nahm den Flachs und ging weinend auf das Feld, wo die Schafe weideten.

Als sie nun da saß und weinte, redete sie der Leithammel der Heerde an, und frug sie, warum sie weine. Da erzählte sie ihm ihr Unglück, und wie die böse Stiefmutter sie plage. „Lege dich nur schlafen," antwortete der Leithammel, „ich will dir deinen Flachs schon spinnen." Caterina aber legte sich schlafen, und als sie aufwachte, lag der Flachs im Korb, gesponnen und gehaspelt. Da wartete sie noch, bis es Abend wurde, und ging dann nach Haus und brachte der Stiefmutter den Flachs. Die war sehr erstaunt, aber sie sagte nur: „Siehst du wohl, du faules Mädchen, daß du arbeiten kannst, wenn du nur willst." Den nächsten Morgen gab sie ihr einen viel größeren Korb mit Flachs und schickte sie wieder auf das Feld. Caterina ging weinend hin, und klagte dem Hammel ihre Noth. „Lege dich nur schlafen," sprach er, „ich will den Flachs schon spinnen." Also legte sich Caterina wieder schlafen, und richtig, als sie aufwachte, war der Flachs gesponnen und gehaspelt. Die Stiefmutter konnte sich nicht genug darüber verwundern, als ihr Caterina den Flachs ganz fertig brachte, und beschloß am dritten Morgen, ihr nachzugehen. Also gab sie ihr noch einen viel größeren Korb mit, und als Caterina wieder auf das Feld ging, schlich sie ihr nach. Da sah sie, wie Caterina sich schlafen legte, und der Hammel statt ihrer den Flachs spann, und wenn er nur das Spinnrad berührte, so fiel gleich der Flachs gesponnen und gehaspelt herunter. Da schlich sie wieder nach Haus, und als Caterina ihr den Flachs brachte, sprach sie: „Höre, Caterina, morgen Abend mußt du den Hammel nach Hause bringen, dann wollen wir ihn schlachten." Da weinte Caterina und ging den nächsten Morgen weinend ins Feld hinaus. Da sprach der Hammel: „Caterina, warum weinst du denn schon wieder?" „Soll ich nicht weinen?" antwortete sie, „heute Abend muß ich dich mit nach Haus nehmen, und da sollst du geschlachtet werden." „Gut," sprach der Hammel, „sei nur nicht so traurig. Wenn mich der Metzger schlachtet, so laß dir die Eingeweide geben, und suche darin, so wirst du drei goldne Kügelchen finden, die verwahre gut, sie werden dir nützen. Dann aber entfliehe mit deinem Bruder, denn bei deiner Stiefmutter könnt ihr doch nicht bleiben. Hüte dich jedoch, daß du dich nicht dem Meere näherst, sonst wirst du zu einer Seeschlange." Da nahm Caterina den Hammel, und brachte ihn in das Haus, und er wurde geschlachtet. Caterina aber ließ sich die Eingeweide geben, und durchsuchte sie, bis sie die drei goldnen Kügelchen fand. Dann rief sie ihren Bruder Giovannino, und beide machten sich leise auf den Weg.

Als sie eine Zeitlang gewandert waren, wurden sie so müde, daß sie kaum mehr weiter konnten. Da nahm Caterina die drei goldnen Kügelchen, und wünschte sich ein wunderschönes Schloß mit einem Garten, wie ihn selbst der König nicht schöner hätte, und sich selbst und ihren Bruder mitten darin. Da wurden Giovannino und Caterina in ein wunderschönes Schloß versetzt, darin konnten sie herrlich leben, und daneben war ein Garten, wie ihn selbst der König nicht schöner hatte. Das Schloß aber lag dicht am Meeresstrand, darum durfte Caterina nie auf die Straße und nie in den wunderschönen Garten, und nicht einmal an ein offenes Fenster, sondern mußte immer eingesperrt bleiben.

32. Von Giovannino und Caterina.

Da begab es sich eines Tages, daß der König auf die Jagd ritt, und auch an dem Schloß vorbeikam. Als er nun an den wunderschönen Garten kam, hielt er sein Pferd an und sprach: „Ach, was ist das für ein schöner Garten, schöner als der meinige; könnte ich doch nur ein wenig eintreten." Das hörte Giovannino, und trat ans Thor, und frug den König, was er wünsche. „Darf ich ein wenig in euern Garten eintreten?" frug der König. „Der Garten gehört nicht mir," antwortete Giovannino, „sondern meiner Herrin; ich will sie aber fragen, ob sie euch erlaubt einzutreten."

Da eilte er hinauf zu seiner Schwester, und sprach: „Denke dir nur, Caterina, der König ist da, und will unsern Garten sehen; soll ich ihn hineinführen?" „Gewiß," antwortete Caterina. Da führte er den König in den Garten, und zeigte ihm die schönen Blumen, und der Jüngling gefiel dem König so gut, daß er ihn frug, ob er mit ihm gehen wolle auf sein Schloß. „Erst muß ich meine Herrin fragen," antwortete Giovannino, und lief zu seiner Schwester, und sprach: „Denke dir nur, Caterina, der König will mich mitnehmen auf sein Schloß." „Geh nur, Giovannino," sagte sie, „ich bin ja gut verwahrt; wer weiß, es ist vielleicht unser Glück."

Da ging Giovannino mit dem König, und wohnte bei ihm, und wurde sein erster Kammerdiener, und der König gewann ihn so lieb, daß er ihn wie seinen Freund behandelte, und oft zu ihm sagte: „Giovannino, ich werde mich nicht eher verheirathen, als bis du mir ein Mädchen anempfiehlst." Einmal antwortete Giovannino: „Nun wohl, Majestät, ich habe eine Schwester, die ist so schön, wie die Sonne, und so tugendhaft, wie es keine zweite gibt, die müßt ihr heirathen." „Wohl," sprach der König, „gehe hin und sage deiner Schwester, ich würde morgen kommen, sie zu holen." Giovannino ging eilends zu seiner Schwester, und sprach zu ihr: „Ach denke dir nur, Caterina, morgen will der König kommen, dich zu holen, daß du seine Frau werdest." „Ja wohl," sprach Caterina, „ich kann aber nicht auf die Straße; laß also geschwinde einen gedeckten Gang machen, von dem Fenster meines Schlafzimmers bis zu einem

Fenster im königlichen Schloß." Da nahm Giovannino eine große Anzahl Arbeiter und sie mußten den ganzen Tag und die ganze Nacht arbeiten, um den bedeckten Gang fertig zu machen.

Am nächsten Morgen, als der Gang fast fertig war, klopften auf einmal zwei Frauen an die Thür des Schlosses, das waren die Stiefmutter und ihre Tochter, zu denen der Ruf von Caterinas Schönheit auch gedrungen. Als sie nun hereintraten, thaten sie sehr freundlich, und die Alte sprach zu Caterina: „Ach, du liebe Caterina, wie lange haben wir dich nicht gesehen; wir haben gehört, du seiest eine schöne reiche Dame geworden, und sind gekommen, dir einen kleinen Besuch zu machen." Caterina empfing sie freundlich, und fing an, ihnen zu erzählen. Da rief auf einmal Giovannino aus dem bedeckten Gang heraus: „Caterina, kleide dich in den königlichen Mantel, denn wir sind gleich fertig." Caterina aber konnte ihn nicht recht verstehen, da sie nicht an das offene Fenster treten durfte, und frug daher die Stiefmutter: „Was sagt mein Bruder?" Da antwortete das falsche Weib: „Dein Bruder hat gesagt, du sollst einmal ans Fenster treten." Da trat sie ans Fenster, und in demselben Augenblicke wurde sie zu einer Seeschlange und verschwand. Die Stiefmutter aber bekleidete schnell ihre Tochter mit dem königlichen Mantel, und befahl ihr, sich das Gesicht mit ihrem Tuch zu bedecken.

Als nun Giovannino mit dem Gang fertig war, schritt die falsche Caterina schnell hindurch, damit er nicht Zeit haben sollte, sie zu sehen. Als sie aber vor den König kam, mußte sie doch ihr Gesicht zeigen; da wurde der König sehr zornig, daß sie so schwarz und häßlich sei, und schickte sie und ihre Mutter in ein einsames Haus im Walde, dort sollten sie bleiben; den Giovannino aber wollte er fortjagen. Der wußte gar nicht, wie ihm geschah; als er aber nach Hause kam, und im Zimmer seiner Schwester das offne Fenster erblickte, wurde ihm Alles klar. Da kam er wieder zum König, und erzählte ihm Alles, und weil ihn der König dennoch so lieb hatte, so nahm er ihn wieder in seinen Dienst. Oft aber pflegte er zu sagen: „Giovannino, Giovannino, du bist so hübsch und

32. Von Giovannino und Caterina.

verständig, aber einmal haft du mich doch getäuscht." Da wurde Giovannino immer sehr betrübt, aber er konnte seine Schwester eben nicht erlösen.

Unterdessen lebte die falsche Stiefmutter mit ihrer Tochter im Walde, und dachte nur darüber nach, wie sie den armen Giovannino auch verderben könne. Da kam sie eines Tages zum König, und sprach: „Denkt euch nur, was Giovannino sich anmaßt; er will in einer Nacht auf euren Schloßplatz drei Brunnen errichten, aus dem ersten soll Wasser fließen, aus dem zweiten Oel, aus dem dritten Wein." Da ließ der König den Giovannino rufen, und sprach zu ihm: „Du hast dich vermessen, in einer Nacht auf meinem Schloßplatz drei Brunnen zu errichten, aus denen Wasser, Oel und Wein fließen soll. Wenn die drei Brunnen morgen früh nicht fertig sind, so jage ich dich fort."

Ganz betrübt ging Giovannino fort, und kam an den Strand des Meeres, dort fing er an zu weinen und seine Schwester zu rufen: „Ach, Caterina, liebe Caterina, was soll ich thun in meiner Noth!" Mit einem Male rauschte das Wasser und eine Seeschlange erhob sich daraus und frug: „Hier bin ich, was willst du?" Da erzählte er ihr sein Leid und wie ihm nichts übrig bleibe, als sich ins Wasser zu werfen. Sie aber sprach: „Sei nur nicht so muthlos; nimm diesen Zauberstab und schlage damit heute Nacht an drei verschiedenen Stellen des Schloßplatzes auf das Pflaster, so werden sich die drei Brunnen erheben." Giovannino nahm den Zauberstab, und in der Nacht schlug er damit das Pflaster des Schloßplatzes, und richtig, es erhoben sich drei prächtige Brunnen, aus denen floß Wasser, Oel und Wein. Als der König aufwachte und zum Fenster hinaussah, war er hocherfreut über die Künste seines Dieners und beschenkte ihn reichlich.

Bald aber kam die böse Stiefmutter zum zweiten Male, und sprach: „Giovannino hört nicht auf, sich seiner Künste zu rühmen und hat sich vermessen, in einer Nacht einen Palast ganz aus Krystall zu bauen und es soll nichts darin fehlen." Da ließ der König den armen Giovannino rufen und befahl ihm, bis zum nächsten Morgen einen Palast aus Krystall

32. Von Giovannino und Caterina.

zu bauen. Es dürfe aber nichts darin fehlen, sonst würde er ihn fortjagen. Giovannino ging wieder weinend an das Ufer des Meeres und
rief seine Schwester. Da erhob sich die Seeschlange aus den Wellen und
er erzählte ihr das neue Verlangen des Königs. Da schenkte sie ihm
wieder einen Zauberstab und sprach: „Schlage nur damit auf die Erde,
so wird sich der ganze Palast erheben. In der Nacht that er es und siehe
da, es erhob sich ein Krystallpalast, wie ihn der König nicht schöner hatte.
Als der König ihn sah, beschenkte er seine treuen Diener wieder reichlich
und hatte ihn wieder lieber als je.

Die böse Stiefmutter aber hatte keine Ruhe sondern kam wieder
zum König und sprach: „Zweimal ist es Giovannino gelungen. Jetzt
aber rühmt er sich, ein Schauspiel veranstalten zu können, das mir zu
vermessen scheint. Er hat gesagt, er würde in einer Nacht einen großen
Backofen mit einem riesigen Feuer bauen und den nächsten Morgen
sollten auf sein Geheiß alle Fische des Meeres in einem langen Zuge
kommen und sich in die Flammen stürzen." Das möchte ich gern sehen,
rief der König und ließ Giovannino holen und befahl ihm, auch dieses
Kunststück zu vollbringen. „Wie kann ich denn den Fischen des Meeres
befehlen," frug Giovannino ganz erschrocken. „Zweimal ist es dir gelungen," sprach der König, „nun mußt du auch diesmal dein Wort wahr
machen, sonst lasse ich dir den Kopf abschlagen."

Da ging Giovannino wieder an das Ufer des Meeres, und rief
weinend seine Schwester, und als sie kam, klagte er ihr sein Leid.
„Wohl," sprach sie, „nimm diesen Zauberstab, gehe hin zum König und
sage ihm, du wärest bereit, Morgen das Schauspiel zu veranstalten.
Er sollen einige Tribünen errichten lassen, um Alles bequemer sehen zu
können. Dann schlage mit dem Stab auf die Erde, so wird sich der
Ofen erheben. Morgen früh nun werden die Fische in einem langen
Zuge erscheinen und sich in den Ofen werfen. Hüte dich aber, wohl einen
davon zu fangen, selbst wenn dich der König darum bittet. Ganz zuletzt
werde auch ich kommen. Dann beuge dich über die Oeffnung des Ofens,
damit ich in deinen Busen kriechen kann, anstatt mich ins Feuer zu

32. Von Giovannino und Caterina.

werfen. Dann eile nach Hause, halte eine große Badewanne mit Milch bereit und wirf mich hinein, so werde ich meine menschliche Gestalt wieder erlangen. Vollführe Alles genau so, wie ich dir gesagt habe, sonst kann ich nicht mehr erlöst werden." Da ging Giovannino zum König und bat ihn, die Tribünen am Ufer des Meeres errichten zu lassen, und in der Nacht schlug er mit einem Zauberstab auf den Boden. Da erhob sich ein gewaltiger Ofen mit einem riesigen Feuer.

Am andern Morgen versammelte sich der König und sein Hofstaat und sie nahmen auf den Tribünen Platz. Alles Volk aus der Stadt und der Umgegend war herzugelaufen, um das wunderbare Schauspiel zu sehen. Da stieg ein unermeßlicher Zug von Fischen aus dem Meere, die kleinen zuerst und die großen zuletzt und warfen sich in das Feuer und einige schillerten in den glänzendsten Farben. Da riefen der König und alle Zuschauer: „Ach, Giovannino, gib mir doch diesen Fisch, oder jenen, nur den einen." Er aber antwortete immer nur: „Eure Majestät haben mir befohlen, alle Fische des Meeres zu verbrennen und ich will sie alle verbrennen." Zuletzt kam die Seeschlange, da bat der König: „Ach, Giovannino, es ist die letzte, gib mir nur diese Eine." Er aber sagte: „Ich sollte sie alle verbrennen und ich werde sie auch alle verbrennen." Damit beugte er sich über die Oeffnung des Ofens und unbemerkt schlüpfte die Seeschlange in seinen Busen. Da eilte er nach Hause, wo das Milchbad bereit stand. Er warf die Schlange hinein und sogleich wurde sie wieder zu seiner schönen Schwester und sie war noch viel viel schöner, als sie früher gewesen war. Da freuten sich die Geschwister, daß der Zauber glücklich gelöst war.

Den nächsten Morgen ging Giovannino nicht seiner Gewohnheit gemäß zum Könige, und als dieser aufstand, war er sehr erzürnt, seinen treuen Diener nicht zu sehen. Er schickte einen Boten in sein Schloß, ihn zu rufen. Als der Bote unten klopfte, sprach Caterina zu ihrem Bruder: „Bleibe du hübsch ruhig drinnen, ich werde statt deiner antworten." Als sie aber ans Fenster trat, ward der Bote so ergriffen von ihrer wunderbaren Schönheit, daß er sie mit offenem Munde anstarrte und kein Wort hervorzubringen vermochte. Der König schickte alle seine Diener und alle seine Edelleute nacheinander hin, aber Keiner kam zurück, denn sobald sie das wunderbarschöne Mädchen erblickten, blieben sie wie versteinert stehen.

Zuletzt wurde der König ungeduldig und lief selbst vor das Schloß. Caterina sah ihn kommen, zog sich schnell vom Fenster zurück und sagte zu ihrem Bruder: „Gehe du jetzt hinunter und empfange den König." Der König frug unterdessen seine Diener ganz erstaunt, warum denn Keiner zurückgekehrt sei. Da sagten sie ihm, sie hätten ein Mädchen gesehen von so wunderbarer Schönheit, daß sie sich nicht mehr hätten rühren können. Zugleich kam auch Giovannino heraus, und sprach: „Majestät, meine Schwester ist zurückgekehrt, und wenn ihr noch immer Willens seid, meinem Rath gemäß eure Gemahlin zu wählen, so wählet meine Schwester Caterina." Da ging der König ins Schloß, und als er Caterina sah, ward er so entzückt von ihrer Schönheit, daß er sogleich ausrief: „Ja, du und keine andere sollst meine Gemahlin sein." Da wurde Caterina mit köstlichen, königlichen Kleidern angethan und ein glänzendes Hochzeitsfest wurde gefeiert. Die böse Stiefmutter aber und ihre häßliche Tochter mußten in dem einsamen Walde bleiben, bis sie starben.

33. Von der Schwester des Muntifiuri.

Es waren einmal ein Bruder und eine Schwester, die hatten weder Vater noch Mutter, und lebten allein mit einander, und hatten sich von Herzen lieb. Der Bruder war ein schöner Jüngling und hieß Muntifiuri, die Schwester aber war schöner als die Sonne.

Nun begab es sich, daß eines Tages der König einen neuen Kammerdiener suchte, da erzählte man ihm von Muntifiuri, der ein so schöner Jüngling sei; also schickte er ihm eine Botschaft, er solle an den Hof kommen, der König wolle ihn zu seinem Kammerdiener machen. Ehe Muntifiuri nun verreiste, ließ er ein Bild von seiner Schwester machen,

33. Von der Schwester des Muntifiuri.

und nahm es mit sich. Der König gewann seinen Diener bald sehr lieb, hielt ihn gut und wollte ihn immer um sich haben. Wenn aber Muntifiuri nichts zu thun hatte, ging er oft in seine Kammer, betrachtete das Bild seiner Schwester und weinte. Die anderen Diener waren neidisch auf die Gunst, die der König dem Muntifiuri zeigte, und dachten, wie sie ihn verderben könnten. Darum gingen sie zum König und sprachen: "Muntifiuri sitzt immer in seiner Kammer, und kein Mensch weiß, was er darinnen thut, denn er läßt niemals Jemanden hereinkommen." Der König wurde neugierig, schlich sich zur Kammer seines Dieners, und schaute durch das Schlüsselloch. Da sah er, daß Muntifiuri immer ein Bild anschaute und dazu weinte. Als nun Muntifiuri aus seiner Kammer heraustrat, frug ihn der König: "Wessen ist das Bild, das du immer anschaust? Zeige es mir einmal." Er wollte es aber nicht zeigen, denn seine Schwester war sehr schön. Da drohte ihm der König: "Wenn du mir nicht sogleich das Bild zeigst, so lasse ich dir den Kopf abhauen," und so mußte denn Muntifiuri das Bild herbeiholen. Als der König nun das Bild gesehen hatte, frug er: "Wer ist das?" "Königliche Majestät, das ist meine Schwester," antwortete Muntifiuri. "Ist sie wirklich so schön?" frug der König. "Noch tausendmal schöner," sprach Muntifiuri. "Wenn sie wirklich noch tausendmal schöner ist," rief der König, "so laß sie herkommen; denn ich will sie zu meiner Gemahlin machen."

Da machte sich Muntifiuri auf, und kam zu seiner Schwester, und sprach: "Denke dir, liebe Schwester, der König will dich zu seiner Gemahlin erheben. Nun ist dein Glück gemacht." "Ach," antwortete sie, "wie kann ich denn zum König kommen? Ich darf nicht über das Meer; denn als ich noch ein kleines Kind war, verwünschte mich eine böse Zauberin, und sprach: Möge dich die Sirene des Meeres *) holen." Da ließ der Bruder ein großes Schiff bauen, das war von allen Seiten geschlossen, und sprach: "Siehe, liebe Schwester, in diesem Schiff kannst du

---

*) Sirena du mari.

sicher fahren, denn es hat kein Fenster und keine Oeffnung, also kann auch die Sirene nicht hereinkommen, und dich holen."

Neben den Geschwistern nun wohnte eine böse Frau, die sah mit neidischen Augen das Glück, das die schöne Schwester des Muntifiuri getroffen hatte. Sie hatte auch eine Tochter, die war aber häßlicher als die Schulden. Da ging sie zu Muntifiuri und sprach: „Wir sind doch immer gute Freunde gewesen, Muntifiuri. So thu mir nur den Gefallen, und laß meine Tochter deine Schwester begleiten. Sie kann ja bei ihr im Dienst bleiben." Muntifiuri war es zufrieden, schiffte seine Schwester und ihre häßliche Begleiterin ein, und ließ dann auch von oben das Schiff schließen, damit seine Schwester sicher zum König käme. Die böse Nachbarin aber hatte ihrer Tochter einen Bohrer gegeben und gesagt: „Wenn ihr euch auf dem Meere befindet, so bohre ein Loch in die Wand des Schiffes, damit die Sirene des Meeres komme, und die zukünftige Königin hole, so wirst du Königin werden." Das that das häßliche Mädchen, bohrte ein Loch in die Wand des Schiffes, und alsobald kam die Sirene, und nahm die schöne Schwester des Muntifiuri mit. Die Tochter der Nachbarin aber legte die Kleider der Schönen an. Da nun das Schiff im Hafen einfuhr, ließ Muntifiuri das Verdeck auseinanderschlagen, um seine Schwester heraus zu holen; er fand aber nur die häßliche Tochter der Nachbarin, die in den schönen Kleidern noch viel häßlicher aussah.

Da ging Muntifiuri zum König, fiel ihm zu Füßen, und sprach: „Königliche Majestät, unterwegs ist meine Schwester ins Wasser gefallen, und gestorben, und ich habe nur die Tochter meiner Nachbarin mitgebracht." Da ward der König sehr betrübt, und sprach: „Wenn denn deine Schwester gestorben ist, so will ich die Tochter deiner Nachbarin heirathen." Also wurde die Tochter der Nachbarin hereingeführt, und als der König sie sah, entsetzte er sich vor ihrem häßlichen Gesicht. Weil er aber versprochen hatte, sie zu heirathen, wollte er sein königliches Wort nicht brechen, sondern feierte eine glänzende Hochzeit und heirathete das häßliche Mädchen.

33. Von der Schwester des Muntifiuri.

Die junge Königin aber sann nur darüber nach, wie sie den Muntifiuri tödten könne, den der König so lieb hatte. Da kam sie zu ihrem Gemahl, und sprach: „Muntifiuri rühmt sich großer Dinge; er hat sich unterfangen, in einer Nacht einen wunderschönen Brunnen auf dem großen Platz vor dem Schloß zu errichten, mit springendem Wasser und schön gearbeitet." Da ließ der König seinen treuen Diener kommen, und sprach zu ihm: „Muntifiuri, du hast dich gerühmt in einer Nacht auf dem Platz vor dem Schloß einen schönen Brunnen zu errichten, mit springendem Wasser und schön gearbeitet. So führe das nun aus, sonst jage ich dich aus meinem Dienst." Da ward Muntifiuri sehr betrübt, und ging an den Meeresstrand, weinte bitterlich und klagte: „O, Schwester, meine Schwester, wie schlimm ergeht es mir!" Auf einmal erhob sich eine schöne Gestalt aus den Wellen, das war seine Schwester, die war noch viel schöner als bisher, und hatte drei schöne Mädchen zu ihrer Rechten, und drei zu ihrer Linken, sie war aber doch die Schönste. An dem Fuß aber trug sie eine goldne Kette, an der hielt die Sirene sie fest, daß sie nicht entfliehen konnte. „Was weinst du so bitterlich, mein lieber Bruder?" frug sie. Da klagte er ihr sein Leid, sie aber sprach: „Gehe nur ruhig nach Hause, und schlafe; morgen früh soll der Brunnen fertig sein." Da ging Muntifiuri getröstet nach Haus; und in der Nacht kam seine Schwester mit ihren sechs Mädchen, und im Augenblick war ein wunderschöner Brunnen fertig, mit springendem Wasser und schön gearbeitet. Sie trug am Fuße aber immer die goldne Kette, an der zog sie die Sirene immer wieder ins Meer hinunter.

Als der König nun am Morgen erwachte, und den schönen Brunnen erblickte, ward er hoch erfreut und lobte seinen treuen Diener. Die junge Königin aber dachte wieder, wie sie dem Muntifiuri schaden könne, und sprach zum König: „Muntifiuri rühmt sich ja großer Kunst; er hat sich unterfangen, in einer Nacht um den Brunnen herum einen wunderschönen Garten zu pflanzen, in dem alle Bäume und alle Blumen der ganzen Erde zu sehen wären. Da ließ der König wieder seinen treuen Diener rufen, und befahl ihm, in einer Nacht um den Brunnen herum einen

Garten anzulegen, in dem alle Bäume und alle Blumen der Erde zu sehen seien, sonst werde er ihn ins Gefängniß werfen lassen. Muntisiuri ging aber wieder an den Meeresstrand, weinte und rief seine Schwester. Da erschien sie über dem Wasser und frug, was er wolle. Als er ihr sein Leid geklagt hatte, antwortete sie: „Gehe nur ruhig nach Haus und schlafe, morgen früh soll der Garten fertig sein." In der Nacht aber kam sie mit ihren sechs Mädchen, und errichteten einen Garten, der war so schön, wie der König keinen schönern hatte, und darin waren alle Bäume und alle Blumen der Erde zu sehen.

Als nun am anderen Morgen der König erwachte, erstaunte er über den schönen Garten und erfreute sich daran. Die junge Königin aber sprach wieder zu ihm: „Muntisiuri läßt nicht nach, sich seiner Kunst zu rühmen, und hat sich vermessen, in einer Nacht in dem Garten alle Vögel, die es auf Erden gibt zu versammeln." Da befahl der König dem armen Muntisiuri in einer Nacht alle Vögel die es auf Erden gibt in dem Garten zu versammeln, sonst ließe er ihm den Kopf abschneiden. Muntisiuri ging wieder zum Meeresstrand, rief seine Schwester und klagte ihr sein Leid. „Gehe nur nach Hause und schlafe," sprach sie, „morgen soll der König zufriedengestellt sein." Da kam sie in der Nacht mit ihren sechs Mädchen, und alsbald bevölkerten sich die Bäume mit allen Vogelarten, die es auf Erden gibt, die sangen so lieblich, daß man nichts Schöneres hören konnte.

Die junge Königin aber ergrimmte, daß Muntisiuri immer Alles ausführte, und sie ihm nichts anhaben konnte. Da nahm sie zwölf Enten, rief den Muntisiuri, und sprach: „Jeden Morgen mußt du die Enten über Land führen, und wenn dir Abends Eine fehlt, so kostet es deinen Kopf."

Muntisiuri nahm die zwölf Enten, trieb sie an den Meeresstrand und rief wieder seine Schwester. Da erhob sie sich über den Wellen und frug ihn, was er wolle. „Ich soll diese zwölf Enten auf die Weide führen," sprach er, „gib du ihnen zu fressen, so brauche ich nicht so weit zu laufen." Da schüttelte sie ihre schönen Flechten, daß Perlen und Goldkörner her-

33. Von der Schwester des Muntifiuri.

ausfielen, und die Enten pickten sie begierig auf. Als es nun Abend war, und Muntifiuri die Enten nach Hause trieb, fingen sie an zu singen:

„O Koch, o Koch, wir kommen vom Meer,
Perlen die Fülle tragen wir her,
Schön ist die Sonne mit hellem Schein,
Doch schöner muß Muntifiuri's Schwester wohl sein."*)

Als die Königin das hörte, erschrak sie, und sperrte schnell die Enten ein, damit niemand ihr Lied hören sollte. Am nächsten Morgen nahm sie eine Ente, und tödtete sie, und gab dem Muntifiuri nur elf Enten mit. Weil er aber seinen traurigen Gedanken nachhing, vergaß er, die Enten zu zählen, und ging geradewegs zum Meeresstrand, und rief seine Schwester; die schüttelte wieder ihre schönen Flechten, daß Perlen und Goldkörner herausfielen, und die Enten sich satt fraßen. Als Muntifiuri sie nach Hause trieb, fingen sie wieder an zu singen:

„O Koch, o Koch, wir kommen vom Meer,
Perlen die Fülle tragen wir her,
Schön ist die Sonne mit hellem Schein,
Doch schöner muß Muntifiuri's Schwester wohl sein."

Da kam die Königin eilends heruntergelaufen, und sperrte die Enten ein, und als sie sie zählte, waren es nur elf. Da eilte sie zum König, und sprach: „Muntifiuri hat mir eine meiner Enten verloren, dafür muß ihm der Kopf abgehauen werden." Der König aber mußte ihr den Willen thun, ließ seinen treuen Diener rufen, und sprach: „Muntifiuri, du hast der Königin eine Ente verloren, dafür mußt du sterben." „Wohl," antwortete Muntifiuri, „gewähret mir nur die eine Bitte, und laßt mich noch ein einzigesmal an den Meeresstrand gehen." Der König gewährte ihm die Bitte, und Muntifiuri ging an den Meeresstrand, rief die Schwester, und klagte ihr sein Leid. „Du armer Bruder," antwortete

---

*) Coccu, coccu, du mari vinemu,
Chini di perni nui semu,
E la soru di Muntifiuri
E cchiù bedda di lu suli.

ſte, „nun kann ich dir nicht mehr helfen. Laß dich aber in dem Garten bei dem ſchönen Brunnen begraben, ſo will ich drei Nächte hindurch kommen, und dir die Todtengeſänge ſingen; das iſt das Einzige, was ich für dich thun kann." Da kam Muntiſiuri zum König, und ſprach: „Wenn man mir den Kopf abgehauen hat, ſo laſſet mich in drei Särge thun, einen bleiernen, einen ſilbernen und einen goldenen, und laſſet mich im Garten bei dem ſchönen Brunnen begraben, den ich für euch errichtet habe." Das verſprach der König, und als der Scharfrichter dem armen Muntiſiuri den Kopf abgehauen hatte, ließ er ihn in drei Särge legen, wie er gewünſcht hatte, und ließ ihn im Garten bei dem Brunnen begraben.

In der Nacht aber kam ſeine Schweſter mit ihren ſechs Mädchen, und ſetzte ſich auf das Grab, und ſang die Todtengeſänge, und es klang ſo lieblich, daß die Gärtner des Königs ſich gar nicht ſatt hören konnten. Aber als die Sirene an der goldnen Kette zog, mußte das ſchöne Mädchen ins Meer zurück.

In der nächſten Nacht ging es ebenſo, da erzählten es die Gärtner dem Könige und ſprachen: „Königliche Majeſtät, in dieſen zwei letzten Nächten ſind im Garten ſieben Mädchen erſchienen, die ſind alle ſehr ſchön; die mittelſte aber iſt ſchöner als die Sonne, und trägt eine goldne Kette am Fuß, die ſetzt ſich auf das Grab eures Dieners Muntiſiuri und ſingt ſo ſchön, daß man nichts Schöneres hören kann. Nach einer Weile aber zieht Jemand an der Kette, wir wiſſen nicht wer, und die ſchöne Geſtalt verſchwindet." Da ward der König neugierig und ſprach: „Dieſe Nacht will ich mit euch wachen."

Als es nun Abend war, verſteckte ſich der König im Garten, und bald erſchien die Schweſter des Muntiſiuri zum letztenmal, ſetzte ſich auf das Grab, und ſang noch viel ſchöner, als die beiden erſten Nächte. Da ſprang der König hinzu, und zerhaute mit ſeinem Schwerte die goldne Kette, und ſprach: „Wer biſt du, ſchönes Mädchen?" Da antwortete ſie: „Ich bin die Schweſter von dem armen Muntiſiuri, und bin nicht in dem Meere ertrunken, ſondern die böſe Tochter der Nachbarin, die

33. Von der Schwester des Muntifiuri.

nun eure Frau ist, hatte ein Loch in die Wand des Schiffes gebohrt, daß die Sirene des Meeres kam, und mich in den Grund des Meeres holte, und mich mit einer goldnen Kette gefesselt hielt. Ihr aber habt mich erlöst, indem ihr die goldne Kette durchhauen habt." "Wenn dem so ist," rief der König, "so sollst du meine Gemahlin sein."

Da ließ er der falschen Königin den Kopf abhauen, und ließ sie in lauter Stücke schneiden und in einem Faß einsalzen. Zu unterst ließ er ihre Hand legen, an der sie einen Ring trug, den hatte sie von ihrer Mutter bekommen. Das Faß aber schickte er der bösen Nachbarin, und ließ ihr sagen: "Eure Tochter, die Königin, schickt euch diesen schönen Thunfisch, daß ihr ihn ihr zu Liebe essen möget." Da war die Mutter sehr erfreut, und öffnete sogleich das Faß, und fing an, ein Stück zu essen. Als sie aber einmal angefangen hatte, mußte sie immer weiter essen, bis sie auf den Grund des Fasses kam. Nun hatte sie eine Katze und einen Hund, die sprangen immerfort an ihr hinauf, und baten: "Gib uns ein Stückchen mit, so helfen wir dir auch nachher weinen." Sie aber jagte sie fort, und wollte ihnen nichts mitgeben. Als sie nun auf den Grund des Fasses kam, und die Hand mit dem Ringe fand, da erkannte sie, daß sie ihre eigne Tochter gegessen hatte, und in ihrem Schmerze rannte sie mit dem Kopf gegen die Mauer, daß sie starb. Der Hund und die Katze aber tanzten im ganzen Haus herum, und sangen: "Du hast uns nichts mitgegeben, so helfen wir dir auch nicht weinen."

Der König aber ließ eine glänzende Hochzeit feiern, und heirathete die schöne Schwester des Muntifiuri; und sie lebten glücklich und zufrieden, wir aber sind leer ausgegangen.